羽南音 著

图书在版编目（CIP）数据

宇宙里，失恋吃什么 / 羽南音著 . —— 南京：江苏凤凰文艺出版社，2024.11
ISBN 978-7-5594-8544-1

Ⅰ.①宇… Ⅱ.①羽… Ⅲ.①短篇小说－小说集－中国－当代 Ⅳ.① I247.7

中国国家版本馆 CIP 数据核字（2024）第 063879 号

宇宙里，失恋吃什么

羽南音 著

策划编辑	凌　晨　刘　念
责任编辑	白　涵　丁小卉
封面设计	Jamie Ciao
封面插画	Jamie Ciao
出版发行	江苏凤凰文艺出版社
	南京市中央路 165 号，邮编：210009
网　　址	http://www.jswenyi.com
印　　刷	北京盛通印刷股份有限公司
开　　本	880 毫米 ×1230 毫米　1/32
印　　张	8.75
字　　数	220 千字
版　　次	2024 年 11 月第 1 版
印　　次	2024 年 11 月第 1 次印刷
书　　号	ISBN 978-7-5594-8544-1
定　　价	42.00 元

江苏凤凰文艺版图书凡印刷、装订错误，可向出版社调换，联系电话 025-83280257

序言

邱华栋，作家，中国作协副主席，书记处书记。

中华美食源远流长。

羽南音写出来这样一部作品，令人惊叹。

古往今来，无数文人墨客以山川风物为引，抒发人生情怀。在日升月落、四季更替之中，他们围炉夜啖，对酒当歌，留下了无数墨宝、无数诗篇。

本书是一本美食相关的科幻作品集，这两者的结合，似乎并不多见。而羽南音做了绝佳的尝试，并且取得了成功。你看，云腿月饼、豆沙包、红油饺子、腊八粥……一种种日常可见的食物，以一种亲切又奇异的姿态出现在科幻语境之中，带出或悲或喜的情感底色。这本小说集文笔优美流畅，想象力丰沛，在探索美食与情感的同时，质感却并不轻薄，暗藏着冷静、锐利、悲悯的人生思考。一蔬一饭、于星辰大海而言，孰轻孰重？这其中，似乎有些"治大国如烹小鲜"的趣味在了。

就像《龙生橘》一文中，外星的神仙落进了小小的橘子里，悠然自得，冷眼旁观着人类的小私欲、小算盘；最后戏谑而讽刺的结尾，也充满烟火之气。在这样一则优美的小品中，能感受到作者想用宇宙奇趣的"雅"来对应宝物争夺的"俗"，很有巧思。

时至今日，科幻已经成为文学中不能忽视的一种类型。它承载着某种"文以载道"的新型功用，将文学、科学与哲思融为一体。在文学类型越来越融合、开放、变革的今天，每一种新的尝试，都有其意义所在。

本书虽字数不多，看似是羽南音迈出的一小步，但也未尝不是她对人生理想的探索过程中，勇敢的一大步。让我们瞩目于她的前行，让我们为她这部精彩的作品而喝彩！

目录 CONTENTS

蚩尤血	/001
宇宙尽头的餐馆之腊八粥	/019
宇宙尽头的餐馆之云腿月饼	/031
宇宙尽头的餐馆之太极芋泥	/047
宇宙尽头的餐馆之忘川水	/063
雷神	/081
龙生橘	/085
豆沙包	/089
情人结	/095
鲩鱼歌	/099
红油饺子	/109
无声尖叫	/119
食神少女	/135
喜宴	/169
不眠之夜	/201
画壁	/233
跋：美食即爱	/275

蚩尤血

羽南音

安城

春阳出生的时候,安城内阴雨连绵。一连数月的大雨,将世界浸泡得仿佛失去了根基,甚至连人们的表情都因为数月未见阳光,而显得苍凉伤感。按一位算命先生的说法,这一切主阴。

不知为何,那位先生却为这个男婴取了"春阳"这样一个名字,似乎从一开始,就宣告了他与这个世界的格格不入。

算命先生教春阳剑术,直到他十六岁那年的一个清晨,先生只留下一把细长的佩剑,便悄无声息地走了。

长街上的姑娘们都晓得,蚕馆里那个俊秀的少年沉默寡言,却有着极高的剑术。据说他的剑,能在熹微的晨光中击破桑叶上最细小的露珠。

露珠破成千万个晶亮的微粒,映出千万双春阳的眼睛。

如寒潭一般的眼中,藏着春阳最深的秘密。

春阳最初的记忆,是满天细雨骤然化作白雪。他小小的身子裹在一件厚实的血色棉衣里。

那是他和双胞胎姐姐茏姬出生的时候,母亲因难产去世。他站在家中小院门前,看着几个皂衣官差,正沿着门前的小径,将母亲拖远。

官差们身形枯瘦模糊,还有几分透明,穿过他们的身体,能隐隐看到漫天的白雪。

春阳脚边有个血肉模糊的婴儿,正发出微弱的哭号。

母亲没有挣扎。她的脸是什么样子，春阳已记不清了，只记得她有一双很细长的眼睛，里面盛满了平静。

仿佛知道自己绝无可能改变什么，春阳只是站着，并没有追出去。

母亲的下身渗出一道长长的血迹，染在小径的雪上。

后来，春阳回想起来，那皂衣官差应该是鬼差，红衣则是母亲体内包裹自己的胞衣。那小径通往黄泉，也是母亲的产道。

所以，春阳在很小的时候，就知道自己能看见鬼。

"父亲"这个词成了一个秘密，被母亲一起带到了另一个世界。

茏姬和春阳便只能相依为命地长大。

小时候，春阳常常发烧，在床上缩成小小的一团。白天他并不哭闹，只是惊惧地瞪大双眼，仿佛看到了什么可怕的东西；夜间却总是哭闹，像是承受了极大的痛楚，双手在身上、脖子上抓出道道血痕。

茏姬问他看到了什么，他也不说。因为没钱请大夫，茏姬只好用柔软的布条把他的手绑起来，夜夜垂泪。

后来，春阳自己慢慢好了，只是越发沉默寡言。

十二岁的时候，茏姬的美貌已到了令人惊艳的程度。有个富贵人家的少爷，想用重金把茏姬买去，说是做丫鬟，实则是想养着日后为妾。茏姬倒没有想着自己，只是想着那样一大笔钱，足够春阳好好过活，便有些动摇。

那钩心斗角的深宅大院，绝非茏姬的好归宿。春阳婉拒后，富家少爷却几次三番纠缠不休，以至于恼羞成怒，最终放下狠话，他得不到的女人谁也别想得到。不出几日，春阳去集市上买鱼，竟听到有关茏姬不检点的流言。

当夜，春阳便穿了黑衣，提上剑出门了。

没人知道夜里发生了什么，只知道第二天一早，那少爷便派了一个惊恐万状的下人，给春阳姐弟送来一笔钱，对外只说这对姐弟

太可怜，不忍拆散，买茏姬的事情就此作罢。

春阳和茏姬便用那钱，置办了蚕种，并将家里的柴房改成了蚕室。

奇怪的是，一样的蚕种，春阳家蚕室里孵出来的蚕却是红色的，结的也是红色的茧。这种红丝制成的衣物，盛夏时节凉如秋水，使人汗不沾身。坊间流传，红蚕是神仙精血化成，有助气运，引得安城商贾巨富竞相争抢。

正如其他蚕户猜测的那样，那流言正是春阳顺势放出的。

这条街上的人，都知道蚕室的春阳。他常在细雨飘飞的日子里，带着佩剑，以笔直的姿态穿过小巷，细长的眼中藏着不动的水光，仿佛任何属于、或不属于人间的气场，都难以扰动他的心神。

春阳十六岁生日的前三天，茏姬失踪了。

春阳醒来的那刻，就嗅出了空气中的异样。

城内依旧阴雨连绵。蚕室里，雨气和蚕沙的土腥气交织在一起，浓得像某种液体。红蚕在桑叶上蠕动，像一枚枚浸水的宝石。

茧筐歪在地上，新结的红茧四处散落。

茏姬失踪了三天。春阳每天早晨还是练剑，其余时间就将剑横在膝上，在蚕室笔直坐定，像一块石头。

春阳十六岁那晚，子时刚过，红光大盛。片刻后，春阳消失了，蚕室空无一人，只有窗外的桑树，在院中沙沙作响。

鬼市

从混沌的半空中凝出实体，春阳重重跌在地上。

空中无日无月，均匀的白光却从厚实的云层中透出来。触目所及，一切如雨似雾，远方笼罩在目不可及的空茫之中。

春阳深深吸了一口气。很奇怪，这里没有任何人类的味道。温度明明不低，却比雪后的寒潭还要清冷。

前方有一棵树。

树身是淡青色，枯瘦如骨。所有的枝条都极细，像画出来的一般，正在微微颤动。春阳细细看去，发现枝条上缀满了米粒大小的花苞。

静寂中，春阳感到一丝振动，仿佛一根弓弦弹动了一下。

酉时到了。

像冷水跳入油中，树上瞬间绽开无数血色的花朵。沉重的花盘吸饱了天地间的阴气，垂向地面，仿佛马上要从枝上坠落。

树的背后，出现了一扇乌黑的青铜大门。

血色花朵纷纷落下，如同头颅一般，吱吱叫着撞到门上，发出隆隆的声响。

门缓缓地，向两边打开，里面是一团雾气，看不清晰。

春阳下意识拔开腰间的剑，剑柄紧紧握在手中，已被冷汗濡湿。

想到姐姐，春阳最终还是走了进去。黑色的门，像死神打开的披风。

他发现门上有极暗的、斑驳不清的铜纹，和自己剑柄上的一样——是一颗张开嘴的巨兽头颅。

那是饕餮纹。

眼前出现了一条大道，如同长安夜市一般，摊位依次铺开，绵延到远处的雾气里，直到无法看清。

空中依旧无日无月，云层暗了一些，却依然有微弱的光透出来。

春阳感到这里缺失的，似乎不仅是日月的运行，还有沙漏后面那种叫作"时辰"的东西。

街上有许多"人"，有些身形是清晰的，有些却很模糊——是春阳自幼见惯的那类。

春阳努力打开全身的感官，试图寻找每一处线索。

这里的鬼，外表和平日里见的差不多，但它们的眼睛都很空茫，不像春阳以前见的那些，眼里总是盛满凄厉、渴求或仇恨。

旁边的一个摊子，摊主是个矮小皱缩的老头。他正以惊人的速度，从一个矮口深坛中，摸出许多脏污的片状物，摩挲几下后便扔到面前的石盘中，口中念念有词。

春阳凑过去一看，原来那些都是龟甲。刚摸出来的时候满是尘污，在老人手中一转，立刻变得莹润光亮。扔进盘中的一瞬，龟甲表面各自浮现出冻土一般的裂痕，内有白色的光芒绽开。

周围突然一阵骚动，空气中浮动着鬼类特有的慌乱气味，那是一种枯涩的气味，有点像香灰。

前方的浓雾中，走来一个人。春阳身旁模糊的鬼影纷纷四散逃开。

渐渐近一些，轮廓也更加清晰。是一个年轻男人，中等身材，面目十分平淡，即使在人群里见过，也很难留下印象。

男人在春阳面前停下，他的右手，拿着一枝花。

在这里，春阳终于第一次嗅到了人类的气味——一种有点温暖的盐味。

男人将手中的花递给春阳。春阳没有接。

春阳以鬼的视觉看过去，那不是花，是一只人手，从小臂处齐齐断开。

见春阳不接，男人笑了一下，人手便消失了。

"你能看见鬼。"男人很惊奇地说。他身上有一种沉香的味道，似乎冲淡了周围的寒意。春阳觉得十分舒服。

"我是钟平，爷爷让我管理这里的秩序……哦，我爷爷是钟馗。"钟平有点骄傲地眨眨眼。

"天师钟馗……难怪那些小鬼都要避让三分。这是哪里？"

"鬼市啊。人间和鬼界的交汇处。哦？你身上有人的气味……

你是人啊……怎么会在这里？"

"找人。"春阳顿了一下，"我姐姐丢了。"

钟平刚想说什么，一阵风从头顶压下来，厚厚的云层被风吹开一个深洞——或者说，风根本就是从洞里吹出来的。

层层叠叠的洞口，现出青紫色的天空，和一轮玉盘似的圆月——一轮完美无缺的圆月。

以往中秋的时候，茏姬常说月亮真圆。春阳却能看出，人间的月亮，形状总不是正圆——他在人间从没见过完美的正圆。所有圆的物品，都有细微的缺口和变形。

这果然不是人间的月亮。

春阳觉得，这似乎也不应该是鬼界的月亮。

这月亮，应该属于很久以后的世界。

"鬼市千灯照碧云，阴阳红袖客纷纷。"

摸着龟甲的老人突然用嘶哑的嗓子唱起来，诡异的调门，像一把铁锯在砂砾上磨动。

鬼市的月亮，沉在天空的云洞里，仿佛人间的月影，沉在深井中。

"你姐姐的下落，如果还有人知道，也只能是他了——这世上唯一留下的河洛——他们善于占卜。"钟平指了指老人。

河洛苍老的面皮上，嵌着两只极小极清澈的瞳孔。

春阳突然注意到，河洛的身形是清晰的，看起来是个老人的样子，却没有人的热气。非人，亦非鬼。也是，河洛原就该是山妖精怪之类。

"快一点，龟甲只剩一片了。哎，有什么能给他的，最好是人间的东西，好一点的。"钟平开始焦急地在身上翻找起来。

人间的东西——"只有这个。"春阳从身上掏出一只红茧。

钟平见到红茧有点惊异，刚想拿过来看看，河洛却已经急不可耐，一把将茧子抓过去。他的腰间挂着一个破破烂烂的酒壶，拔开塞子，河洛将红茧投进去，转瞬间，红茧融于酒中，一股幽幽的红色尘烟混着酒气冒了出来。

钟平深深地吸了一口气。这香气勾魂摄魄，带着一种鲜甜的血腥味。

河洛贪婪地一口气灌了下去，几滴酒还顺着他的脖子流了下来。随后，他仿佛迷醉的样子，面颊通红起来，小眼睛中泛出奇怪的紫光。

"蚩尤血，竟然是蚩尤血？你从哪里得来的？"钟平用奇怪的眼神望向春阳。

春阳还来不及回答，就见心满意足的河洛从坛中摸出仅剩的一片龟甲，开始占卜。

"客官想要询问，姐姐的去向。"河洛喃喃自语。

片刻后，龟甲开始裂出光芒，呈现出一种特殊的文字。

老人的手颤动了一下，似乎很惊异。龟甲落进石盘中，碎成无数片。

"三个时辰，你只有三个时辰。三个时辰之后，双生树的红花凋落，白花绽放；鬼市到人间的通道，就要关闭了。"老人突然用手紧紧抓住春阳的袖子，那手粗糙皲裂，如龟爪一般，指甲深深扎进春阳的皮肤。

"惊雷动鹤羽，跑马看妆花。"河洛低语道。

"鹤羽……难道是，鹤羽宫？"钟平十分讶异。

几乎同时，空中闪过一道蓝紫色的炸雷。

春阳抬起头，空中出现了几只仙鹤，正绕着诡异的圆月飞翔。

鹤羽宫

春阳和钟平的头顶，浮着一座金色的宫殿，半藏在云里，看不清晰。

"等一会儿。"钟平拍拍春阳的肩膀。

"蚩尤血是什么?"春阳问。

"那个红色的,是蚕茧吧?"钟平皱着眉头。

"没错,我和姐姐养出来的。"

"蚕种哪里来的?"

"不清楚,姐姐从未和我说过。"

"据说,当年蚩尤战败以后,血染江河。从他的精血中化生出了一种血蚕,结出的红茧,在人间可织造衣物,冬暖夏凉。但在非人间的地方——例如鬼市和那天上的鹤羽宫,红茧便可溶于酒水之中,入口勾魂,饮之大补气血。但因为这红茧只能从人间带过来,所以在这里珍贵异常。"

"我姐姐的失踪,是否与此有关?"春阳神色凝重。

"蚩尤的红蚕种,只有他当年的部下才有,据说,也只有他们血脉相承的子孙才能养活。"

春阳没有作声,想起了去世的母亲。

此时,一架金色的软梯从云中淡淡出现,缓缓垂下来。

钟平熟练地用脚钩住梯子:"跟在我后面,没事的,我常来,很安全……"

春阳缠紧腰间佩剑,抓紧软梯。一股来自上方的力,将二人连同软梯慢慢带上半空。

春阳向下望去,城门外的双生树依稀可见,血色花苞已经开始凋落。天光渐亮,鬼市也散得差不多了。

梯子收到尽头,散成金粉,随风化去。云中出现鹤羽宫,二人走了进去。

春阳注意到,他们走的是偏门。正殿那边,传来隐隐的舞乐声。

二人在一片奇花异草的折廊中穿行,最后停在一个大屋前。

钟平猛地推开门,一股浓烈而奇异的香气迎面扑过来。春阳仔

细闻了两下,似乎是一些酒香、花果香和油脂混合的香气。

"钟平?又是你,给我出去,出去出去出去……"一个十三四岁的女孩突然跳了出来,揪住钟平的衣襟就往外推。钟平倒是好脾气地一直笑着。

春阳瞬间有些紧张,然而这女孩身上有人类的气味,周身气场松弛纯净,没有戾气。春阳便放松下来,开始打量周围。

这是一间很大的厨房,许多"人"正在侍弄食材,紧张工作。除了正和钟平打闹的小月姑娘,其余都是模糊的鬼影。

"小月,成何体统!"背后传来一声呵斥。小月愤愤不平地松开手,尽力调整出一个乖巧的表情,理了理围裙,低头不语。

一只肥肥大大的仙鹤正一本正经地踱过来。

"别怪小月,采桐总管,是我不好,经常在这里拿东西吃……"钟平连连摆手。

仙鹤看了看春阳,有点矜持地问:"这位是?"

"这是我好朋友……叫、叫……"钟平一下憋住了,小月在后面翻了一个大大的白眼。

"总管您好,我是春阳。"春阳微微行礼。

"嗯嗯,不必拘礼,钟平的朋友就是我的朋友,叫采桐就好。"仔细一看,春阳生得标致,仙鹤就高兴起来,立刻不拿架子了,展开肥肥的翅膀拍拍春阳,"你还蛮俊秀的,有没有想过来鹤羽宫工作啊?"

采桐话音刚落,钟平已经大惊失色:"这……春阳就是来见见世面,我们拿点吃的就走……"

"哎,来都来了,就多玩一会儿嘛,混沌大人有个东西要你捎给你爷爷呢,小月,快拿给钟平。"

片刻之间,采桐以和体型不相称的敏捷,推着春阳往正殿的方向去了,钟平整个人都呆掉了。

"还不快去?混沌大人这会儿就在殿上呢,要是看上你朋友……你自己想想吧。"小月用手指顶了顶钟平的腰。钟平脸色已经白了，急忙跟了上去。

春阳没有拒绝，他心里隐隐猜到了"来鹤羽宫工作"的言下之意。不过为了姐姐的线索，他只能顺势跟在采桐后面走着。

时间分秒流逝，他心中很是焦灼。

一路上，春阳从采桐口中得知，混沌是鹤羽宫的主人，也是这个世界神格最高的天神之一，位高权重，美艳多金。

三人七拐八绕，终于来到正殿门前。钟平看起来颇有几分紧张。

"弄弄好，混沌大人看不得脏衣服……"采桐帮春阳掸掸裤腿上的灰，又有点紧张地理了理羽毛，尽力站得直一点，带二人从一侧默默进殿，安排了位置坐下。

正殿中央最高的位置上，一个颀长的美男子正歪着身子，单手持一只白玉酒杯，倚在一张似床非床的碧玉椅上。

他着一身素锦白袍，袖口和下襟层层压着洁白繁复的卷云纹，盖住了比霜雪还洁白的肌肤。春阳和钟平进门的时候，他的表情丝毫未动，只在二人坐定的一瞬，与春阳对了一下目光。

春阳在他周身看到了浓重的水汽，如云似雾，从发梢缠绕到指尖，有神灵的气息，也有一丝妖媚的鬼气。

殿内的客人，似乎夹杂了神鬼仙怪各色人物，与鬼市的人不同，即使身形模糊的鬼怪，眼中也有精光灵动，衣着皆十分诡异华美。

众人都在宴饮，殿中央有红衣舞姬，成对翩跹。

不多时，殿外传来一声清越的鹤鸣，大殿中央正在舞袖的歌姬立刻停住动作，在采桐的示意下，从两边匆匆散去。

七只仙鹤齐鸣，依次飞入殿内，带着呼啸的风响，在空中盘旋一周后，齐齐落下。

为首的一只仙鹤，洁白的翅尖闪着金光，它带着同伴，低低

伏在大殿中央，展开宽大的双翼。转眼间，仙鹤们羽翼褪尽，化为七个白衣黑袖、系着血色腰带的少年。少年们皆单膝跪地，向混沌行礼。

七位少年皆清隽瘦削，面相或凌厉或温厚。为首的金袖少年，媚态横生，又有鹰视狼顾之相。

春阳注意到，他们望向混沌的时候，每个人的眼中都闪烁着炽热的爱慕。

殿内瞬时静寂，所有宴饮的客人都停下了动作。

"鹤羽宫的舞者，称为鹤雪。鹤雪一舞，便有无数贵客一掷千金。呃，只是这些美男子夜间从不见客，十分神秘，听说是被、被送去了达官贵人府上……"钟平对春阳低语，语调有点羞愧。

"鹤雪美艳，我这皮囊，怕是做不得。"春阳稳稳饮下一杯酒，味道清洌，宛如仙露。

钟平的脸有点红，小心地看看混沌，见他没在意春阳，才放下心来。

能调教出这些傲气十足、钟灵毓秀的少年，还要让他们心甘情愿地俯首称臣，这个混沌，很不简单。看着少年们爱慕混沌的眼神，春阳眼中流露出一抹警惕。

鹤雪们呈北斗七星阵列站定，依次拔出腰间的宝剑。殿上奏起稀疏、零星的乐声，像有战鼓金石相击，一时间，殿上剑光如雪，衣襟翻飞。

美少年们势如狂风，悬抹、撩提、穿刺、批斩。随着激越的古筝融入战鼓的伴奏，鹤雪们舞步轻盈，腕花翻动之间，招招狠辣，如入无人之境。

乐声转成柔媚的调子，为首的金袖少年从腰间抽出一把弹动的黑色软剑，媚眼如丝，越舞越快，剑气在空中留下雪亮的弧光，所到之处，宛如灵蛇出洞，已入人剑合一之境。

"不愧是混沌大人调教出来的。"钟平叹道。

春阳没有接话，脸色渐渐凝重。舞者不该有这样好的剑法，更不该有这样重的杀气。

一曲终了，七名鹤雪依次退下，立在大殿两侧。

"天权尚可。其余人表现平平。玉衡的腕花，今日挽得不好。"侍女送上锦帕，混沌轻轻抹去指尖沾到的一星酒水。

金袖少年天权微微屈身致意。另有一个双唇丰厚娇艳的少年玉衡，则面有愧色。

春阳注意到一名侍女的背影，她正依次为客人斟酒，提着一个银色提篮，里面放着五色酒壶。奇怪的是，她的动作十分僵硬，如提线木偶一般。

"这个侍女似乎是新来的。"钟平顺着春阳的目光看过去。

侍女正服侍的，是一个身长一丈有余的巨人。巨人袒胸露乳，胸前饰有宝石配饰。此刻他正凝神看着天权的表演，无意撞翻了侍女递来的酒杯。侍女手足僵硬，避闪不及，连同酒壶一起打翻，泼了巨人一身。

巨人十分震怒，但看了远处混沌一眼，似乎不敢发作。只是他身边的一个绿衣侍从，獐头鼠目的样子，上前粗鲁一推，侍女如同器皿一般，僵硬倒地。

绿衣侍从犹不满意，上前揪住侍女的半边头发，未曾想，连着半边头皮一起撕了下来。侍女抬起头，残余的头发盖住脸，头皮下面并没有血，头骨是铜铁一样的材质，接缝处以铆钉连接，十分粗糙。

绿衣侍从十分震惊，烫手一般扔掉了手里连着头发的那片头皮。

侍女活动身体，慢慢坐起来，关节处发出"咯咯"的声响。她捡起破开的那片头皮，按在头骨上，又从提篮中拿出一把两头尖尖的凿子，在自己的头上茫然地凿着，似乎想把头皮和头骨重新凿在

一起。

叮、叮、叮……

凿子敲击金属的声音，隐约作响。不一会儿，她头发上本已凌乱的绢花被凿得稀烂。

钟平以为是某个鬼魂被欺凌，十分看不过去，便起身过去搀扶。侍女回过头来，苍白无色的脸颊，乌发凌乱，额头处裂开的面皮之下，是非人的青色金属结构。

春阳终于看到了她的脸。那是茙姬的面孔。

她如疯人一般吱吱笑起来，片刻后，如同被抽去筋骨，颓然倒地。

春阳愣住片刻，随即一股血气直冲天灵。此刻，绿衣侍从已经压不住怒气，一剑就向茙姬劈过来，瞬间，春阳从位子上暴起，剑已出鞘，剑锋直取绿衣侍从咽喉。

转眼间，金袖少年天权也从大殿一侧纵身跃起，细窄的腰身绷紧，足尖在几个描金酒案上点过，毫发之间已到面前，春阳陡转剑锋，勉强挡开致命一击。

"鹤羽宫内，岂容放肆！"天权大喝一声。

两人在殿上缠斗起来。两人的剑术竟有极多相似之处，天权招招狠毒，春阳只能勉力应付，已呈劣势。

殿上宾客皆看得津津有味，只有混沌脸色渐沉。

在春阳已支撑不下去的关口，殿上传来一声轻咳，几乎同时，天权硬生生收住剑势。

电光石火之间，春阳也收了剑，他的虎口已震出血来。

两位少年分别站定，目光仍定在对方身上，未有松懈。

天权身后，六名鹤雪持剑，一字排开；春阳脚下，只有瘫软在地的茙姬。

天权和春阳都已经注意到，彼此手中一软一硬的两把乌青宝剑，打造的材质似乎十分相同，剑柄之上，甚至烙着一模一样的饕饕纹。

春阳转身去搀扶瘫倒在地的"茏姬"。她面目恐怖，似人似鬼，但她这皮囊已经不是人间的样子——她身上并没有人类的味道。

天权剑术之高，已近鬼神。若挟茏姬强行闯出，今天自己绝无可能活着走出殿门。何况，茏姬这副样子回到人间，会怎么样？还能复原吗？

电光石火之间的思考，半跪在地的春阳，冷汗已经湿透后背。

混沌饮尽杯中残酒，缓缓开口：

"孤独王，这侍女虽是你昨日送过来的，但既然入了鹤羽宫，就是我的人了，你这侍从，未免对她的弟弟，太放肆了些。"

春阳闻言一惊。混沌竟然知道茏姬和自己的关系？

那巨人，也就是孤独王，眼珠一转，落到春阳身上之前，又及时拉了回来，似乎在思量什么，但他终究还是起身，倨傲地拱了拱手。

"这女子身上有饕餮部族血脉，送与混沌大人本是好意。刚才确实是在下侍从无礼，昨日捉住这女子的时候，还搜到蚩尤血的红茧一枚，现一并奉上，望混沌大人海涵。"

孤独王随即给绿衣侍卫使了个眼色，那侍卫有些不情愿地走上台阶，将一枚红色蚕茧献给混沌。

宾客哗然，纷纷交头接耳起来，许多人都眼红地死死盯着那红茧。

钟平和春阳私下耳语，这孤独王看似对混沌很客气，私下却结仇颇深。而那绿衣侍卫，之所以这般放肆，也正因为是孤独王的心腹，已经伺候多年了。

混沌漫不经心地将红茧掷入酒水之中，红茧随即融化，腾起一股红烟和异香。

"你把茏姬捉上来，无非是想引她弟弟出现。但若是引到你自己宫中，你们那不入流的剑术，又怕对付不了这孩子，所以献给鹤

羽宫,既能引出目标,又能折损鹤雪,倒是个好算计。"

混沌一推酒杯,杯子在地上摔得粉碎,那溶解了蚩尤血的酒泼洒一地,瞬时腾起一股毒烟。

酒中有毒!在座宾客无不哗然。

那绿衣侍卫见事情已败露,索性提剑向混沌刺去,转瞬间,天权已经飞身上前,孤独王也急了,想要去护那绿衣侍卫,但他怎比得上天权的速度。

只见绿衣侍卫只来得及稍稍抬手自护,天权的剑已经带着寒意刺来,侍卫只微微张大了嘴,五根手指和喉咙就被一刀齐齐斩断。

孤独王眼中含泪,大吼一声,一拳捶断了混沌喝酒的金桌,而天权却不敢过问,只收了剑,毕恭毕敬地立在一旁,一双鹰眼恶狠狠地盯着孤独王的一举一动。

只见混沌用小手指在金桌上轻轻抚下一层金粉,看似无意的一弹,那金粉落到孤独王脸上,孤独王的表情凝滞了一瞬,庞大的身躯竟然随着金粉一道,"轰"的一声化成了粉尘,瞬间灰飞烟灭。

"散了吧。"混沌冷冷地说。

宾客们似乎早就熟悉了混沌的高明手段,直到混沌张口,他们才纷纷慌乱起身,忙不迭地蜂拥着,退出了大殿。

采桐赶紧带着几个侍卫,将殿门缓缓关上,稠湿的云朵都被隔在了外面。四下无人,空气似乎都凝滞了。

三个时辰,快到了吧。春阳的大脑飞速转着,思考如何脱身。

"我知道,你此刻有许多问题。真相,其实并不复杂。"混沌这才从华丽的椅子上缓缓站起,走下台阶。

"饕餮——也就是蚩尤,是我的兄弟。自他战死后,人、鬼、神三界都流传着他转世的传闻。孤独王认为,从剑术来看,饕餮的转世就是你。他捉来你姐姐,自然是想引蛇出洞,顺便还能对我报仇。"

春阳一言不发。混沌已经走到了这对姐弟身边。

"你母亲那一脉,曾是饕餮的死士。正如同鹤羽宫的舞者,也是我的死士。逐鹿之战后,你母亲一族,辗转西南定居。这么多代血脉相传,你的武艺算是最好的一个——当然,也和你通灵的能力息息相关,也难怪孤独王会误解。"

"那么,我并不是饕餮转世?"春阳小心地问。

"成王败寇。逐鹿之惨烈,失败者,魂飞魄散。我的兄弟,再无转世。中国战神之魂,绝矣。"混沌停顿了一下,语调看似毫无波澜,但春阳却不由得微微颤抖。

"要说奇技淫巧,饕餮自然比不过我。但论剑法,几千年来,我都没能研究出比他更好的。所以,我的鹤雪,用的仍是饕餮一脉的功夫。"混沌淡淡笑着。

鹤雪闻言都肃穆起来。天权也终于收起凶恶的眼神,以一种复杂的神情看着春阳。

钟平和采桐都被殿内沉痛的气氛感染,大气都不敢出一口。

"三个时辰了,通道快要关了,去吧。"混沌温和地说道。

"可是……"春阳抱起茏姬,面露忧色。他还有太多疑问。

"莫担心你姐姐。后会有期。"混沌轻轻一扬手,一片金粉飘洒下来,春阳的意识便模糊起来,只感觉自己和茏姬轻飘飘地飞了起来,穿过湿漉漉的云层、鬼影重重的鬼市,掠过红花落尽、白花盛放的双生花树,便沉入了睡眠一般的黑暗之中。

安城

春阳醒来的时候,发现自己正躺在家中的庭院里。

此时正是午夜,茏姬早已醒了,正坐在庭院中,痴痴地看着天上的月亮。

她恢复了人间的样貌,春阳拉着她问了许久。看起来,茏姬除了十分虚弱,并且对这两天的经历毫无记忆之外,一切如常。

春阳终于长出一口气,突然感到全身酥软,无力地瘫在庭

院中。

蚕室里传来红蚕们啃食叶子的沙沙声,那天上的月亮,如同蚌类诞下的滚圆的明珠。月光倾泻而下,春阳似乎看到了逐鹿之战的场景。

一片大水,在月光下如滚滚苍蟒,闪着银光。一个好似混沌的身影带着一众部族,在水边立着,似乎在等待永不再回来的饕餮。

那部众,身影模糊,好似神仙,又好似鬼众;好似鹤羽,又好似春阳的母亲。

水声中,混沌轻轻动着手指,一股细小的水流从大水中腾起。水流自月光中盘旋落下,穿过时间的纹路,浸湿了春阳院中的野草。

一股若有若无的冷冽水汽散开,带着春阳,沉入了亦真亦幻的梦境之中。

宇宙尽头的餐馆
之腊八粥

羽南音

在遥远的宇宙尽头，有一个餐馆，名字就叫"宇宙尽头的餐馆"。远远望去，像一个海螺在虚空中默默地旋转着。

餐馆有时大，有时小，屋里的装饰和窗外环境也常常变化。这里有一个时刻装满各种新鲜食材的冰箱、一个煎烤烹炸无所不能的料理柜、一个能控制小范围时间流逝的钟表、一个忧郁的机器人服务员马文。餐馆正中央，始终挂着一盏红灯笼。

经营餐馆的是一对父女，来自一个叫"地球"的行星上一个叫"中国"的地方。对照《银河系漫游指南》，爸爸属于标准中青年男性地球人长相（甚至还有几分英俊），黑头发，身形瘦削，左手手腕有一道伤疤。他话不多，擅长地球料理，只要客人点得出，基本都能做。女儿小魔十一二岁的样子，也是黑头发，眼睛又圆又大。

距离餐馆最近的时空中转站是个小型货运站——一个主要连接地球的奇点货运站。当然，既然是奇点，就只有文明程度达到3A级以上，拥有把肉体上传到网络能力的文明生物才能到达这里。

客人不多，大多来自地球。此外，还有半人马座阿尔法星火柴盒那么大的三体人、为了适应土星气态长成大气泡样子的泰坦人，甚至还有来自地球五万光年之外、在银河系的中心居住的银光闪闪的索亚人……所以，在这个模糊了时间和空间概念的餐馆，看到形形色色的智慧生物，挥舞着触角，吐着黏液，噼里啪啦地闪烁着能量场，并不是什么稀罕事。网络世界什么都有，但游荡久了，总觉得灵魂也空荡荡的。所以，总有几次，大家想穿上实体躯壳，实实在在地吃上一碗饭，缅怀一下往日生活。

在这里吃饭，有一个规矩。你可以和老板聊一个故事——只要足够有趣，便能免单，老板还会亲自做一道特别的料理送给你。你就可以一边吃，一边想象每时每刻，餐馆外的每一个角落，都有无数文明盛极而衰，循环往复，如同万千星辰旋生旋灭。

腊八粥

不是熟客，如果没记错的话……今天应该是第一次来。小魔想。

今天的餐馆装饰成中国冬夜的样子，有四五张原木小桌，客人两三个。料理台设在餐馆一角。红灯笼下方那桌有一男一女，女孩看起来是地球人，也许是第二代克隆人——双腿异常修长。男人应该来自金星，脑袋硕大，瞳仁是深深的紫色。

还有一个地球男人，独自坐在角落，脸色很苍白，木偶一样慢慢转着手中的酒盅。他面无表情，双鬓染白，全身上下散发出一股浓浓的酒气。今天是中国腊八节，餐馆里准备了甜甜的腊八粥，香气四溢。男人却没有点。

小魔从未见过这样一双眼睛——如同干涸的深井那样，里面空空如也，让人想起昆虫死后的眼睛。

趁着客人不多，小魔把菜单塞到马文手里，眨了眨眼。

马文拿着菜单，望着窗外的飞雪，叹了一口气，眼睛开始闪烁代表忧郁的蓝光，嘴里还嘟囔着"都是几百年的死人了还来吃什么饭呀"之类的话，然后迈着短腿，慢吞吞地向金星客人那桌走去。

"爸，那个男人，应该有好故事吧？"小魔钻到角落的料理台，笑嘻嘻地说。不知道是不是一种天赋，小魔总能在人群里一眼就认出最有故事的那个。

爸爸停下手中的活，盯着一堆盘子，默不作声。

他的神色有点异样。关怀、焦虑、厌恶，甚至还有一点恐惧？说不清。

良久，饭厅的嘈杂就像窗外细细的雪花，隐隐约约地飘过来。

"小魔,你知道'神秘事务司'吧?"

"万法归宗,万物守恒。"小魔脱口而出。这家公司的口号——汉语版。神秘事务司——在许多时代、许多星球都赫赫有名。他们视各种星际法律如同无物,几乎能够提供一切匪夷所思的服务——前提是你的要求必须足够古怪有趣。但是你不能用钱"购买",而只能"交换"。具体是什么,去过的人都讳莫如深。没有人知道这家公司的老板是谁——此人聪明绝顶,从未被时空警察捉到过。

"那个男人,叫阿尘。他在神秘事务司,换过一项服务。"爸爸慢慢地说起阿尘的故事。

阿尘是个写小说的,20岁那年,凭借一本爱情小说,新人出道,一举成名。庆功晚宴充斥着文人间虚与委蛇的客套和醋风阵阵的逢迎,他如痴如醉,照单全收。不过,年少成名,未必是好事。那一晚,他遇到了自己的仰慕者——也是未来的妻子,小瓷。

小瓷出身书香世家,貌美体弱,却十分倔强,不顾家里反对,执意嫁给了清贫的阿尘。她白天忙着家务,洗洗涮涮,两手泡得通红,晚上帮阿尘校对书稿,搜集资料,日复一日。

三年,比赛的光环早已褪去,阿尘却再没得到过缪斯女神的垂青。写作是一种漫长艰辛的工作,如同黑夜中独自一人的长跑,触目所及,只有三寸的光亮,情感大起大落、悲喜交织,如同雨雪加身,疲惫不堪。一次次书稿被拒后,阿尘渐渐发现了自己的许多缺陷:耐力太差、不够敏感、无法将优秀作品的优点融会贯通。这其中,有些确实存在,有些只是阿尘的自卑作祟。

他年少气盛,忍不了出版商的白眼,更无法面对自己的无能,就开始酗酒。那一瓶瓶的劣质酒,是小瓷日夜为家计操劳换来的。

一年冬夜,腊八,白雪漫天。阿尘带着酒气推开家门,看到小瓷正对着自己暖暖地笑着。桌上摆着一锅杂粮粥,热气袅袅。

"传说,腊八粥是老鼠偷了好多种粮食,藏在洞里,被穷人发现,就煮成了粥……"

突然间，阿尘觉得脑中嗡嗡作响，好似五雷轰顶。后来小瓷说了什么，他全没听清，对她话里温柔缱绻、甘愿清贫、无怨无悔的意味，自然也无心领会。

他连夜冲出家门，去了"神秘事务司"。

小瓷在灯下独自坐了很久，泪水落到那锅腊八粥里，慢慢凉透。

阿尘想要地球上五个作家的五种能力——神秘事务司告诉他，宇宙能量是守恒的，能力无法"复制"，只能"剪切"。也许是仅存的一点歉疚和对扰乱宇宙历史线的恐惧，阿尘要求避开自己的宇宙，从其他五个不同的平行宇宙各偷一个。

这五个人，都是各自时代的文坛精英。

甲，戏剧大师。戏剧作品产量之多、质量之高，百年间几乎无人能敌。阿尘想要他对故事"结构控制"的能力。

乙，诗人。诗作优美恣肆，格律工整，有"诗仙"之称。阿尘想要他对"语言韵律"的敏感性。

丙，悬疑小说家、心理学家。巅峰时期的作品曾让许多人心脏病发。阿尘想要他脑中所有的人类心理学模板。

丁，科幻小说作家。作品奇谲诡异，在众多星系广为流传。阿尘想要他的想象力。

戊，古典文学大师、佛学家。文思沉郁厚重，历史变迁、万物规律，在他笔下如同浮云。阿尘想要他"洞察"的灵性。

"阿尘是你的朋友吗？"小魔问。

爸爸诡秘地笑了笑。"他想偷的人里，有一个是另一个宇宙的我——不过，被那个我知道了，没偷成。"

小魔想问什么，终于还是没有开口。

与一般人不同，她的记忆是从五年前开始的。睁开眼的时候，她正躺在一艘飞船里，和一个中年男人、一个大脑袋机器人一起逃往宇宙的尽头。再往前……记忆断层，终结在一片爆炸的闪光中。

后来她就认了这个男人做父亲,但他从来没有告诉小瓷记忆断层之前的故事——他不想说的东西,就不会说。

"有四种的话,也很厉害了啊!"

"宇宙的能量是守恒的。要得到,就要付出代价。"

神秘事务司先送来的,是甲的能力。

一夜间,他的大脑仿佛被撕开,硬生生塞进一张烧红的铁丝网,头痛欲裂,号叫不止。被蒙在鼓里的小瓷被枕边人一声尖叫吓得肝胆俱裂,几乎滚下床去。整整一夜,她披着单薄的睡袍,不停地用热毛巾拭着阿尘的额头和双手,看着他死死抓住床单,不愿去医院,她只能守在床前。每当阿尘尖叫,小瓷也会猛地一哆嗦,死死抓住阿尘的手,生怕他在挣扎间弄伤自己。天色渐明,小瓷看着阿尘面如金纸,已经哭得没了眼泪,满脑子只有一个念头:这个男人要是撑不过去,自己恐怕也活不了了。

清晨醒来,阿尘眼前的世界突然变得清晰无比。

卧室里,每件家具、每个抽屉、每件衣服、每双袜子都放在什么位置、什么大小、什么颜色、什么用处,突然变得清清楚楚。他望向窗外,一群邻居正在广场上散步、交谈。每一张面孔后面的名字、年龄、亲戚关系也变得异常清晰——要知道,昨天阿尘还连他们的名字都记不住。

小瓷看到丈夫醒来,却神情诡异,喜忧参半间连忙去试他额头的温度。阿尘不耐烦地拨开她的手,一句话也懒得说,几下就将她推出了房间。

他急切地随手抄起一本书,从目录看起,阅读速度比以前快了五六倍。看完一遍,仅仅再扫一眼目录,书中所有的情节就如同枝丫一样从几条主干上慢慢长出来,每一处节点、每一处转折的作用都是那样明晰。阿尘闭上眼睛,几条不和谐的枝丫立刻在这棵大树上凸现出来,他几乎下一秒就明白了应该怎样矫正这些枝丫、怎样修改这本书——这本饱受赞扬的畅销书。

每发现一处改变,阿尘就越发呼吸困难,难以自持。怀疑、惊讶、狂喜的感情如同惊涛骇浪一波波冲击过来,他甚至来不及打开电脑,抓起一叠纸就写起来。

房门紧锁,他一周之内就写出了上百个漂亮的故事大纲。开场惊艳、过渡顺畅、高潮合理、弧线优美,个个堪称经典。他颤抖着抚摸这些文本,不时发出神经质的大笑。

然而,这一周内,阿尘仿佛患上某种强迫症,把室内所有家具重新打乱排列了一遍,每个位置都用标尺精确测量,衣服要按照颜色、厚度精确排列,为每个抽屉加上标签,任何东西都必须完美排列、一丝不苟。只要一个纸团、一个污点扰乱了房间的秩序,他就如百爪挠心,异常烦躁。

一周内,小瓷只好睡在客厅,做好一日三餐送进卧室。有一天,她轻手轻脚进来,想打扫一下房间,刚打开柜子,阿尘就勃然大怒,扇了她一个耳光。

一个月后,神秘事务司送来了乙的能力。阿尘开始变得对声音异常敏感,过耳不忘。风声、音乐、雷鸣,甚至狗叫——每个音节都似乎有了新的含义。那些书中的诗篇、散文、俳句、俚语,像有生命一般拉起手来,精灵一般舞动着。

他写出了一个又一个精美的诗篇,却无法从诗歌的美妙韵律中得到片刻安宁,因为甲的"结构控制力"一直在暗处咆哮:秩序!秩序!而乙的力量坚持文字的妙处就在灵动潇洒、难以言传。两位大师的精神力量分庭抗礼,如山呼海啸,谁也不愿屈居下风。阿尘感到自己的肉体变成了一个精神斗兽场,日夜难以安眠,战栗不已。

丙的力量随之而来。那是怎样一个阴暗的角落,成千上万种面孔、成千上万种人格、成千上万种故事、成千上万种绝望。阿尘终于明白,为了写出那些阴暗诡异的灵魂,为了写出那些匪夷所思的

情节，丙的心灵已经扭曲成怎样一片地狱。那些鲜血、眼泪、白骨、青坟，让阿尘战战兢兢，如履薄冰，几乎到了崩溃的边缘。他没有丙那样强大的心理承受能力，几乎数次想要自杀。只有在烈酒中，在大脑麻木的片刻，苟延残喘，寻求一点安宁。

小瓷终日以泪洗面，不久就病倒了。她不明白，自己爱上的那个英俊、儒雅、体贴入微的男人怎么会一夜之间判若两人。其实小瓷明白，历史上大部分作家的妻子都不怎么幸福，要忍受物质上的清贫，还要包容丈夫的敏感、多变甚至滥情——嫁给他之前，她就明白。

只是，对多数女人来说，理智在爱情面前，从来没有胜算。

这些都没什么关系。小瓷在床上躺着，虚弱地喘息。想到那个耳光，她闭上眼睛，一滴眼泪慢慢流进头发里。

一天黄昏，阿尘被一个神秘声音吵醒。

"你这个贼。"

阿尘睁大了眼睛，脑海中浮现出一张男人的脸，瘦削纤长，似笑非笑。

男人的影像不是出现在眼前，也不是投影在什么物体上，而是直接浮现在脑中，清晰又模糊。这种体验，难以解释。就好像有一只眼睛是健康的，另一只受了伤，再用双眼看世界的时候，眼前的景象就会既清晰又模糊。

"偷我的想象力？就凭他们？"男人笑了笑。

阿尘伸出手在眼前乱抓，抓住的却只有一片虚空。

"万法归宗，万物守恒。"男人用一种怜悯的眼神望着阿尘，渐渐模糊。

阿尘终于从宿醉中清醒，发现身上的呕吐物已经被小瓷清理干净，被子松软清香。夕阳照进来，似乎有一股清泉流入心中。那是戊的能力。

人类总是重复着同样的成长故事。这意味着，你今天费尽周折

学会的一切道理，几千年前就有人写在书上。日光之下，并无新事。

这样大费周章偷来的一切，有何意义？看看，我都做了些什么？阿尘看见无数尘埃在夕阳的红光中舞动。

他仿佛看到了那四个平行宇宙的文学史在慢慢扭曲，蝴蝶效应带起一波波的时空涟漪，无数因果链分崩离析，又重新组合，无数人的命运随之改变。

他仿佛看到一个个时空中，出版商对甲江郎才尽的讽刺，读者对乙生硬语言的嘲弄，妻子对戊无力承担家计的吵闹，还有丙在黑夜中抽打自己痛苦不堪的哭号。

是自己，偷走了他们身上最珍贵的东西，却任自己烂醉如泥，糟践到如此田地。

想到这里，阿尘感觉有些怪异。戊用智慧和理性的声音在心底质问：为什么你没有一丝歉意？为什么你的内心只有遗憾，没有自责带来的痛苦？为什么你失去了爱别人的能力？

爱？阿尘恍恍惚惚地想着。爱是什么？

哦，在神秘事务司里，自己把爱交换出去了。

爱才是一切事物中最重要的。戊平静地说。用尽所有的写作技巧和智慧，你能看透这个世界，解释它，蔑视它，却依旧无法成为最优秀的文学大师。你要做的，是放下自我，融入世界，不对抗，也不憎恨。用爱、钦佩与敬畏来观察所有生物及人类自身——这才是文学的终极奥义。

阿尘起身，推开饭厅的门。小瓷正坐在桌边，守着一锅热气腾腾的腊八粥。

阿尘僵硬地坐在她的对面，如同木偶一般。

"吃一点吧。"仿佛知道什么，她的眼中流露出一种多日未见的光彩和宁静。

阿尘尝了一口，是咸的。他抬起头，看到小瓷苍白的面孔。

"阿尘，虽然我不知道，腊八那一晚，你去了哪里，才变了这

么多,不过你做事,一定有你的道理吧。我等了你一夜。那天的粥,和今天的一样,都是咸的。"小瓷勉强笑了笑。

阿尘觉得自己应该说些什么,最终却什么也没有说。

"阿尘,我昨天偷偷翻了你的书稿……写得好。我可高兴了。"小瓷终于像是要哭的样子,她伸出手,慢慢地抓住阿尘,"答应我,你要好好写下去。"

阿尘沉默了很久。

"为了你,我会好好写下去。"

小瓷慢慢地笑起来,眼里闪着新婚时的甜蜜,却抹不去眼角的悲凉。夕阳为她苍白的面孔,染上最后一抹绯红。

她的手真凉。阿尘想。

"小瓷……是不是……"小魔心里一沉。

爸爸慢慢操作着料理机。

"是,第二天,小瓷就去世了。我想,是因为她看到生命中的最后一点火光——阿尘对自己的爱情,已经不复存在。此后,阿尘一直独自生活在几种精神力量的交锋和折磨中。无论多么后悔,交换的商品始终无法退回。他断断续续写出了许多畅销书,得了许多奖。但他始终没有再结婚,没有搬家,也从来不翻看写过的作品。那些厚厚的书都堆在书房的角落,落满了尘土。"

"还有一个科幻作家的身份呢?"小魔皱着眉头看着爸爸,"你是怎么知道这一切的?还认识另一个宇宙的自己?你到底还有多少事瞒着我呀?"

料理柜"叮"的一响,是一碗腊八粥。

也许是雪夜的寒气,爸爸端着粥从身边走过去的时候,小魔觉得空气里飘着一股淡淡的清凉的咸味。

餐馆另一头,阿尘抬起头,望着老板纤长瘦削的面孔,睁大了眼睛。

他们正说着什么,小魔急忙过去偷听时,却听到了最后"万法归宗，万物守恒"这一句，不免有些丧气。

爸爸折身回了后厨，只剩下阿尘愣愣地坐在桌旁。他的眼神随着爸爸的身影转了一会儿，又渐渐收回来，良久，他的脸上竟慢慢露出一丝微笑，又有几分凄凉，仿佛在回味什么。

他的面前是一碗绛紫色的腊八粥，里面有黑米、芸豆、红豆、花生、桂圆、红枣、莲子、核桃，煮得滑滑糯糯，像一家人那样挤在一起，散发着清凉的、淡淡的咸味。

阿尘就那么坐着，直到客人陆陆续续散去，腊八粥终于散尽热气，凉了下来。

他慢慢起身，小魔急忙过去推开门。

刚刚的笑意像夜空一闪而过的烟火，此刻，他的眼中再次空空如也。

阿尘没有看小魔一眼，消失在茫茫的风雪中。此时，午夜钟声响起，一股凉风带着雪粉吹进来。

"你想不想知道，我和他说了什么？"爸爸一边擦着盘子，一边慢慢地说道。

"嗯！"小魔想到阿尘的眼神，不由得一哆嗦。

"我告诉他，几天以后，会有一部作品在地球那边得奖。写的是一个女人对一个男人至死不渝的爱恋之情，作者名叫张瓷。那是阿尘根据小瓷的日记整理的。这恐怕是他今生写出的唯一能令自己满意的作品了。"

宇宙尽头的餐馆
之云腿月饼

羽南音

五岁的孩子，在酒馆里跌跌撞撞地疯跑，终于撞翻了一张凳子，酒桌边缘的几只碗碟也摇摇晃晃地震动几下，跌在地上，碎成几瓣。

马文叹了一口气，挥舞着手臂走过来。

"走开啊……占着地方，怎么打扫？不打扫，怎么符合'服务员'的定义？不符合定义，怎么……"

"有完没完啊？人家又不是故意的！念经啊你！"小魔挽起袖子，一把抢过马文手中的打扫工具，几下就收拾得干净利索。马文一直在旁边怨念地看着，还在不停嘀咕着。

"唉，反正我就是没用的存在，何必呢……"

"真是很抱歉，辛苦你们打扫，请算在账单里吧。"父亲终于追上来，扯住穿得像小企鹅一样胖滚滚的儿子，微微喘着气。小孩并不哭闹，只是瞪大眼睛，在父亲手里有节奏地挣扎着。

"再闹就打针啦。"父亲的额头开始冒汗，头发黏在微胖的脸颊上。他对妻子和老板抱歉地笑着，努力抱起挣扎的儿子，向餐馆的角落走去。

坐在吧台的女人微微点点头，面前摆着一瓶日本清酒。她长得很美，五官轮廓柔和，肤色雪白，还有一个好看的尖下巴，乌发在后脑紧紧挽成一个油亮的髻。

"丈夫很宠爱您呢。"老板说。

"是的。"女人的笑容好像清风拂过水面，"今天也是我任性，一定要到这里来吃饭，他特地绕道来的。听说……你们这里什么食物都可以做，是吗？"

"特殊食物的话，要用故事来换。"

"是……"女人低着头，和服式的剪裁，露出一抹雪白的后颈。

女人倒出一点点清酒，润了润嘴唇。

"老板是地球人，对吧？是月前时代的人吗？"

"是啊，那时候月亮还在。"

女人淡淡一笑，笑容如同月光下的河水。

是啊，那时候月亮还在。

那一刻，如果不是真空阻隔，梅子本该听到爆炸声隆隆响起，仿佛雷神震怒于虚无之中。

102天前的正午，天空中突然燃起一团耀眼的火光，白色的碎屑闪着银光，四处飞溅。

历经三次失败，第四次月球暴动，贫民攻破核武器总部，拼死一搏，玉石俱焚。一亿人口，无论贫贱，于瞬间灰飞烟灭。

那里面有囚徒身份的父亲，梅子成了孤儿。

苍穹倒扣，一抹耀眼的光带横穿天际。那不是银河，是月球碎片组成的星环。

远处，河水映着星光，如同一匹闪光的缎子，流向远方。失去月球的引力保护，流星似乎比往日多了起来。

明明是初夏，气候却像深秋。时间有点乱，24小时的昼夜，正在渐渐缩短。

梅子躺在院子里的一块大石头上，感到风从四面吹来。

月球的睡眠舱里，从来没有风。

川岛梅子，父母是第二代月球"移民"。月球居民有两种：富人区住的是承担得起高额居住费用的富人，由于度假、科研和一些特殊原因来到月球；贫民区住的是被流放的"囚徒"，一些国家因为资源匮乏和人口压力，制订法律，将罪人流放到月球。第一代月球移民中，最多的就是日本人，几乎全部集中在月球背阴面的3号基地。19年前，父亲盗窃政府财物，被定罪的同时，母亲也因为窝藏赃款被判刑。那时的她，已经有7个月的身孕。

后来母亲因难产死去，在3号基地，梅子出生、长大。白天，她挤过密集的人群去领取一点可怜的营养配额和仅够维持生命底线的水；晚上，在狭小的睡眠舱窒息的空气中入眠。15岁以前，她去过的最远的地方，就是阳面的1号基地——那是梅子的成人礼，政府特赦的参观仪式。

和2、3号基地一样，1号基地也位于地下，更大，更坚固，内壁银光闪闪，对2、3号基地来说极其珍贵的水源，在这里无限量供应，甚至随时能够洗澡。

这里是月球上层阶级的聚集地。

那一刻，梅子手足无措地站在大厅中间，那闪闪发光的地板，仿佛能映出她身上常年无法清洁的污垢。神态倨傲的上层阶级穿着几乎无法辨认面料的奇特服饰来来往往，掩饰或不掩饰轻蔑的眼神。

梅子用力扯着身上的衣服——自己最好的一件衣服，想把皱皱的面料扯平。她的脸颊滚烫，却与此刻月球地表150摄氏度的高温无关。

到了休息时间，大家在1号基地中央的喷泉休息区坐下。梅子打开便当盒，拿出白白的饭团，难以下咽。

梅子抬起头，周围几个孩子正像见到稀世奇珍一般围着喷泉嬉闹着，把手小心翼翼伸出去，接晶莹的水花，兴奋地发出尖叫。

脚下——月球对面一日两餐制的3号区，父亲正在污水处理工厂忍受化学药水的毒雾，双眼通红。

没有水擦洗眼睛，没有水清洁双手。

从小，父亲就很少和梅子聊什么。小时候，梅子也想听他说说祖父祖母的事、地球往事，还有母亲。但他总是皱着眉头，支使梅子去干这干那，梅子一哭，他便暴怒，还动手打过几次。久而久之，梅子便不再提这些，偶尔想到自己那连模糊影子都没有留下的母亲，便默默流泪。

母亲。从一些零散的书籍和电影中，梅子看到"母爱"每每被提及，被渲染得十分崇高。对梅子来说，这种渲染有些陌生，有些可笑，甚至有些令人恐惧。

"你是从3号基地过来的吧？"

梅子抬起头，是一个男人，三十岁左右的样子。穿着武装特警的制服，面部线条刚毅，眼神却十分温暖。武装特警，是月球上少数几种能够常年穿梭于三个基地之间的职业之一。

"我很喜欢吃日本饭团，能和你换一个吗？"男人装作没看到梅子脸上的泪痕，很自然地递过一块手帕包裹的食物，又取走了一个饭团。

"啊，酸酸的，是梅子馅的？真好吃。"男人惊奇地吃着，盯着红红的梅子馅看个不停，夸张的语气让梅子觉得有些好笑。

食物表皮是淡黄色，香气扑鼻。梅子轻轻咬下去，咀嚼着，渐渐睁大了眼睛。

"请问，这是什么？"

"月饼，中秋节的时候吃的。"

"中秋节？"

"是啊，我们中国还会放孔明灯。"

"日本也有，我在小说里看到过，漫天都是……可惜月亮上没有。"

"是这样吗？"马磊拿出一个智能通讯器，找出一幅图画。

那是怎样一幅画面？成千上万盏橘红的灯火在夜空飞舞，一轮银色的圆月夹杂其间，美得像一个梦境。

梅子看得移不开眼睛。

余生中，梅子常常想起那幅画面。爱情的悲伤早已融入时间之海，只留下一点淡淡的怀念。那时，他们初次相遇；那时，月亮还在。

　　从那以后，这个名叫马磊的武装特警经常利用工作之便溜到3号基地去见梅子，给她带吃的，讲笑话。他们在狭小阴暗的街道散步，分吃一只小小的月饼。梅子喜欢他温暖踏实的笑容。六个月后，马磊正式得到梅子的父亲应允，开始准备婚事。

　　因为要控制人口和生育比例，月球上囚犯们的婚姻制度是极其严格的一夫一妻制，违者将剥夺水源配给，任其自生自灭，私生子一经发现，立刻处决。更何况，梅子和父亲身上都流淌着传统日本家庭的保守血液，对女性忠贞尤为看重。

　　"嫁作人妇，忠贞为天，若存杂念，娼妓不如。"一日深夜，父亲命令梅子，四肢触地，长跪不起，将这句话谨记。

　　次日，梅子生平第一次坐上飞船，跟随马磊回到他的故乡——中国云南，去拜见他的母亲。

　　三天后，她刚刚抵达地球，月球贫民窟暴动的消息就如同晴天霹雳一般传来。马磊迫于肩头责任，又担心梅子的安全，将她托付给母亲，一人匆匆赶了回去。

　　隔着院墙，听到几个孩子在远处嬉戏，笑声掺杂着浓郁的花香，隐隐回荡。冷风吹着，梅子的小腹隐隐作痛起来。消失的月亮不仅带走了潮汐，也搅乱了不少女人的经期。

　　如果马磊还在身边，我们的孩子，也该会走路了吧。

　　"梅子！梅子！"

　　"哎。"梅子慌忙从石板上坐起来，向身后回应着。凉风扑面，她忍不住咳起来。

　　体温升高，双眼干涩，呼吸不畅。症状已经持续了十几天，梅子对这种感觉十分陌生。

地月两地,经过几代人的繁衍隔离,月球上,很少有"流感"这种病菌。

"你这孩子,大半夜的,怎么又在院子里吹风……"

马磊的妈妈白玉霞从厨房推门出来,身上带着一股热烘烘的香气。

梅子急忙起身,手足无措地深深鞠了一躬。

"你这孩子……"白玉霞正想扯着嗓子数落一番,一看到梅子胆怯的样子,硬生生把后半句话咽回肚里。

"披上,披上。"她为梅子裹上新做的薄棉衣。

梅子的眼泪一下子涌出来。

"哎呀你这孩子,怎么又哭了?唉。"白玉霞急了,脸慢慢涨红。

自己的丈夫死得早,她大半辈子,做饭、工作、吵架、揍马磊,样样都得扯着嗓门,比男人还男人,才撑得住这个家。但是眼前这个丫头,细弱得像薄草皮上的菌子,让人不忍责怪。

"走,跟大妈做月饼去……"白玉霞用热烘烘的手擦去梅子的眼泪,拉着她就往厨房走,边走边说个不停,"可怜的孩子,从小在那么老远的月亮上吃苦,那是人待的地方吗?你爹犯罪也不该连累你啊,这算什么道理……"

"那些当官的真是造孽,就知道欺负可怜人,自己住着那么大的屋子,把犯了一丁点儿罪的人都赶到月亮上去,现在可好,月亮没了,网上那些有学问的人整天说什么黄色小脚[①]、潮水,我也听不懂,咋的,听说日子要变短了,冷暖也会乱?还有星星要撞咱们?[②]"

她一边絮叨,一边推开厨房的门。

眼前的一切突然变成了暖黄色,扑面而来一股热烘烘的浓烈的

---

① 应为黄赤交角,白玉霞理解有误。
② 失去月球会影响黄赤交角、季节、温度、潮汐,陨石撞击地球的可能性也会大大增加。

油香。

白玉霞一甩手,"嘭"的一声,将黑暗和夜风关在了门外。

白玉霞将面团一分为二,教梅子怎么揉。

"以后不许大半夜在院子里吹风,多冷呀,冻坏了可怎么好?等磊子回来,我怎么跟他交代,怎么跟你……去了的父母交代呀……"

"马磊……他不会回来了……"梅子停下手,眼泪一滴滴落在面团上。

白玉霞也停住了动作,看着梅子的眼泪,她挖起一勺拌好的火腿馅料,塞进梅子嘴里。

冬蜂蜜很凉,黏稠清甜。炒过的面粉糊温柔地散开,露出方方的火腿小丁,咬下去,油脂香滑,无怨无悔地在齿间融化,瘦肉柔韧,微妙的咸味带着岁月熟成的风韵散发出来,难以形容的鲜美。

"丫头,第一次吃吧?月亮上没有吧?"白玉霞笑得皱纹深深绽开。

"马磊经常带给我吃呢。"梅子也带着眼泪笑了。

"这臭小子!我说月饼怎么经常少!"

窗外,风声呼啸。小小的厨房里,两个失去丈夫的女人,各自开始用力揉起面团。

人声鼎沸,空气污浊,这里的医院和月球上的贫民医院颇有几分相似。

面色潮红,咳嗽不止,梅子喘息着,仿佛胸口堵满了棉絮。

三百多天过去了,马磊音讯全无。因为缺乏地球病毒的相关抗体,梅子的流感转成慢性肺炎。看着白玉霞每天都在为拮据的家境奔波,梅子一直强打精神,隐瞒病情。

直到昨天,白玉霞发现床下角落里有一个沾血的纸团,气得直跺脚,立刻带上家里仅有的一点积蓄,押着梅子来到医院。

"请问你们这儿有个梁生大夫吗？"

"梁生大夫在哪儿？"

白玉霞拉着梅子，一路在浑浊的吊水瓶、生锈的担架、染血的纱布间穿行。她不时抓住一个人，打听梁生大夫的下落。据说那是马磊以前的好友，曾在一号基地的高级医院工作过。

周围弥漫着刺鼻的药水味和病人的呻吟，嘈杂的只言片语汇成一个事实：一场大规模的传染病正在爆发——从月球逃离的一小部分人，带来了月球的病毒。就像梅子对普通的地球病毒缺乏抵抗力那样，月球病毒也感染了一大批地球人。

一片晕眩中，梅子看着白玉霞头上的汗珠在不停滴落。相似的焦灼，相似的眉眼。她想起三年前，马磊回月球之前和自己告别的样子。

认识马磊母子之前，梅子只在很多电影和小说中见过这种神情——出于关心和爱流露的神情——而不是在父亲的脸上。

梅子十二岁那年，生过一场不大不小的病。

为二号、三号基地所建的初级医院，设施简陋，人满为患，空气污浊，杂乱不堪。梅子住了几天医院，几乎耗尽了家里存储不多的劳动绩点。病情略有好转，父亲便将她接回家中，匆忙赶去上班。慌乱之中，他忘了锁上放日记的抽屉。

梅子知道父亲一直有记日记的习惯，抽屉始终牢牢锁着。

梅子翻开了那本纸张泛黄的日记本。

纪月七十三年 八月十五

虽然这里没有中秋节的说法，但还是按照旧日历纪念一下。千美离去已五年有余。梅子长得和她越发相似，性格也同样，温和但也倔强。

如果不是她，千美就不会走。一切的罪过都是这丫头的。照顾她，只是因为千美离开之前，死死抓住我的手，逼我承诺。

　　丫头的脸只会让我想到千美,一看到就讨厌、怨恨。只能这样一生忍耐下去吗?

　　让我做什么都行。只要千美能回来。用这丫头的生命换也可以,用我自己的生命换也可以。

　　今天又有女人给我献殷勤,真是淫荡的贱人。这一生,除了千美,我再也无法忍受别的女人。背弃婚姻契约,是比任何事情都要肮脏的事。

　　我对不起千美,一生一世也无法赎清这罪过。

笔记本从手中滑落,梅子扶着椅子,慢慢瘫坐在地上。仿佛一夜之间,她就度过了青春期,成长起来,变得更加沉默寡言。

医院的一切越发模糊,父亲没有表情的面孔开始在梅子眼前浮现。

只要千美能回来,用这丫头的命换也可以。

"梅子,怎么了?梅子!梅子!!"
白玉霞的声音慢慢听不到了,梅子晕了过去。

醒来的时候,似乎正是深夜,夜空像蓝色丝绒。
梅子睁开双眼,空气中漾着一种微妙的香气。床头的花瓶里换了新的花,还是同样的一种。
梁生正缩在床边的凳子上打盹,似乎知道梅子醒来了,他慢慢睁开双眼。
梅子急忙避开他的目光。
"怎么样了?还烧吗?"他下意识伸手来拭梅子的额头。

梅子全身一僵。梁生胖胖的手尴尬地停在半空，慢慢收了回去。

梅子的后背开始出汗。她不知该把眼神放到哪里，只好盯着床头的那枝茶花。

第一次来这家医院，梅子生命垂危，直接进了特护中心。普通的地球流感在她身上表现出许多怪异的症状。梅子像窒息病人似的拼命抓挠自己的脸颊和脖子，直到双手被医护人员固定起来。

拆下纱布的那一天，看着镜中的自己，梅子脸色变得惨白。

第二天，梁生大夫就带来了云南珍贵的茶花——童子面。圆润娇俏，白中透粉，仿佛渗着淡淡的血迹。

"这个、这个也很好看，伤，没关系……会、会好起来的……"

梅子看到梁生躲在花束背后，试图遮住自己圆圆的涨红的脸。那一刻，她感到一股寒意渗入骨髓。

"这个月的费用……"梅子咳起来。

"不、不用担心。"梁生急忙递过温水，憨憨地一笑。

两人陷入尴尬的沉默，门突然被"砰"地推开，白玉霞费力地拖着一个大口袋进来。

梅子如逢大赦，绷紧的身子放松下来。

"大妈，您这是……"

"梁生啊，好孩子，这阵子你又垫钱又出力的，大妈没啥本事，自己种的，这些芋头给大家分分……"

"应该的，马磊……马磊是我的好兄弟。"提到马磊，梁生眼中闪过一丝复杂的神色。似乎怕白玉霞说出更多感谢的话来，他急急忙忙拖着一大袋子芋头离开了，出门时还差点绊了一跤。

"来，梅子，趁热吃。"白玉霞把还温热的云腿月饼塞到梅子手里。

她面孔通红，似乎头上都在冒着热气，裤腿上星星点点沾满了泥。为省一点车费,她肯定又坐了最便宜的那班车,终点站离这里很远,大半夜的,她就是这样一路把芋头从车站拖过来的。

梅子的眼睛红了。

"梅子,有句话,大妈不知道当说不当说。"

梅子望着白玉霞,发现她的脸颊比以前消瘦了很多。

"大妈,您说。"

"梁生是个好孩子。"

梅子咬紧嘴唇,沉默不语。

"好孩子,听大妈说。你这病,陆陆续续也三年多了,三天两头往医院跑。大妈是过来人,看得出梁生的一份心意。这孩子,靠得住。大妈说这个,是真心,孩子,你能明白吗?"

梅子止不住发起抖来,牙齿磕得作响,眼泪如珠串一样往下掉。

白玉霞望着梅子,眼圈也开始发红:"梅子,别生大妈的气。马磊这一去,四年多没消息,只怕……凶多吉少。你是好姑娘,以后还有大好的日子等着你,啊?"

"大妈!"梅子突然仰起脸,一反常态,双眼通红,两腮咬得铁紧。

"'嫁作人妇,忠贞为天,若存杂念,娼妓不如',这是我离开前,跪在父亲面前,亲口立下的誓言。我宁可不要梁大夫的帮助,宁可不住这高级病房。您要是再说下去,我不如死在这里!"

说罢,梅子颤抖不已,神情决绝。

死便死了,也好过父亲在另一个世界还要看低我。

白玉霞吃惊地看着梅子。相处几年,她只认识温柔和顺的梅子,从未见过如此疯狂的梅子。半晌,她才开口:"唉,以前只听马磊说过,你们这些月亮上的日本人,把改嫁看得大过天,梅子,时代不同,环境也变了,你……怎么还这么想不开呢?"

梅子虚弱地往后一躺,泪如雨下。

"梅子，唉，马磊他……好，大妈不逼你。"白玉霞似乎要说什么，又硬生生咽了回去，"大妈没本事，现在只能靠梁大夫，这人情，以后再还。你不能到底下那些乌烟瘴气的普通病房去受罪！要是整天在那么脏的病房住着，谁知道又会感染什么病？事就这么定了，你要是不听话，大妈不饶你！"

又劝慰了一会儿，看着梅子沉沉睡去，白玉霞走出病房。

夜晚，繁星满天。白玉霞失魂落魄地走着，到了一棵榕树下，才发现手上还提着带给梅子的那一包云腿月饼。

看着没有月亮的星空，她想起马磊傻傻的笑脸，还有刚才没对梅子说出口的话。

一只不知名的鸟儿从树上飞起，拍打树叶，洒下一串夜露。白玉霞的脸上湿湿的，不知道是泪水还是露水。

窗外，半边夜空一片赤红。

白天的暴雨过后，空气湿得似乎能拧出水来。细小的水滴放大了飞船的红光，无数飞船在翻涌的云层中穿行，仿佛摩西分开红海。

造月计划已经接近尾声，一轮圆月高悬中天，飞船们正慢慢补全右上角缺失的最后一小块。

政府特地把"圆月计划"的收尾设在了中秋之夜。

为了维持地球的气候和安全，人们不知用什么技术又造出一个月亮，只是不再做监狱用，而是在人造月球朝阳的那一面，铺上一层纳米太阳能电池，为地球储备能量。梁生说，月球内部，每个国家都分到不同大小的空间，可以利用月球特殊的环境进行各种科学实验。据说，合法的、违法的都有。

此刻，红光映着梅子消瘦的肩膀，也映着病床上白玉霞苍白的面孔。

为了抢救白玉霞，梁生已经三天三夜没有合眼。现在他正躺在特护病房门口的沙发上沉沉睡去，嘴角还挂着一点口水。

最近，月球上一种最普通的皮肤病菌，在地球的猫科动物身上发生变异，成为致命杀手。一个月前，疾病大规模爆发，十几天之内，患者颈部淋巴结和血管就会暴起，颜色由红转黑，死亡率高达九成以上。

今天是第十天，白玉霞颈部已是一片乌青。

突然，窗外传来一阵轰鸣。一艘飞船出了事故，炸成一团火球，很快消失在月亮小小的缺口处。

声响中，白玉霞慢慢睁开眼睛，眼神分外清澈。

"梅子，我饿了。"她小声说。

梅子捣碎云腿月饼的馅儿，泡上水，一点一点喂给白玉霞吃。白玉霞慢慢吃了几口，嚼了很久，艰难地吞咽下去。

她不是真的想吃，是为了让自己看着放心。梅子颤抖着放下碗。

"梅子的手艺，越来越好了。"白玉霞露出一点勉强的笑。

陆续病了五年。今年，梅子的病情有了一点起色，能帮白玉霞操持一点家务，月饼做得也像样一些了。

"以后，做给梁生吃吧。"白玉霞看了正在门外睡着的梁生一眼。

梅子面无表情，低头不语。

白玉霞心跳加快，慢慢喘息起来。时间不多了。

"梅子，我有话跟你说。"

"大妈，您别说了。马磊还会回来，就算……我也不能跟梁生。"

白玉霞深深吸了一口气："马磊，还活着。他……不会回来了。"

梅子猛地抬起头，窗外的红光在她眼中闪烁。

"梅子，马磊失踪以后，我到处打听他的下落。那天，我记得很清楚，是他失踪以后的第 156 天，下午四点，他给我打过一个电话。他侥幸从暴乱里逃脱,但是那次月球暴乱牵扯到许多政府内幕,听马磊的意思,和很多高官的决策失误、违法贿赂有关。为了封口,政府甚至炸死了很多在暴乱中抢到飞船想要逃生的贫民。马磊因为救了一个高官,得到特赦,如果还想活下去,必须隐姓埋名,改派远方,终身与家人不能相见。"

这一段话说完,白玉霞似乎已经透支,倚在枕头上动弹不得。她慢慢抓住梅子的手。

"梅子,别怪大妈瞒着你。只是这事得保密,关系到马磊的命。要不是看你实在太刚烈,不肯改嫁,大妈今天也不会说。梅子,女人一个人撑着,太难。你已经吃了这么多苦,别再难为自己。大妈这辈子,有个好儿子,虽然隔得远,毕竟还能活着,也许还能活好。还有个女儿送终,我儿女双全,没什么遗憾。你不但要活着,还要活好,答应大妈吧,啊,梅子?"

梅子伏下身子,双肩剧烈抽动,泪水慢慢在被子上染出两片阴影。

突然,白玉霞剧烈咳嗽起来,嘴角冒出一点血沫,身后的仪器尖利地嘶鸣起来。梁生头发散乱地冲进来,深吸一口气,开始有条不紊地指挥护士急救。

白玉霞用尽最后一点力气扒开氧气管,一只手死死攥住梅子的手,另一只手拼命扯住梁生的衣襟,张大嘴,却已经说不出话,眼睛都凸了出来。

梁生的眼泪开始吧嗒吧嗒往下掉。

"妈!我答应,我答应!"梅子号啕大哭。

窗外,无数飞船闪烁着红色的光芒,慢慢飞升,如同千百盏孔明灯,在云海浮沉。

仪器上起伏的曲线慢慢扁平,像溪流终归于大海。白玉霞的手渐渐松开,再也不动了。

"以前我一直觉得,自己是个残缺的人。我从来不奢求,这辈子还有什么关爱能够填满我的心。"

梅子看着餐馆角落,嬉闹成一团的丈夫和儿子,抬起手,将最后一小块月饼放入口中,小口咀嚼着。

"月圆那一夜,我终于觉得,自己变成了一个完整的人。"

老板仍然慢慢擦着手中的杯子。

餐馆中央,灯笼微微摆动,正给那轮圆月涂上微微的红光。灯笼上的两行诗句,若隐若现——

但愿人长久,千里共婵娟。

宇宙尽头的餐馆
之太极芋泥

羽南音

武陵

崇祯五年十二月,我和少爷住在西湖。大雪整整下了三日。

前两日,少爷一如既往,拥一件灰裘,在窗前读书。火盆里燃着银炭,铜炉中燃着香。少爷白日读书的时候是沉香,能静心,晚间吹笛、练字的时候则换成檀香。

昨晚,厨娘依照吩咐,备好了白花米饭、西湖醋鱼、四色青蔬、太极芋泥、牛肉羹和一小壶烫好的桂花黄酒。

"武陵,你爱这个,多吃。"少爷用筷子把盛着滚烫芋泥的碟子往我这边推了推。

我不再推脱,将一半的芋泥都扫下肚。芋泥表面浇了一层滚烫的猪油,看着没热气,似乎是凉菜,其实烫得很,最适合冬天吃。看到我的吃相,厨娘坐在桌子对面,含着筷子"吃吃"地笑。少爷洒脱,每次都让下人们上桌同吃,我跟随少爷多年,就这样愈发没了规矩。

用罢饭,风雪小了一点。少爷打开窗子,用软绸细细擦了翠笛。笛子上的银丝坠子是秦淮河采薇阁的葳蕤姑娘亲手结的,在风里一飞一飞,好看得很。

笛声散入窗外,在寒风中传得很远很远。

清晨,天刚蒙蒙亮,我坐起身,准备去打水伺候少爷梳洗,却发现少爷坐在窗前。大雪已停,晨光熹微,少爷的身影如剪纸一般。

"少爷?"

少爷回过头,静静地看着我,眼中有一丝欣喜,神色有些奇怪,仿佛许久没见我了。

"少爷……"我很是不安。

"武陵。"

"是，少爷。"

"备好东西，今天我们去湖心亭看雪。"

我愣了一下，却并不吃惊，少爷最爱这些风雅事。

"是……少爷，今日吃什么？我这就让厨娘去准备。"

"随意吧，带几个芋头到湖心亭烤一烤。"

"其……其他呢？酒菜？熏香带哪一种？"

"不用了，不重要。"

我呆住了。张岱少爷什么时候开始吃"烤芋"这种粗物了？"不重要"？少爷的衣食住行一向最讲究啊？

不过，少爷的心思哪是我这样的笨人能猜透的。我赶紧收拾了最厚的裘皮，让厨娘洗净芋头，备好银炭小炉，转念想想，还是备了些兰雪茶，接着又去联系船夫。

早饭时，少爷也是漫不经心的样子，只吃了几口白花米粥，配的烟笋熏鱼、咸肉酱瓜等各色小菜几乎没怎么动。

正午时分，我和少爷乘一只小舟，划入西湖。

雪虽然停了，天气却愈发冷，风声阵阵扫过湖面。船夫年逾古稀，须发皆白，只是撑船的动作还算麻利。没法子，这样的天气，若非他这样无儿无女，无米下锅，谁会接这样的生意？活着都难的百姓，哪里有吟风弄月的心情来赏雪呢。

"武陵。"

"少爷。"我垂手而立。

"鸡鸣枕上，夜气方回，因想余生平，繁华靡丽，过眼皆空，五十年来，总成一梦。①"

---

① 出自张岱《陶庵梦忆》。

五十年？少爷吟的这是谁的文啊……

少爷披着纯黑的裘皮披风，一路上，没有再开口。他一直立在船头，似一点也不怕冷，不知在想些什么。

过了约莫半个时辰，总算到了湖心亭。我和船夫将火炉等东西一一搬下船，少爷赏了一枚碎银，打发船夫回去，约定黄昏时刻来接我们。

"也没有多久，少爷何苦还折腾他回去？"我一边煮水烹茶，一边说。

"有客人，他在不便。"少爷抬目远眺。

"啊？"

我顺着少爷的目光看去，白雪映着日光，日光映着湖面。远处，一只黑色的小舟正在一片雪白中，缓缓驶来。

小魔

"爸！累死了……咦，你在干吗？"

午夜，餐馆打烊，小魔转到后厨，刚想向老爹撒个娇，突然看到机器人服务员马文圆滚滚的头被拆了下来，摆在料理台上，周围还散着一堆零件。爸爸正拎着马文的一只机械手臂慢条斯理地擦着。

"保养一下。"爸爸平淡地说。

"我已经是个废人了。"马文的头颅突然开口，不死不活地抱怨着。

"有趣啊！"小魔将脸凑近马文的头，几乎要贴上去了。马文嫌弃地进入休眠状态，眼睛的蓝光暗了下去。

看着小魔恶作剧，想把马文的头往水槽里塞，爸爸不得不制止道："今天有个外卖的活儿，去不去？"

"什么外卖？啥时候？"小魔一下来了精神。整天憋在餐馆里，能到不同星球、不同时代去看看，她巴不得呢——只是爸爸对于外卖的活儿，是非有趣不接，所以机会并不多。

爸爸顺手接过马文的头，放到一边，在料理台上铺开一幅画。小魔凑过去，发现这是一幅画得不错的中国水墨画，她在资料库里见过许多类似的。

应该是雪景，远山绕白水，水面一孤岛，一小亭，有两个人，隐隐有炊烟升起。远处，一只小舟徐徐驶来，舟上似有一个豆大的人。

画的右上角，还提了一篇字。

"崇……祯五年十二月，余、余住……"因为是中国古文，又是手写，小魔念得磕磕绊绊。

"去这里送。外卖是太极芋泥。做得好，就让你去。"爸爸根本不让小魔多看几眼，麻利地卷起画。

"什么'这里'啊……又吊我胃口。"小魔只好恋恋不舍地咂咂嘴，转身去备菜。

太极芋泥以前是没做过的，但也难不住小魔。在食谱里查了一下，小魔麻利地备好材料，将芋头洗净去皮切碎，加水蒸上。再另起一个蒸锅，将红枣去核，加白糖拌匀，稍微蒸一会儿，取出捣成枣泥，拌进糖冬瓜颗粒。这时候，芋头蒸得差不多了，取出来压成茸状，拣去粗筋，拌入一点点花生泥——这是菜谱上没有的，小魔觉得加上会更香一些。然后将芋泥和枣泥在盘中摆成太极八卦阴阳鱼的形状，点缀上红樱桃和一颗绿色糖冬瓜圆球。最后，烧热炒锅，放猪油，熬得晶莹剔透，香气四溢，浇在芋泥上。

这时，爸爸已经将马文保养完毕，重新组装起来。他擦擦手走过来，尝了尝芋泥，点点头。

小魔拿出量子食盒，调好温度和力场的参数，将这盘芋泥放了进去。芋泥盘子在盒中微微颤动了几下，就被力场牢牢锁住，怎么晃也不会洒出来，更不会接触盒壁。

爸爸拿出刚才那幅画。

"怎么去呢？谁来接我吗？"小魔右手提着食盒，开始向店门口张望。

爸爸诡异地一笑，趁其不备，握起小魔的左手，突然按在画上的那只小舟上。

"把画还给神秘事务司的李甲。"爸爸说。

等等，什么李甲？

白光从小舟上涌出，小魔吃惊地瞪大眼睛，还没来得及叫出声，就被白光刺痛双眼，只好重新闭上。

她想吼，又硬生生忍住，以她爹的德行，自己反抗只会被整得更惨。小魔只好在心里咆哮了一番，有一股不知名的力量在她的肩膀，用力按了下去。

白光散去，料理台上的画不见了，小魔也不见踪影。

爸爸坐下，支使马文泡了一杯茶，慢慢喝起来："李甲送来的龙井不错。"

张岱

一片雪白之中，万籁俱寂，时间似乎也慢了下来。

武陵在身后小心地看着炉火，准备烹茶，神色专注，脸颊上的圆肉都绷得紧紧的。

闻香气，烹的是兰雪茶。

这茶是我自创的，烹煮过程十分复杂。以前我常常告诉武陵，所谓茶道，要泉水雪水，要温度适宜，要茶质上好，要节气合宜；要烹煮得当，要器具精美，最好还要丝竹为伴，美人相陪。可怜武陵笨手笨脚，练了许久，还经常被我挑剔。昨天的我，只有三十五岁，也许还是要挑剔他的，但今天的我，不会了。

今年是崇祯五年。十六年前，我也同样带着武陵游过西湖。那一年，阳春三月，西子湖淡妆浓抹，无一处不美。那一年，我十九岁，在西湖，第一次遇到李甲。

十九岁的我，风流得荒唐。好精舍，好美婢，好鲜衣，好美食，好骏马，好华灯，好烟火，好梨园，好鼓吹，好古董，好花鸟。[①] 在西子湖畔，我与诗社友人在高照的艳阳下，在船娘的怀抱里，正无边无际地享乐。

浮华的诗篇，在脂粉丛中，如珠玉散落一地。

李甲就在某个清晨出现在花船上，用一锭银子，请走了裙钗不整的船娘。武陵被我打发去五里外的孙杨正店买太极芋泥、桂花藕粉和松仁酒酿饼，船舱内，就只剩我们两人。

这个男人十分俊美，带着一股出尘的气质，我以为是我的倾慕者，也就半散衣襟，由着他在船里坐下，铺开了一幅画。

那是一幅水墨——西湖雪景。技法纯熟，写意留白与恰到好处暂且不表，难得的是画作气质旷远豁达，有种"前不见古人，后不见来者"般的孤独感。

但真正让我惊讶的，是画作上提的一篇小记：

湖心亭看雪[②]

崇祯五年十二月，余住西湖。大雪三日，湖中人鸟声俱绝。是日更定矣，余挐一小舟，拥毳衣炉火，独往湖心亭看雪。雾凇沆砀，天与云与山与水，上下一白。湖上影子，惟长堤一痕、湖心亭一点、与余舟一芥、舟中人两三粒而已。

到亭上，有两人铺毡对坐，一童子烧酒炉正沸。见余，大喜曰："湖中焉得更有此人！"拉余同饮。余强饮三大白而别。问其姓氏，是金陵人，客此。及下船，舟子喃喃曰："莫说相公痴，更有痴似相公者！"

"好！"我以手击桌，惊叹不已。此文妙绝，才气逼人却又圆融

---

① 出自张岱《自为墓志铭》
② 出自张岱《陶庵梦忆》

内敛,颇有遗世独立的孤高气质,真是甚合我意。

等等,文章的署名,竟是"张岱"?!

当时的我,认为这个男人接下来的很多话,都是疯话。

例如,男子称自己的名字并不重要,让我随意称他为"李甲"。

例如,他刚刚从金陵那边游玩过来,但其实,他并不属于这个时代,而是来自天穹之外一个叫"神秘事务司"的地方。

例如,他有时空穿梭的能力。

例如,这幅画,包括这篇《湖心亭看雪》确实出自我之手——是八十七岁的我画出来、写出来的。

例如,明朝将会在短短二十八年后灭亡。

例如,我会晚景凄凉,在八十八岁的时候死去。

"万法归宗,万物守恒。你年少轻狂,很快用尽了一生的福气,别说这样精致的太极芋泥,晚年的你,连炭火芋头都吃不上。"李甲敲了敲桌上的碟子,里面是冷掉的芋泥。

"既然仙人如此神通,何必把我这样平凡如草芥的人放在心上?莫非你对我心存思慕之情?"我甚觉荒谬,忍不住出言孟浪。

李甲开心地笑了:"我喜欢你的《湖心亭看雪》,也喜欢玩。见你,只为了好玩,没别的。今日所言,十九岁的你当然是不会相信,那么,等你快要过完一生,我再带你回到三十五岁的时候,也就是崇祯五年的西湖。在没有我出现的那个平行宇宙里,你就是在三十五岁的时候,写出了《湖心亭看雪》。"

"疯子,疯子……"西湖晨间的水汽带着凉意,陡然蔓延开来,看着这样一个俊美的男人,在离我如此近的地方,一本正经地说着这样的疯话,我突然感到深深的恐惧。

也许是看出了我的惧意,李甲笑了笑,便带着画走了。

十九岁的我,愣在阳春三月的西湖花船上。十九岁的我,并不知道,很快,千里之外的北方蛮族,就要撞击明朝的长城,那是一支沉默、饥饿、仇恨的大军。

商女不知亡国恨，隔江犹唱后庭花。

天柱欲折，四维将裂。

武陵

小船渐行渐近，船舷轻轻碰上小岛，水面漾起波纹。

远远看去，船上走下两人，一个个子很高，应该是个男子，一个矮一些。两人顺着岛上的小路渐渐向这边走来。少爷不再看他们，而是转身坐下，嘱咐我将芋头埋在炉子里烘着。

拿起茶水时，少爷的手微微有些抖。

"张兄，别来无恙。"不多时，男子已走到亭中，笑道。

男子年龄二十五六，身长约七尺，眉目清朗，披着一件说不出质地的银色披风，一双眼睛灼如炭火。身边跟着的是个少女，约豆蔻之年，应该是他的侍女。一身红衣，一手拿着一个狭长的木匣，一手提着一个黑乎乎的盒子。她面若雪团，神色活泼，正上上下下打量着我和少爷。

不知怎的，这男子看起来有几分熟悉。我仔细想了想，却又记不得什么时候见过。

一阵朔风扬起枯树上的雪尘，两人立在亭中，宛若仙人。

男子示意少女递过木匣，我赶忙接过来，交给少爷。可是，少女为什么不太愿意被支使的样子，还嫌弃地看了男子一眼？看来这男子比少爷更豁达，把下人惯成这个样子……

少爷沉默着打开木匣，取出一幅画，我擦净石桌，将画铺上。

画的是雪景，似乎正是西湖。

"武陵，我们见过的，十六年前。"男子突然对我开口，笑得十分和气。

一道闪电般的麻意在我脑中穿过，我想起来了——十六年前的那天清晨，我带着孙杨正店的点心匆匆赶回花船，准备给少爷烹茶，一个高挑的男人正从少爷的船舱出来。

少爷的喜好我当然是知道的……我急匆匆低下头，与男子擦身而过时，男子回头看了我一眼。那男子面貌出奇清俊，只是目光灼灼，如炭火一般，十分令人难忘。

"小人记得。"我微微躬身。原来少爷这般大费周章，是为了重温……

"不要瞎想。"少爷突然在一旁冷冷开口。

那少女"噗"地笑出声来，忍了一下，没忍住，索性不加克制，笑了个痛快。

抛开礼数规矩不算，那声音真如银子一样，亮亮地落在这天地之间。

小魔

白光散尽，我已躺在一只小船上，右手边是量子食盒，左手握着一个狭长的木匣。我没好气地掂了掂木匣的分量，里面肯定就是那幅画。

不用问，眼前这个笑眯眯的男人就是李甲了。

神秘事务司，可是在无数平行宇宙中都大名鼎鼎的机构。据说能够满足人们的任何愿望，但要用某种东西来交换。具体交出什么，每个人的情况不尽相同。

我还记得上次那个叫"阿尘"的作家，为了获得大师级别的写作能力，交出了自己"爱人"的能力，余生都在痛苦中度过。

万法归宗，万物守恒——如同宇宙间很多公理那样，神秘事务司的宗旨平静而冷漠。

眼前这个李甲，既然是神秘事务司的人，那么今天，是谁要交换什么吗？

"小魔好。今天不交换，只是见个朋友。"李甲好像有读心术，突然开了口。他向远处的小岛抬头示意："就在那边。"

李甲向我简单说明了事情的原委……原来如此，爸爸接的活

儿，果然十分有趣。

很快到了岛上，我们下船，走到亭中。张岱和武陵果然已经等在那里。

张岱披着一件黑色的毛皮披风，有点清瘦的书生气，目光沉静而倦怠。按地球人的年龄，武陵二十七八岁，圆滚壮实，也许是跟着张岱久了，也有几分斯文的样子。

按李甲的说法，张岱今年三十五岁，但他的意识已经八十七岁了——李甲昨天换过来的，只能持续今天一天。

风带来一股香气，我抽抽鼻子。亭中有个火炉，烧着水。炉中烘着的，应该是芋头。

铺开那幅《湖心亭看雪》图，武陵给我们送上两杯热茶。我喝了一口，瞪大了眼睛，好香。

"这是我们家少爷独创的兰雪茶。取龙山北麓的日铸茶，用制松萝茶的方法炒焙，烹茶时放入茉莉，茶色青碧，香如兰，清如雪，清润雅致。"武陵看出我的好奇，缓缓解释道。

张岱仍旧一言不发，盯着李甲看了很久，脸上的表情十分怪异。

我将食盒放在桌上，打开，从力场中取出芋泥，放在桌上。芋泥表面被猪油蒙住，看似冰凉，实则滚烫。

武陵忙着烹茶，只有张岱看到量子食盒的异样，却好似没有看到，脸上并无半点诧异——这倒是让我有点诧异，不过想到他连李甲的时空穿梭都见识过，似乎也很正常。

"你也是从那边来的吗？"张岱的目光从茶杯上抬起来，看着我，又看看天上。

"你猜。"我露齿一笑。

"顽皮……若不是李甲在这里，我可要罚你。"张岱的神色终于轻松起来，流露出一点挑逗的意味。

"八十七了都……"我平静地笑着看着他。

张岱噎了一下，李甲放声大笑起来。

张岱

自十九岁见过李甲，我几乎很快忘了这件事——也许是因为这件事隐隐透出一种诡异的真实感，让我刻意回避。而且，这世上好玩的事情还有太多，山水园林、丝竹管弦、古玩玉器、小说戏曲。我耽于山水之间，游遍名山大川。无数夜晚，在冯梦龙的小说中度过，在柳敬亭的说书声中睡去。

我一生未入仕途——也被家里逼着考过，只是八股制艺，实在不是我所爱所长，终于屡试不中——现在想想，也许倒是好事。

世道变幻，朝堂之上，宦官擅权，佞臣当道，特务横行，党争酷烈。贤能忠直，或被贬逐，或遭刑戮，内忧外患，愈演愈烈。如李甲所言，明朝的气数，果然渐渐尽了。

我三十五岁那年，机缘巧合，带着武陵来到西湖。十二月，大雪三日。我突然想起李甲。因为高烧，我昏睡了三天，并没有去湖心亭看雪的经历，当然也没有写出什么《湖心亭看雪》。

其实，在看到那篇文章的一瞬间，它就不再属于我了，不是吗？如果李甲所言属实，他打乱时空的举动，根本就是剥夺了我写出那样一篇妙文的权利——实在有几分可恨！

现在想想，那几日的高烧，实际上，也许是因为身体拗不过心底的恐惧——李甲所言，会成真吗？

我四十四岁那年，李自成终于攻入顺天府，崇祯帝于煤山自缢。覆巢之下，焉有完卵。李甲的魔咒如孙悟空的紧箍，越来越紧。

妻离子散，武陵病逝，我流落山野，薄草茅屋，唯破床一张，破桌一个，残书几本，秃笔数支。布衣蔬食，常至断炊。我不得不在垂暮之年，强忍病痛，亲自舂米担粪。

夜半醒来，恍若一梦。回想年少荒唐，我只有对着明月一一忏悔。

我七十九岁的一个冬日清晨，家里最后一点炭火用尽，最后的几个芋头埋在炭火里，冷如卵石。我风寒病重，奄奄一息，恍惚中，眼前出现了李甲模糊的影子。

我以为是梦。

"想不想吃太极芋泥？"李甲一笑。他的面孔依旧光洁，丝毫没有变老。

我的双肩似乎被一股力量按住，床铺变得柔软，渐渐下沉，陷入无尽深渊。

白光笼罩了一切，再睁开眼睛的时候，也是清晨。武陵正在酣睡，窗外，西湖一片雪白，身体的病痛消失无踪，变得灵活轻盈。

转瞬之间，我回到了三十五岁。

三十五岁的张岱，贪婪地、久久地看着雪后的西湖。

我按照约定，前往湖心亭，直到李甲出现在我面前，铺开那幅《湖心亭看雪》，我才开始相信，这一切并不是梦。

也许，人生本就是一场大梦。张岱是梦，李甲是梦，大明是梦，那天穹之上的一切，皆为梦境。层层相套，永无止境。

而此刻，李甲就坐在对面，慢慢饮着兰雪茶。

这天地，一片雪白。天穹之下，枯枝成行，霜雪凝结，雾凇沆砀，万籁俱寂。大雪掩盖了一切脂粉和鲜血，也掩盖了一切浮华和罪恶。

"这凡人的一生，在你看来，是否很痴愚？年轻的我，在你眼中，是否很可笑？看我国破家亡，于你而言，是否很有趣？"我冷冷地看着李甲。

正在烹茶的武陵直起身子，一脸迷惑。

"张兄，莫怒，莫怒。"李甲好脾气地笑着，指指天上，"在上面整理古籍的时候，我无意中看到了你的《湖心亭看雪》，也看到了你的生平，觉得有趣。自古精妙之作，多出自前半生的繁华与后半生凋零的共同积累,你死去百余年后,还有一位姓曹的先生写出了一部更好的千古妙文[①]……这个先不提。总之,来看你,只是我一时兴起,若有唐突,还请张兄见谅。"

李甲郑重起身,向我行了一个礼。但我总觉得,他的脸上那种戏谑的笑意,永远来自另一个世界——有着我永远无法理解的规则和智慧。

大风起,大雪后的西湖,一片肃杀。寄蜉蝣于天地,渺沧海之一粟。我等凡人,形同草芥一般……大明,没了,我的亲人,也没了。国破家亡,苍穹之下,茕茕孑立。

我终于无声痛哭。

这哭,和满洲的铁骑无关,和李自成的义旗无关,和历史无关,甚至和张岱无关——只因为今时今日,这一片白茫茫大地,真干净。

无限的美、无限的繁华、无限的精致复杂,都挡不住缓缓降临的浩大宿命。

武陵慌了,急忙拿绢帕过来给我,又转脸愤而面对李甲:"你到底是何人,为何欺侮于我家公子?"

"你我在亭中,亭在孤岛上,孤岛在湖心,西湖在大明。大明之外,还有西洋;大明之上,还有天穹。万法归宗,万物守恒,莫失莫忘,再入轮回。张兄,哭一哭便罢了,莫放在心上。来,吃菜。"李甲依旧笑着。

兰雪茶依然清香,太极芋泥精致细滑。

那日的最后,以茶代酒,我敬了李甲一杯——我也说不清是为什么。

很快,几只黑乎乎的烤芋也被大家分食而尽。李甲突然放下茶盏,一改戏谑的神色,郑重地说:"回去以后,在《陶庵梦忆》里,

---

① 曹雪芹《红楼梦》

加上《湖心亭看雪》。这是你的作品。"

"《湖心亭看雪》很美，莫辜负。"他身后的少女婉约一笑。

李甲望向远处的湖面，一只黑色的小舟正在一片雪白中缓缓驶来。

一片白光闪过，等我睁开眼，映入眼帘的，又是那茅屋的破窗，只是屋子正中，多了一些柴火和粟米，米袋上，还有一包银钱。

桌上，还凭空多出了一盘冷掉的太极芋泥——带着西湖的雪意。

这几日收工后，小魔一直拿着那幅《湖心亭看雪》静静地看。据说，是用量子食盒和李甲换的。

一天，爸爸过去在她头上狠狠敲了一个栗子："你知道那食盒多贵吗？你被蒙了懂不懂？李甲！哼！"

小魔揉了揉头上的包，出乎意料地没有还手，也没有反抗："爸，你说张岱可怜吗？"

见小魔认真了，爸爸无语，只好正正经经地在她旁边坐下来。

"对那个时代的普通人来说，人生之美好，就在于你能迷上什么——张岱一生大起大落，却始终痴迷文学。能痴迷于某件事物的，是痴人——痴人都是幸运的。"

"莫道相公痴，更有痴似相公者——其实，我有点羡慕他。"

"你也爱做饭呀。"爸爸摸了摸小魔的头。

"嗯，爸，以后有外卖的活儿，多接点儿啊。"

"没了，量子食盒就那一个。"

"爸！"

宇宙尽头的餐馆
之忘川水

羽南音 毛植平

一

"你和他们不一样。"

"什么?"

"他们。"

老板摆了摆手,扫过座无虚席的餐馆。

今天的餐馆,只接待地球客人。他们不约而同地抛弃了平日用的健康美貌的肉体躯壳,而是选择了奇点上传自己之前的肉体面貌——是苍老、羸弱、丑陋的,那些未经基因改造的真实相貌。

此刻,他们静静等待。

"我不明白。"

"他们都经历了那次暴乱。你知道吧?十六年前的今天——因为药物,你已经沉睡了十六年。"

"什么药物?我为什么会在这里——这是哪儿?"

"宇宙尽头的餐馆。我受人之托,带你过来。"

"宇宙尽头?"古娜疑惑地看着餐馆老板。

"时间和空间的尽头。"

眼前这个男人黑头发,身形瘦削,是标准的中青年男性地球人长相。一双眼睛,静如寒冰。

"你想起了什么,对吧?"

古娜点点头。

"那大概是个好故事。"

"我怎么会在这儿?"

"因为今天是纪念'奇点之夜'的日子，那次大暴动。"老板平视着古娜，"今天来到这里的所有人，都有自己的故事——'奇点之夜'发生的故事。但是他们都主动选择了遗忘，因为太过痛苦的事，或是无法挽回的人。而你，虽然忘了那一夜，却并不明白遗忘的原因。"

"我什么都记不起来。"

"其实，那故事还埋在你内心深处。"

"我忘了。"

"不，你没有。"老板微微一笑。

古娜不再说话，倚在吧台上，神情恍惚。她似乎并没有精心选择自己在网络世界的躯壳，用的还是前奇点时刻的那个躯壳——标志着贵族血统的金色瞳孔嵌在娇小的脸蛋上，侧脸的轮廓略显倔强，牙齿洁净得几乎透明。白色长袍还带着焦黑的痕迹，长发似乎很久没有梳理过，发尾乱成一团。

"欢迎来到宇宙尽头的餐馆，古娜。"老板说，"这里是你进入网络世界后来的第一个地方，作为邀请者，我有个惊喜要给你。"

古娜如梦初醒般抬起头，老板端来一个托盘，上面有一杯液体，浅蓝色，泛着莹莹的银光。

"餐馆的规矩，最特别的料理，要用最特别的故事来交换。"

"没有故事——可能有？我真的记不起来了。"古娜头痛欲裂，泛起泪光。

"你还记得十六年前，最后看到的东西吗？"

古娜沉思了一会儿："血，很多的血——很多人。"

"还有呢？"

"很多人举着一些标语，写着什么上传、誓死保卫、平权……还有……好多惨叫声，婴儿的、妇女的。"

"很惨。但这应该不是你印象最深的故事，我猜。"

她嗓子发干，伸手去拿面前的蓝色液体，老板按住了她的手。

"我要给你说个故事。听完以后,你再决定喝不喝这杯忘川水。"

听到"忘川水"三个字,古娜发起抖来,仿佛看到自己一步步走向记忆深处,黑暗越发浓稠,仿佛要吞没一切。

二

"古娜小姐!古娜小姐!"

16岁的古娜睁开双眼,发现自己躺在地上。地面温度很高,烫得她胳膊发疼。

正午,阳光好像熔银,铺天盖地泼洒下来。

家里的机器保镖RTX42仍在一旁机械地呼喊自己的名字,金属外壳在阳光下闪着银光。这已经是一年内的第三次暴动了。去年,政府正式将"奇点上传"列为规划项目,并公之于世。街头巷尾流言四起,结论是:几年内,奇点上传就有付诸实践的希望,而价格标准令人咋舌。贫富差距的鸿沟,在"富者永生贫者死"面前,无可避免地飞速扩大,血腥抗议与暴力镇压接踵而来。

今天是古腾一周年的祭日,古娜本来想去买些他最喜欢的雏菊放在家里,没曾想,再次碰上这种大规模的暴动。

"古娜小姐,我们是否可以尽快回去?周围安全系数为3,低于安全警戒线。"RTX42机械地说。

"好的。"古娜盯着膝盖上的一处血痕,永生?人类上传以后,会变成机器人这样吗?冷冰冰,没有感情。

转过街角的一瞬间,她听到一声惨叫,似乎是个男孩子的声音。

一群人在围观着什么,空气里有血的味道,那声音很像古腾。

好像着了魔,古娜不顾RTX42的劝阻,硬生生挤进人群中。

一个中年女人,衣着破旧,看得出原本十分整洁,现在沾染了片片血污。太阳穴的血块已经凝固。女人一动不动,似乎已经死去很久。一个十六七岁的少年，像一只小犬伏在女人身边呜咽着，鞋子已经被地上的鲜血浸湿。

"母子……""贫民窟的……"周围传来议论的声音。

少年终于抬起头，他面孔黝黑，眉毛细长，一缕鲜血从额角流下来。他的眼神充满绝望，凶恶得像一匹狼。这竟然是一个十几岁少年的眼神。古娜打了个哆嗦。

他单薄的身体微微颤抖着，好像一年前，古腾临死时的样子。

一年前，古娜和古腾上街游玩，两人被奇点游行的队伍冲散。古娜找到古腾时，他已躺在地上的血泊中。

少年捡起地上的一块石头，紧紧握在手里，站了起来，眼里燃烧着疯狂的火焰。他想和这个世界拼命。

古娜看到人群中，几个富人区的公子哥带着戏谑的笑容，他们身边的机器人保镖开始慢慢聚拢。它们身上都配有杀伤性武器，型号不知道比 RTX42 先进多少。

几乎是不假思索，古娜穿着剪裁精致的洁白长裙，冲到少年面前。

"不，你不能死。"古娜神游天外似的盯着少年。

一身血污的贫民少年和纤弱洁净的贵族少女站在人群中间，脚下，是鲜血画出的沟壑。

少年的目光流露出一丝迟疑，但看到古娜衣裙上的家族标记，恨意烧得更旺。

"滚开！"他粗暴地一推。

人群一阵喧哗，一个富人区的公子哥大怒，转身向自己的机器保镖说着什么。

"这是我弟弟！不要动粗！"古娜朝人群大喊。

"RTX42，一级命令！带上这个男孩和我，回家，现在！"

RTX42 迅速滑过来，伸出机械手臂，揽住二人，冲出人群，开始滑行。

一路上，男孩疯狂地咒骂。古娜始终沉默着，盯着他燃烧着熊熊烈火的眼睛。

三

起风了。

山脚下的城市，像一块将熄未熄的炭火，星罗棋布的光点在漆黑的背景上隐隐闪烁。

近日持续的暴动，对城市电力系统的打击尚未完全修复，因而政府限制了一些地区的供电。城市的东北角——卡文所在的贫民区，此刻已是一片黑暗。

风吹散了覆盖在星群上的薄云，四周似乎明亮了一些。卡文仿佛能看见风从远方的星星上落下来，顺着城市的灯火，爬上山坡，掠过草皮，呜咽着，消失在他们身后的树林里。

微光中，树上的花瓣落下来，两人周围开始下起一场花雨。

"爸爸说，奇点上传是早晚的事情。"古娜揪着身下的草尖。

卡文没有答话，眉头锁得很紧。他往旁边挪了挪，把沾满油污的衣服从古娜剪裁精致的白裙子旁边拉开。

古娜丝毫没有发现，下意识地又往卡文身边靠了靠。卡文只好僵着身子坐得笔直，心跳得咚咚作响。

初次相遇后，已经过了两年。他们经常偷偷摸摸在这里见面。

"你晚饭吃的什么，还胃疼吗？"古娜突然想起什么，从随身的包里摸出一只小小的白色便当盒，塞到卡文手里。

厚厚一层火腿片，瘦肉鲜红柔韧，脂肪雪白油亮，铺在晶莹的稻米上，一阵阵浓郁的香气飘散开来。卡文忍不住深深吸了口气，又觉得自己十分丢脸。

每天的食物都是干涩的蛋白质粉，这天然食物的香气令他胃里一阵抽搐。

古娜将筷子细细地擦干净，递给卡文。

古腾以前最爱吃这个。看着卡文大口吃着，古娜失神地想。

天边有一颗流星划过。

"爸爸说，上传之前，有些人会选择一种叫'忘川水'的药品，忘记自己的肉体记忆，重新开始新生活。"古娜喃喃自语。

那天的暴乱、母亲额角凝固的血块、鲜血浸湿的鞋子……卡文闭上眼睛，胃里一阵翻涌。如果可以，他多想忘记。

"我才不想忘记你……不知道那里是什么样子……"古娜低下头。

"我们这种人哪有资格想这样的问题？"他盯着远方的一棵树。

"我可以帮你……"古娜试探地说。

半晌，卡文鼻子里哼出一声冷笑。

古娜不安地揪着身下的青草，微凉的露水浸湿了裙子，她微微打了个冷战。

起风了。

两人并肩躺着，陷在深深的草丛中，看天上群星闪烁，将深蓝色的天幕映得波光流转。夜间的南风，温暖得如同叹息，漫山的虫鸣和青草的气味随风飘散。夜深了，远处城市的灯火渐次熄灭。

"那边有什么好？冰冷一片，和死了有什么区别？"卡文突然坐起来，狠狠地说。

古娜吃惊地望着他。

"死也不去！"卡文咬住嘴唇，牙齿在黑暗中闪着微光。

"其实，我也挺害怕的……爸爸说，上传以后，如果硬件设备不稳定，或者中了网络病毒，也会死的……"

卡文死死攥着拳头，脸埋在一片阴影之中。

"听说上传过程也挺痛苦的……"古娜不知如何是好，声音越来越小。

"别走！"卡文突然抓住古娜的手，"答应我！陪我留在地球，去他的永生世界！"他眼中闪着炽烈的光，神情近乎疯狂。

星光下，卡文的面孔似乎和古腾的面孔重合在一起，古娜心里一阵绞痛。

"别走。"卡文的声音哽在喉中,像一只受伤的动物。

"好。"她说。

"永远?"

"永远。"

卡文抱紧她,第一次吻了下来。

他的嘴唇温暖柔软。那一刻,古娜看见万千星河,都落进他黑色的眸子。她闭上眼睛,微微颤抖着。

四

"五分钟后开始试验。请问您还需要什么帮助吗?"机器护士弯下腰,甜甜地笑着。

"不。"卡文茫然地盯着墙壁上的时钟。

五分钟,吧嗒。

两年过去了。

三天前,联合国政府终于公开宣告,人类的生存已岌岌可危,不只是"内忧"——一波比一波汹涌的"奇点暴动",还有"外患"——一年后,一片密集的陨石雨将与地球狭路相逢,倾尽地球所有核弹,也无法对所有陨石精准攻击。地球所有生命体将面临全体灭绝的命运,无一幸免。

四分钟,吧嗒、吧嗒。

政府终于扒下伪善的嘴脸,证实了此前民间的流言:地下掩体已经建成,足够的量子存储器被完美保护起来,准备迎接由地球七十亿生命组成的奇点时代的正式到来。

三分钟,吧嗒、吧嗒、吧嗒。

一个月前,古娜被诊断出患上一种基因疾病,概率仅为千万分之一。因为这一段小小的基因缺陷,她丧失了奇点上传的能力。得知消息的那一刻,她高贵端庄的父母不由得失声痛哭。而她自己,在愣了几分钟后，一把抢过诊断书，夺门而出。

两分钟，吧嗒、吧嗒、吧嗒、吧嗒。

"卡文，我有病！我能永远陪着你了！"

"你发什么神经啊！"卡文不耐烦地抱紧怀里扭来扭去的古娜，好气又好笑。

"真的！你看！"

看到诊断书的那一刻，卡文大脑一片空白。笑着的古娜，温柔的古娜，从家里偷出食物的古娜，为了自己，同父母几乎决裂的古娜——永远都将自己护在身后的古娜。

看着她，卡文将诊断书撕得粉碎，脸色铁青，一句话都没再多说。

一分钟，吧嗒、吧嗒、吧嗒、吧嗒、吧嗒。

"别走。"

"好。"

"永远？"

"永远。"

她迫不及待地将这一切告诉了卡文。

啪——时钟归零，发出一声微弱的脆响。

前方，实验室雪白的大门渐渐打开，"奇点"的红灯亮起，一股寒气流淌出来。

五

"躺下。"医生说。

实验室里还有四张病床，每张上面都躺着一个少年，看起来年龄与自己相仿，不知是昏睡还是死了。

卡文慢慢爬上床铺躺平。医生不知从哪儿抱出一顶连着许多线路的头盔，给卡文戴上，然后按下一旁机器上的按钮，头盔便生出两个触角，抵住卡文脑袋两边的太阳穴。

"这是什么？"卡文问。

医生没有回答，埋头调整着机器。

旁边床铺的男孩们也都戴着这种头盔。每张病床上方的空气中，都投影着一个虚拟屏幕，上面有一串类似进度条的东西。

五张床，五个医生，五个屏幕，五个进度条，都显示着百分之零。

不一会儿，五个医生交换了眼神，大概是实验要开始了。卡文在五号床，从医生的口型隐隐看得出，实验要从一号床开始。

第一个医生按下按钮后，机器发出"呲啦呲啦"的声音，像是出了什么故障，类似于爆炸的前兆，光是听起来就令人头皮发麻。

第一张床上的少年纹丝不动，医生也面无表情。

卡文的心狂跳起来，半分钟后，第一个屏幕上的进度条开始变化，红色刻度进到百分之五就停止了。少年仍然在沉睡——睡在自己的血泊中。不知什么时候起，床单已经浸满鲜血，少年的脖子上、脸上，也沾满了血迹。

医生按下机器上的按钮，头盔顺势弹开，露出少年太阳穴上的两个黑色伤口。医生没有说话，默默把少年的尸体推出门。

二号病床的实验开始了，几乎是情景再现。少年的太阳穴被头盔上的触角洞穿后，立刻暴毙而亡。

第三个少年坚持得稍微久一些，进度条到达百分之十后，才一声不响地死去。

"怎么样了？"一个男人推开实验室的门。他个子很高，声音沙哑。

卡文记得，这个人就是承诺把改变基因的药物给自己的政府官员。他的话音未落，第四个实验就以失败告终，进度条在百分之十五处停下。

"贫民窟的小子都那么脆？"男人的声音很失望。

"长官，这已经是体检选出的体质最合适奇点上传的五个人了。"医生不带感情地说，然后指了指一旁被头盔封住的卡文，"这是最后一个,今年 20 岁。"

男人走到他床前,眯起眼睛:"想要基因药剂 GM480P ?给谁用的?"

卡文没有开口。

"之前忘了告诉你,实验是会引发时空错乱的,到时候你记不记得基因药剂这件事都不一定。"

"我不会忘。"

"为了人类的永生,上路吧,小子。"男人走到机器前,推开医生,直接将按钮按下。机器"呲啦呲啦"启动起来。

"长官,还没有打麻醉剂。"

"哦,能感到痛喽?"

"是的。"

"无所谓,贫民窟还有那么多小孩,再选拔一次也不是问题。"男人说罢转身离去。

五个医生围着卡文,看着他头盔上的触角蠢蠢欲动,接着像子弹一样射出,泥鳅般钻进卡文的太阳穴。

鲜血涌出来,太阳穴传来一股怪异的痛感。

进度条上的百分数稳定增加,很快打破了之前最高的百分之十五,越过了百分之二十大关。

太阳穴的痛感很快延伸到大脑内部,仿佛有无数钢针在刺。卡文的眼睛鼓了出来,张大嘴巴,像一条缺氧的鱼。

"天生的实验品!"几个医生拍手称赞。他们饶有兴致地注视着头顶的进度条,三十、四十、五十……数值飞快增长。

"准备下一步实验。"一个中年男医生戴上一双白手套,略有几分兴奋。如此完美的实验对象已经很久没有出现了。另外几名医生连忙在病床旁摆好实验用具。

"实验一,温度对奇点上传的影响。"白手套宣布道。

病床前方,一扇银色金属门缓缓打开,冒出浓浓的白烟。

"他已经完全进入网络空间了。"白手套看着进度条,满意地说。进度条的数值变成了百分之百。

卡文所在的病床被两名医生小心翼翼地推进室内,银色金属门关闭的一瞬间,进度条的数值清零。

"开始实验。"医生按下银色金属门上的按钮。

有东西烤焦的味道,大概是树、草、木头建筑之类的。火应该很大吧?很多人在怒吼着"杀死、毁灭",有鲜血飞溅和肉体撕裂的声音,还有玻璃粉碎,物体坠落,子弹扫过街道的声音。

不远处,古娜好像在叫喊。

我睁开眼。模糊的视野里,各类旗帜的标语影影绰绰,似乎有"毁灭""陨石""奇点上传"的字样。人潮汹涌,面目狰狞。有人在哭泣,嘶号——穷人将会和地球一起枯萎,富人将在虚拟中获得永生。

视野范围内,没有古娜。温度在升高,周围的建筑燃着大火,木头烧成灰,化成黑烟,翻卷到天空中。空气越发灼热,眼前的一切都在变形,好似阿鼻地狱。

子弹似乎从耳边擦过去了,眼前的暴乱令我精神紧张,又昏昏欲睡。

进度条涨到百分之百。停止。清零。

"被实验者出现时空错乱现象。"一个医生说。

"正常。继续。实验二,痛觉对奇点上传的影响。"另一个医生按下按钮。

卡文所在小室的玻璃门上的冷雾开始消失,说明室内灼热的高温在渐渐退去。几秒钟后,从天花板上开始喷洒一种无色水雾。水雾落到卡文裸露的皮肤上,留下淡红色的斑点,慢慢变得棕黑,有些地方开始出现水泡。

水雾渐渐笼罩卡文的身体。"那个贫民窟的小子？贫民窟？！"一个男人的声音。是古娜的父亲。古娜一直低头不语，好像父亲侮辱的是她，而不是我。

贫民窟。我躲在古娜家的窗户下，听得清清楚楚。"古娜·戈雅·伊凡斯！玩玩也就算了，你还真的看上了那种贱民？"古娜的父亲吼着。

"贱民"二字在脑中嗡嗡作响，我恨不得闯进去将他撕成碎片。"一起放弃永生？这个自私自利的浑蛋！我决不允许你这样自甘堕落，玷污家族血统！"我怒火中烧，却又羞愧难当。我希望古娜说些什么来反驳，可她没有，只是低着头哭泣。

"我们能够活下去，他们不能，明白吗？"

"就算有钱，我也绝不会给这种自私自利的浑蛋！爱你？拖你和他一起下水也叫爱你？他会害了你一辈子！""嫁给他？除非我死！"有那么几个瞬间，痛感像浪尖打在礁石上，似乎全身的皮肤都灼烧起来。她的父亲气得捂住胸口，脸色煞白。我失去了冲进去怒吼的勇气。

"还没死？"官员的声音微微发起抖来。"没死。心跳什么的，都正常。真是完美符合奇点上传的体质。只有断断续续的大脑时空错乱。网络世界的映像中，同时出现了过去、未来的景象。""快把腐蚀性水雾关了，这小子以后还有用！"

医生按下关闭按钮。滴滴答答，最后几滴液体落在卡文面目全非的脸上。

"世界上第一例奇点上传实验很可能就要成功了，还差最后一步，最危险的一步。"医生死死盯住屏幕。"接下来做什么？""要让实验者心跳短暂性骤停，测验肉体的死亡是否会给网络世界带来影响，实验者可能会出现意识随机漂流的情况。如果失败，就会前功尽弃。""海森堡①随机实验?""没错。"

男人擦了一把汗,指着旁边一个机器护士:"那边那个,你去3号库房取基因药剂GM480P,现在!"

他死死盯住戴着诡异头盔的卡文。室内,某个机器传来一声脆响。屏幕上,卡文的心电图变成了一条直线。

周围突然变得安静,一时间,耳中静得发疼。我浮在虚空之中,脚下是万丈深渊。无数星星镶嵌在纯黑的底色上,散发着银色的光芒。

前方,铺开了万丈星海。这里是时间和空间的尽头。身边,无数文明朝生夕死,盛极而衰,如同万千星辰旋生旋灭。

我看见了自己的未来。那是一个午夜,钟声响起,火焰熊熊,古娜的面孔隐隐浮现。

我看到了结局,却依然没有停下脚步。

前方出现了一个奇特的建筑,远远望去,像一个海螺在虚空中默默地旋转着。"欢迎,卡文先生。"

那双眼睛,静如寒冰。

周围,建筑物烈火熊熊,空气都变了形。

今夜,是第一个奇点上传之夜。全球约百分之二十的人购买了上传资格。他们聚集到奇点上传的若干集合地点,只等午夜钟声敲响的那一刻。

今夜,尽管富人区警卫森严,但还是发生了大规模暴动。

"这些该死的有钱人,只想抛下我们!"

"众生平权!"

街道、广场,触目不及之处,贫民窟的人群衣衫破旧,表情疯狂,一路砸毁豪车,点燃豪宅,迅速向富人区中心靠拢。

一路推推搡搡,卡文被一个男人撞倒在地。

---

① 海森堡(Werner Heisenberg),德国物理学家。于1927年提出了不确定性原理(Uncertainty Principle),又称"测不准原理""不确定关系",是量子力学的一个基本原理。

"王侯将相宁有种乎!"那个中年男人戴着眼镜,激动地挥舞着手中的小旗,稀疏的头发被汗水粘在脸上。那是卡文曾经的老师。他厌恶的眼光扫过卡文的脸,扬长而去。

几乎没人能认得出现在的卡文——紫红色的伤疤凹凸不平,从脸上蔓延到全身。左眼已经失明,结起一层白白的膜。

三年前,实验结束后不久,卡文就带着GM480P逃走了。政府秘密寻找了很久,无果。逃走前,卡文没有和古娜告别。他无法想象古娜看到自己的"新脸"时的表情。

GM480P。很多夜里,他摩擦着这瓶药剂。只要交给古娜,他们将被时光长河永远分开,再无回旋余地。一想到这里,他仿佛失掉了所有勇气。

奇点上传之夜,他终于带着药剂,站在了古娜家门前。

熊熊火光在远处燃起,一如七年的初次相遇,古娜眼神中充满了迷惘,仿佛神游天外。虽然面目全非,她却知道,眼前的,就是卡文。

在古娜的目光中,卡文脸上、身上的皮肤开始刺痛,比伤口愈合的那段时间更加刺痛。他从来没有像今天这样,更希望自己变得渺小、渺小,直至彻底消失。

古娜金色的瞳孔映着火光。两年前,父母在一次暴动中丧生,自己的疾病无法治愈,而卡文也渺无音讯。她本想在奇点之夜,和火光一起消失在空气中。

古娜木然地看着卡文,直看到卡文的眼中涌起泪水。

他是一个从来不说对不起的人,也是一个从来不哭的人。

"是你吗?"古娜木然地说。

"你这个浑蛋,骗子。"古娜慢慢走过来。

卡文的泪水滚落下来。古娜摸着他手上的伤疤,抬起眼睛,满脸泪水。

"你去哪里了呢?卡文。"古娜抬起手,轻轻拂过他的脸。卡文闭上眼睛,躲闪着。

"吃了很多苦,是不是?是我没有照顾好你,对不起。"

卡文紧紧抱着她。空气灼烧着他的面孔、胸膛、肺部,他无法控制自己的双手松开。

火光,古娜的面孔,午夜的钟声即将响起,最后的几秒钟,仿佛一个世纪那么长。

卡文拿出带在身上三年的GM480P,说:"喝下去。"

古娜甚至没有问为什么,顺从地张开嘴。

瓶子刚刚见底,客厅东北角就燃起一团火光,巨大的声响夹着热浪直扑过来。卡文抱紧古娜,在浓烟中用力眨着眼睛。

身后的客厅已经淹没在一片橘红色的火海之中,卡文闭上眼,抱紧古娜,跃上窗户,朝草坪跳下去。

古娜睁开眼睛时,世界已变成一片红色。她摸摸脸颊和眼睛,手上一片血红。她双手摸索着,直到摸到卡文凹凸不平的双手。

卡文的胸口正洇开一片暗红的血渍,心口处插着一片巴掌大的玻璃碎屑。古娜止不住颤抖起来,泪水滚滚而下。

"今晚过后,很多人都会死……剩下的一些人,在上传自己的时候,会喝下'忘川水',忘记亲友的死亡,忘记痛苦的过去……

"刚才,你喝的是GM480P,你的病……已经好了……但是这种药,也有让人短暂遗忘的作用……你要尽快找一个奇点上传中心……忘了我,好好活着……答应我……"

身后,烈火熊熊。星光照在卡文脸上,在古娜模糊的视线中,可见那个十八岁少年的面孔。

"别走。"古娜伏在卡文身上,撕心裂肺地痛哭起来。

"好。"他说。

"永远。"

"永远。"

午夜钟声响起。星光下，卡文闭上了双眼。

"故事就是这样。"老板倒了一杯酒精类的红色液体，自顾自喝了起来。

古娜的眼睛瞪得很大，半张着嘴，眼神散在虚空中，没有焦点。她的一只手在吧台上机械地摸索着，苍白纤细的手指仿佛脱离了身体，自己茫然地爬动。

良久，她将双手举到眼前，死死盯住，仿佛要看穿那段被修复的 DNA 片段。

她慢慢颤抖起来，越来越剧烈，面如金纸，双唇灰白。突然，她把脸埋进双手，眼泪瞬间从指缝中涌出来。

老板仍然慢条斯理地喝着酒，眼神却始终未离开古娜颤抖的肩头。

午夜将至，餐馆的墙壁和地面突然变得透明。所有的客人都抬起头来，远远望去，他们仿佛悬在虚空之中。

吧台、桌椅、餐具变得若隐若现，像覆上了一层白纱。触碰的时候，微弱的蓝光会像涟漪一样泛起，转瞬即逝。蘑菇似的银色的小机器人，在虚空中轻盈地滑行，将一杯杯泛着蓝光的饮品端到客人面前。

每个地球面孔上都浮现出不同的表情。惊喜、悲伤、疲倦，或者麻木。所有人都有一种相似的神色——怅然。

往事不可谏，月影沉千年。

一道不宽不窄的水流开始在虚空中浮现，如同灵蛇，依次从每位客人脚下轻盈地滑过，蜿蜒曲折，平如黑镜。

"卡文来的那次……"老板的眼神第一次有些飘忽，"他说，在时空的尽头，他已经看到了自己命运的走向——在奇点之夜死去。

"那天，他告诉我一个星光下的故事，想换一杯忘川水。他说，因为你的遗忘是暂时的，回想起一切之后，会很痛苦。希望你喝下忘川水后,安安心心活到时光尽头。真正的忘川水很稀罕,我本不愿交换,只是那个故事实在太美。"

老板微微一笑,神情又恢复了冷漠。

午夜钟声响起,沉沉回荡。餐馆里,这些孤魂野鬼,不约而同地开始唱起挽歌。

不可追,不可念。相思入骨存心间。
婆娑泪,三生叹。忘川河畔苦流连。

白色的裙裾流过地面,一路带起蓝色的波光。

古娜拿起忘川水,走向忘川河。

身后,客人们纷纷将杯子端起——一如十六年前。但他们没有喝,而是倾斜杯子,将看起来和忘川水一模一样的祭品,倒入脚下模拟生成的忘川河中。

仿佛千百年前的艳阳春日,中国古代的诗人们曲水流觞的玩乐场景,一道道蓝色的细流汇入河中,黑镜般的河水终于不再平静,泛起莹莹微波。

古娜背对着人们,站在餐馆门口——忘川河的尽头。

她伸手推开大门,泛着微微蓝光的忘川河水,流向宇宙尽头。

星光照着她的脸庞,好像那些往昔,卡文仍在身边。

终于,她没有喝,而是抬起手中的杯子,慢慢倾斜。

真正的忘川水——比其他所有都更明亮——化作一道蓝色的细线,从空中缓缓坠入忘川河。

与河面接触的一瞬间,整条河都被点燃,蓝紫色的光芒腾空而起,万千银光,跳跃其间。

身后,孤魂野鬼,挽歌凄凉,带着对往昔岁月的怅惘,久久回荡。

这无数记忆,终于燃起磷火,顺着忘川之水,渐渐远去,汇入星河。

雷神

羽南音

雷神托尔这几天都不是很开心。

都怪尼尔盖曼那个臭小子。十几年前写了个什么《众神》，说"雷神托尔在现当代美国社会混得不好，自杀于1932年"也就算了，最近这破书竟然还拍成美剧在全世界到处播，丢脸丢到姥姥家了，简直岂有此理。若不是雅典娜说那臭小子有智慧灵光护体，拼命拉住自己，托尔非下去用锤子敲他脑壳不可。

"曼成不是拍了几部不错的嘛。"雅典娜安慰道。

"什么不错！都傻成那样了！那演员眼睛也小！"托尔瞪着牛眼大吼一声。

雅典娜不说话了。好歹她也是智慧神和战神呢，自从《圣斗士星矢》以后，她就没出现在什么像样的影视作品里了。要说获取凡人的信仰，影视可比书籍影响力大多了。她还有点嫉妒托尔呢。

为了寻开心，托尔驾云飞向中国，去寻老友了。

记得还是唐朝，托尔第一次跑到中国玩，在楚州龙兴寺偶遇中国雷神阿夔。当日晴朗，百姓云集，观看杂耍歌舞，鱼龙百戏。两位雷神玩心大起，乘坐两朵车轮大小的云出现在寺庙上空，雷声滚滚，震得在场几万百姓人仰马翻。

雷停后，寺前百棵古槐都被劈成一模一样的筷子大小的木屑，散落一地，数万观众的头发全披散开来，每缕发丝都打了七个结。

看到凡人呆若木鸡的样子，两位年轻雷神笑得惊雷翻动，喜泪化雨，差点跌下云去。

想到这些，托尔一路都很欣然。

很快，就到了东海蓬莱仙岛，阿夔的新家。

开门的是一只穿着围裙的啄木鸟，很敦实，表情严肃。

托尔落座后，啄木鸟奉上仙露茶。它自称是阿夔的心腹，从阿夔跟随黄帝起就侍奉左右，已经几千年了。阿夔后来娶了华胥姑娘，又生了娃，脾气平和多了，整日云腾致雨，劈杀恶人，润泽万物，造福百姓……

"阿夔呢？"这啄木鸟太絮叨、太烦人了，托尔感觉握锤的手开始有点发痒。

"主人和夫人为了迎接托尔大人，一早亲自去仙市买鱼，估计这会儿……"

"快，带我去找他！"托尔一跃而起。

正说着，阿夔已经出现在客厅门口，夫人华胥紧随其后，手中提着一条鱼。

"阿夔！"托尔扔下锤子，将老友一把抱住。

阿夔稳重的脸上露出一点尴尬，而夫人华胥则在一旁抿嘴笑着。

大家落座寒暄，按下不表。托尔兴冲冲说着自己这些年种种玩乐之事，说到兴起，整个房间都回荡着他雷鸣般的笑声。阿夔只是听着，含笑不语。谈及当年龙兴寺的玩乐，华胥的眼中流露出几分好奇，不由得多追问了几句，却被阿夔咳嗽着打断。

"年少轻狂，不提也罢……劳烦夫人为我好友烹制鱼片吧。"阿夔稳稳地说。

华胥站起，款步上前，平伸双手，竟有雷电凝成的利爪从手背展开，晶莹剔透。华胥仪态曼妙如舞，蓝光翻转之间，桌上一条整鱼已脍成无数薄片，透如轻纱，细如丝缕，轻可吹起。

雷电闪过，似有金石之声，有几片鱼片竟化作白蝴蝶，飞出窗去，消匿于仙山云海之间。

托尔正看得目瞪口呆，华胥已然收手，握紧双拳，扎下马步，竟摆出一个金刚狼的帅气姿态,停顿几秒,才收起雷电爪子。

"曼成系列我们也是看了的。"华胥一扫文静,咯咯笑着。

"自你几日前说要来,难为夫人排练了许久呢。"阿夔微笑着。

托尔也大笑起来,心下却很感动,眼眶有点红,急忙转过脸去。

托尔在蓬莱玩了三天,第四天午饭后,阿夔和华胥将托尔送出十里。托尔招来雷云,终于到了离别的时刻。

"你们就是婆婆妈妈的。"托尔心里很不舍,但嘴还很硬。

"听闻雅典娜是个好姑娘,你也不小了,该收收心了。"阿夔挤挤眼,终于露出少年般的神态。

龙生橘

羽南音

治平元年，常州日禺时，天有大声如雷，乃一大星，几如月，见于东南。少时而又震一声，移著西南。又一震而坠在宜兴县民许氏园中，远近皆见，火光赫然照天，许氏藩篱皆为所焚。是时火息，视地中只有一窍，如杯大，极深。下视之，星在其中，荧荧然。良久渐暗，尚热不可近。又久之，发其窍，深三尺余，乃得一圆石，犹热，其大如拳，一头微锐，色如铁，重亦如之。州守郑伸得之，送润州金山寺，至今匣藏。

——沈括《梦溪笔谈》

近日，宜兴城内颇不太平。

先是前日，城西许氏园中，突然坠下一枚"天星"，正午时分仍火光灼灼，烧得篱笆尽毁，据说连旁边的一棵青橘树也焦了半边。光焰散去后，地上有一深洞，大如杯盏；掘之，天星赫然在内，大如拳，圆且烫。未过两个时辰，太守郑伸郑大人得知此事，便派人前来，用金银将"天星"索去。

这许氏家境殷实，虽不满这笔交易，也未敢反抗。然家中三代单传，育有一子，年轻气盛，唤作许白起。当夜，他竟仗着有几分武艺，夜探太守宅邸，欲盗回"天星"，被当场捉了个正着。

这郑大人，平素也算廉政爱民，此次索来"天星"，原是想呈给上级，编些"天降祥瑞"之说，兴许能给城中百姓减免些赋税，也于自己仕途有利。白起被捉，他自知理亏，本想大事化小，谁知他的一个宠妾，唤作兰缨，当场哀号，说自己的嫁妆白龙玉璧丢失，定是被那白起盗去藏了起来。郑大人有些惧内，最经不得美人哭闹，胡子颤了又颤，最终没将白起放走，但也未送入大牢，只是锁在后院的柴房中。

翌日，郑大人想将白起偷偷放走。谁知那白起却死活不肯动弹，痛骂郑大人是缩头乌龟，扬言冤情不解，便要生生饿死在郑府。郑大人听罢，气得直摔了五个茶杯，吓得窗外一只胖麻雀从枝头跌下来。

过了三日，白起果然水米不进，缩在那未锁的柴房内，没有半点动静，眼见一张脸已如黄纸一般。

郑大人哭笑不得，只得将兰缨唤来，难得厉声训斥，遣她去给白起赔礼。

兰缨年方二八，之前乃当地富商家的小女儿，娇养长大，进门后又深得夫君宠爱，经此一气，差点将银牙咬碎。只见她一抹眼泪，冲入后院，命下人将白起从柴房拖出。

"你见我偷了？"

"前一刻还有，偏你一闯进来就没了，还说不是？"

"你见我偷了？"

"獐头鼠目，一看就是贼！"

"你见我偷了？"

"就是你！"

"不是我！"

"就是你！"

"不是我！"

……

等郑大人带着"天星"赶来，只见兰缨气得面皮通红，香汗淋漓。白起气息微弱，却气势十足。车轱辘话吵得如孩童一般，一旁的下人都禁不住掩面而笑。

郑大人意欲将"天星"还给白起，想了想，还是先讨好地凑到兰缨跟前,连声嚷着"夫人息怒",又顺手拿过一旁侍女盘中的一只青橘,慢慢剥开。

未曾想,又出了奇事——随着橘皮裂开,一道白光乍然透出。

众人大惊,待一细看,那橘中不见果肉,只有一个白眉白衣白发的老者,身高尚不盈寸,正端端正正地骑在那丢失的白龙玉璧上玩耍。橘皮被剥开后,老者抬起头,很不高兴地看着郑太守。

橘皮从手中坠落,堂堂太守瘫在地上。

老者捻捻胡子,玉璧竟化作一只白色小龙,只见老者驾龙腾空而起,嗖地钻入一旁的"天星"之中。

一如当日坠落一般,"天星"放出耀眼光芒,片刻,便恢复了原状——老者和白龙已然消失其中,不见踪影。

那日后,白起乖乖回了家,郑太守则大病不起,胡子都掉了几撮。兰缨费尽心思请来一位高人,观了天象后,只说那"天星"原是天外仙人行路用的"舟船",郑太守是犯了唐突天人之罪。为了赎罪,兰缨只得哭哭啼啼地将那块"天星"亲自送到润州金山寺,请寺内高僧供奉起来。

据说,那"天星"仍时不时停留在寺内,又时不时消失。

郑太守痊愈后,下令三年之内,宜兴城内,百姓不得食橘。

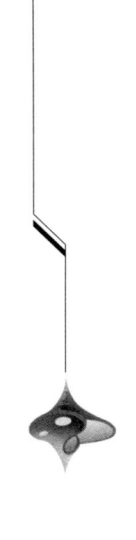

豆沙包

羽南音

冬

南方的雪夜，除了奇寒，更多几分阴冷。漫天的细雪，仿佛星尘正向人间坠落。

男孩晕倒在古寺的山门前。黄狗闻到气味，吠起来，被僧人李一发现。他将男孩带到斋房的后厨。热气蒸腾，男孩冻僵的身体渐渐和缓，悠悠转醒。

李一蒸了寺院晚斋时剩下的豆沙包和馒头，装在浅黄色的粗陶盘子里。豆沙包像馒头一般圆滚滚的，皮子雪白松软，馅儿拌了些素油，磨得很细腻。寺里今日有法会，备了馒头和豆沙包两种主食，但从外表看不出任何区别，这剩下的一些自然也难以分辨。

男孩抓起一个匆匆地吃着，撕开后是有豆沙馅儿的，充满孔隙的面皮里，白色蒸汽喷涌而出，清馨的甜味和浓郁的麦香在雪夜散开。

他又抓起一个，这次只是馒头。他没吃几口就噎住了，灌了几大口面汤。

李一问起他为何雪夜来到这里，男孩沉默了一会儿，说父亲早逝，母亲重病，家里已经没有一粒粮了。

窗外，雪片越来越大。男孩记挂母亲，执意要走。李一便用油纸包了剩下的豆沙包，又取了自己的蓑衣、斗笠给他。男孩小心地将油纸裹进单薄的上衣，贴身放着，然后穿上蓑衣，回过身，眼中盈泪，给李一深深行了一礼，便冲进山雪之中。

茫茫天地，那件过大的蓑衣被风吹得不停翻动，李一看着，不知怎么想起了某个夏日的暴雨,冲刷着溪水中一只无措的石蟹。

春

春日,绿柳才黄,毛茸茸的黄雀在枝头欢欣地叫着。

李一本是一家寺庙的年轻僧人,是来古寺客居修行的。他闭关三个月,今日期满,就要离开了。

临走时,他经过大殿门口,发现里面正举行着新的剃度仪式。老住持正在给一个八九岁的男孩点戒疤。点好之后,男孩抬起头来,目光静深澄澈,不像他这个年纪的孩子。

哦,竟是雪夜来访的那一位。

旁边一个洒扫的和尚说,这孩子的母亲改嫁了,为了不给她增加负担,他便来了这里。倒是极聪慧的,老住持很赞赏。

男孩向门口望来,似乎看到了李一,又似乎没有。

李一看了一会儿,便悄无声息地离开了。

夏

夏日,无数黑色的蝉,在碧绿的叶片间奋力歌唱。可叹这小小的生物,竟于一生之中最茁壮的时刻,鸣起这般雷霆之音。

时隔多年,李一又回到古寺。这次,他客居了三年。

当年的男孩已经成了这里的住持。三年间,他们时常秉烛夜谈。

今晚,李一进到住持的房间,发现茶桌上放着一碟豆沙包。

"说好的过午不食呢?"李一问。

"人生苦短,何必拘谨。"住持露出一种罕见的活泼神色,和白天的持重迥然不同。

"看来最近有新的参悟?"李一问。

"不错。"住持拿起两只豆沙包,掰开。原来一只是有馅的,另一只是实心的馒头。

"昨夜打坐时,看到一个实心的颗粒穿过一道很窄的缝隙,变成了两个。两个颗粒表面看上去差不多,其实却不同。就像这豆沙包和馒头一样。奇怪的是,这两个颗粒又似乎并未分开,处于'是'与'非'之间,或者说,同时处于'似是而非'的状态。随后这两个颗粒靠近,产生交叠,交叠的部分,变成了一片虚空。"

"虚实相生。交叠的地方是'虚',说明两个颗粒都是'实'。最初的颗粒,也是'实'?"李一问道。

"不错。"住持答道。

"一个实体,分化出两个等量的实体,能量又没有损耗,似乎是不可能的。"李一有些疑惑。

"而且,还同时处于'似是而非'的状态。"住持说。

"这可否用来解释'三千世界'?"李一思考道。

"我也这么认为。"住持笑了。

两人就着茶水,静静吃完了豆沙包和馒头。

"三千世界,都从最初的一个点生发出来,既有相似,又有不同,并以一种非常人能理解的方式,同时存在。我们目前所在的世界,只是其中一个。"李一说。

"这些世界之间,可能偶然会有叠加,叠加的部分,即'虚'的部分。'虚'的世界有一些不确定的规则,或许不是我们能理解的。"住持答道。

两人再无别话,只有夏风,从窗口的缝隙穿过。

秋

秋叶落在屋檐。时至黄昏,古寺起了山岚,一片奇特的山岚飘过寺院门口。

暮色渐沉,神佛寂静。露水在石阶上凝结,山岚徐徐飘着,不紧不慢。

李一注意到这有些奇异的山岚,便一路跟着,向前走去,不知不觉便走到了茶室。那卷蜜糖色的山岚飘到茶室门口，终于随着一阵山风，消散不见。

李一走进茶室。临别前，他悄悄在窗前留下了自己的佛珠。

今晚，是他在这寺院的最后一晚。虽然身体状况不佳，但李一还是缓缓登上后山，中间歇了好几次。他能感到，自己的心脏在不堪重负地跳动着。

明天，他会向住持辞行。大限将至，只怕此次一别，今生便无缘再见了。

从山上望下去，古寺小得宛如沙盘，银钩似的新月缀在大殿飞檐。

不知怎么，李一想起了豆沙包的味道。自九岁那年起，这味道伴随了他的一生，每次出现，都夹杂着寒冷又温暖的雪意。

涌现岩就在前方，李一艰难地攀坐上去，闭上双眼。

"一切有为法，如梦幻泡影，如露亦如电，应作如是观。"

情人结

羽南音

触目所见，皆为黑暗。

四周湿冷刺骨，男人在一片虚空中，向前走着。

他最后的记忆，是身体飞了起来，和巨大的刹车声，眼前就渐渐暗了下来。

前方终于出现了一点光亮，一条巨大的河流，宽阔得像湖泊。河流上游和下游都隐匿在黑暗中，只有中间这一小段，被隐隐的幽光照亮。

水流并不湍急，如同黝亮的黑蟒一般浮动。

河岸边，有一张木椅，一张木桌。木椅上坐着一个少年，木桌上有两个陶壶。

"选哪个？"少年问。

"选哪个……"男人不解。

少年抬起头，脸色雪白，双目细长，闪着霜雪一般的光。

男人感到寒意，不由得退了一步："这、这是哪里？"

"这里是维度空间站，这条河是冥河。人类死后，经过这里，就可以在六道中轮回。天道等，需要升维，地狱道等，需要降维。"少年一边摆弄着手里的东西，一边慢慢地说。

男人壮着胆子上前看了看。桌上的陶壶是一黑一白，少年正弄好一个小麻花一样的结子，投到黑壶里，壶里的汤中似乎浮着许多麻花样的东西。

"白壶里是忘川水，喝了就能忘掉你前世的一切；黑壶里是春阳汤，喝了我就能了你一个心愿，但要你用东西来换。"少年不再打结，只是理一理衣袖。

"这么说，我、我已经死了？"男人痴痴地说，几乎要瘫在地上，不一会儿，他的神色却渐渐变了，"不！她呢？若不是她变了心，和别的男人上床，我、我也不会失魂落魄地走上街，被车撞了！你看，我身上还有那个男人泼的酒水！"

男人全然不提，刚才自己被"那个男人"痛打的窝囊样子，只是拼命去扯衣襟，上面除了他自己的鲜血、漏出来的一截肚肠，果然还有一点酒气。

"她阳寿未尽，自然好好地在上面。"少年理所应当地说。

"凭什么！今天是情人节，今天、今天我要她陪葬！"男人眼里先是闪出一点怯懦，又被怒火烧尽。

"那就是春阳汤了。你要想好，冤冤相报，对你对她都不好。"

"我不管什么代价！我一定要她陪葬！要她生生世世和我在一起！"男人吼得嘴角有一点血沫溅出。

虚空中浮出一个黑碗，少年将黑壶里的汤水注入碗中。男人接过来，汤水中还浮着几个麻花一样的小结子。他又闪出怯懦的神色，但想到刚才那对男女的丑态，便一扬手，喝了个干净。

他失魂一般松开手，碗下坠到一半的时候，又消失在虚空之中。

男人腹内渐渐灼烧起来。远处，河水里漂来一段红色的物体，被冲上岸，是个女人——正是自己的情人，身上还穿着与别人苟且时的薄纱睡裙。

男人飞扑过去，狠狠扇了女人几个耳光，女人一边尖叫，一边死死抓住男人的肩膀。男人惊恐地发现，她的双手正扎根一样往他的肩膀里钻，两人的血肉正在相融。

男人还没有喊出声，两人的头颅也粘成了一个，血肉粘住口腔，这对男女的身体渐渐融为一体，缩成一小截"人肉纸片"。

少年走过去,将"纸片"拧了一下,重新接好,变成麻花一样的"莫比乌斯环"①,投进黑壶中。

冥河里泛起波浪,一尾金色的胖鲤鱼冒出头来:"鬼王春阳大人,饕餮大神正在找您。修罗湿舍大人来了。"

春阳摇摇头:"孟婆②还没有回来,我答应要顶她一天班的。"

鲤鱼道:"湿舍大人已经托金翅鸟去唤她了。天道上的五维神殿有了裂痕,上面急着要你们一起过去呢⋯⋯咦?这是什么,麻花一样的结子⋯⋯"

"情人结⋯⋯永生永世,不再分离。"春阳第一次露出一点点笑。

"是2.5维的莫比乌斯带啊。"鲤鱼探头探脑,"咱们六道的维度都得是整数,这可真是永世不得轮回了⋯⋯"

"贪嗔痴③,皆梦幻泡影罢了。只是这人间的能量,泡一泡,倒还合饕餮大人的胃口。"春阳将汤里的"情人结"都拣出来,放进衣袋。

"啧啧,造了什么孽啊这是?"鲤鱼畏惧地缩回了头。

"走吧。"春阳站起身,顺手将剩下的"春阳汤"泼到冥河里去了。

---

① 莫比乌斯环:把一根纸条扭转180°后,两头再粘接起来做成的纸带圈,具有魔术般的性质。在上面行走,永远无法走到尽头。既不是三维,也不是二维,而是2.5维。
② 孟婆:传说人死以后,都要喝下孟婆给的忘川水,忘掉前世的记忆,才能进入新的轮回。
③ 贪嗔痴:佛教中的"三毒",是恶之根源。

鲵鱼歌

羽南音

火柿红起来，意味着火柿镇冬天的到来。

寒风一夜未停。燃料紧缺的小镇漆黑一片，只有一个窗口亮着，像浮在深海中的一只红水母。

清晨第一缕微光透过窗棂的时候，最后一点灯油耗尽，火柿灯的红光闪了几下，熄灭了。春阳小心地合上那本脆弱发黄的纸质书，封面标题是《寒武纪物种大爆发》。

古生物学家认识到几次物种大灭绝，如约4.4亿年前的晚奥陶世，当时有大约85%的海洋物种消失，其余四次包括晚泥盆世、晚二叠纪、晚三叠纪及晚白垩纪大灭绝。化石纪录显示，每一次物种大灭绝之后，都会突然出现繁盛的新物种。

著名的寒武纪生命大爆发更是进化论者一直无法解释的物种来源之谜。

窗外，冰蓝色的黎明带来海风的咸味。不远处的渔港渐渐传来嘈杂的人声。

今天是冬至，也是火柿成熟采摘的日子——"火柿节"。火柿的汁液饱含油脂，是重要的燃料，也是火柿镇的商业支柱。每年的今天，周围的岛镇纷纷派出船只，像无数水蜘蛛一样向火柿镇汇聚，在海面留下辐射状的细痕。抵达后，他们将以码头为中心，举办盛大的贸易集市。

春阳从家中出发，来到集会所在地——火柿镇码头。

春阳在人流和鱼腥中穿行，海风吹起他的头发。火柿镇的居民都不知道春阳的来历，只知道他是个有钱的孤儿，一个清瘦、皮肤白到微微泛青的俊美少年。

此刻，火红的太阳刚刚和海平面分开，像一枚湿漉漉的鸭蛋黄。

春阳向身后望去，无数红叶、红枝、红树干的火柿树勾勒出镇子的几条主干道。它们像小山一样慢慢升高，聚拢在小镇的最高处——镇中心的喷泉广场。

除了火柿镇这个岛镇，全世界还有成千上万个这样的岛镇。

一百年前，一场突如其来的温室效应让全球气温骤升。那次灾难性的海平面上涨，被人类命名为"大潮汐"。文明之光陨落，人类的城市渐渐被海水包围，缩成星罗棋布的岛屿。百年来，气候无常，海水仍在上涨，岛镇越来越少，人口密度也随之增高。

随着太阳的升起，集市渐渐热闹起来。小贩们将刚刚捕捞的鱼类摊开，在地上售卖。

金色狮虎鱼粗短的四肢仍在弹动，琵琶鸟虾银色的双翅一出水就失去了光泽。蟒章鱼巨大的十六条触手已经被切下分开售卖，但它们的价格加起来还抵不上蟒章鱼那两颗小小的油绿色的毒牙——那是治疗湿疮的良药。

春阳拎起一只五角星身体的八爪生物，看起来像是螃蟹和海星的杂交品种。在一堆鱼中拨弄的时候，他还发现一只湿漉漉的紫色鹦鹉，拨开一看，却长着布满鳞片的鱼尾。

八眼、三脚、六眼。一路过来，他默默计算着鱼的新种类。比上个月又多了十几种，变异越来越多了。

一股陌生而诱人的香气顺着风传来，小摊贩用火柿油炒起了刚打捞的海鲜。

"炒"，几乎已经成了一个快要失传的古老词汇。只有"火柿节"的火柿镇，才有这样奢侈的食物。因为油脂和燃料的稀缺，这一代"岛镇居民"基本都已经习惯了生食。

海风的声音大起来。前面，人群最稠密、最热闹的地方，正在售卖今天最特殊的货物——鱼人。

"大潮汐"以后，陆地范围越来越窄，人类文明遭到极大的挑战，交通、饮食、通信行业遭遇全面洗牌。在新环境的压力下，政府修改了基因法，一些敏感领域的基因技术被广泛应用起来——先是植物，再是动物。终于，约50年前，科学家们认为地球的陆地可能会完全消失，基因改造被允许在人类身上进行。法律被修改为，出于实验目的，只允许小范围将鱼类的基因与人类杂交，其他基因一概禁止。基因杂交率高于百分之二十的"鱼人"将视为新物种，在法律上，不再享有人类应有的权利。

然而，人类社会已经有很多基因杂交率超过百分之二十的鱼人了。一场战争无可避免，变种鱼人们被纯种人类击败。接着是惨烈的"大清洗"，死去的鱼人尸体堆积如山，染红了浅海。许多地方建起高高的焚化炉，将堆积如山的变种鱼人尸体焚化，以防疫病蔓延。

当年的战争后，人类在一些岛屿上建起许多焚化炉，命名为"黑塔"，将尸体焚化。这些黑塔在后来的"大清洗"中，也活活烧死了许多基因不符合"标准"的鱼人。

每次看到那些黑塔，春阳都会感到一层入骨的寒意。他常常想，含有百分之二十一变种基因，又和百分之十九相差多少呢？"人"到底该如何定义呢？

"大清洗"过后的几十年，海水继续上涨。法律条款依然存在，却因为资源紧缺及岛镇的过于零散分布，失去了最初严苛的束缚力。两代人之后，混杂基因比例不明的鱼人又渐渐出现——那是"大清洗"的残余效应。

基因混杂的不仅仅是鱼人。春阳望着集市的鱼摊，外形诡异的生物越来越多了。

渔港码头是火柿镇最接近大海的地方。这里的鱼人都是被捉住售卖的，场面仿佛一千年前的黑奴市场。

一个鱼人贩子走过来，脖子上戴着一串蟒章鱼牙齿串成的项链，在阳光下泛着绿油油的光。他一路抽打着鱼人过来，鞭子落处，鱼人湿滑的皮肤立刻裂开，出现血纹。

周围的买家来来往往。此刻，买家们正拨开鱼人的腮部，像挑牲口一样挑选着它们。一个肤色发青、背部长鳍的精壮男性鱼人和一个胸部饱满的紫发女性鱼人竞价最高，而春阳的注意力却落在角落的一个笼子上。

笼子里有个老人，身形瘦小，脸又黑又皱，双眼灰蒙蒙的，手背上长满了阳光照射形成的褐斑，脖子上围着一条皱巴巴的围巾。

也许是嫌老人蜷缩得太久，鱼贩子骂骂咧咧地扬起手中的软鞭，啪的一声抽在老人身上。老人张了张嘴，却发不出声音，只是痛苦地蜷起身子。鱼贩子上前一把揪住他胸口的衣服，正要朝他的脸上下手，却被春阳一把按住了鞭子。鱼贩子脱口大骂："哪里来的海兔崽子？"

"多少钱？"春阳冷冷地说。

那鱼贩子变脸像翻书，转瞬便换了笑脸，漫天要价："二十贝……要么，五斤火柿油也行。"

"这老东西，白送都没人要吧。"

这声音响起来的时候，鱼贩子脸色瞬间就变了。

一个少年慢慢走过来。火柿镇不少人见了他，都下意识退了两步，窃窃私语起来。少年个子不高，披着一件黑色缠金纹的披风，那是油蜡封的鲨鱼皮绲了金丝的，价格不菲。

燃犀长着一张尖下巴的圆脸，眼睛是绿色的，总是滴溜溜打转，嘴角常带着一抹冰似的冷笑，像恐怖片里的玩偶娃娃。

火柿镇的居民都知道，燃犀的家族世代都是"乌鸦"。所谓"乌鸦"，就是负责焚化鱼人的人。

因为和海盗多有交易，燃犀家境殷实，喜怒无常，镇上的人都很怕他。焚烧鱼人早已不再是他的日常工作。烧与不烧，要看他的心情。

"燃犀少爷说得是，白送白送！您都发话了，我哪能还收钱呢？滚过去！"鱼贩子忙不迭踹了老人一脚，老人躲闪不及，略一分神，没想到手腕已经被燃犀死死抓住。

抓住老人手腕的一瞬间，燃犀的表情变了——手腕的皮肤十分细滑。燃犀以迅雷不及掩耳的速度，将老人的头按进旁边的一个海鲜水盆里。老人拼命挣扎，一时水花四溅。

燃犀将"他"拉出水的时候，围观的众人惊呼出声。

"老人"伪装的油彩被悉数洗去，露出一张少女初雪般的面孔。她的颈部白净细嫩，左右耳后各有三道细细的裂口——鱼人腮。

水滴顺着少女的脸庞流下来，用来伪装的灰色隐形眼镜也已经滑落，露出一双红宝石似的眼睛。眼神十分锐利，却充满绝望。

春阳看着那双眼睛，不知为什么，他的心剧烈跳动起来。周围都安静下来，他像一只洞穴里孤独的兽类，只有咚咚的心跳声在岩壁上回荡。

燃犀的嘴角浮起一丝猎人的笑意，像冰原下渗出的冷水。

红瞳。红瞳是极其罕见的鲵鱼基因标志。

燃犀将手指放在嘴边，吹出一声尖锐的啸鸣。

巨翅扇起的风声由远及近。一只长着三个头颅的巨大乌鸦在燃犀身旁落地。那是他从基因交易市场高价买来的坐骑——乌鸦和金雕的杂交品种。

今日，乌鸦的三只头颅都装饰着火柿果实编织的花环。随着头颅的摆动，火柿在阳光下闪着艳红的色彩。

燃犀微微示意，中间的那只乌鸦头猛然张开巨口，将鱼人少女拦腰咬住。

燃犀翻身骑上鸟背，礼貌克制地笑着："鲵鱼，多年未见。"

鲵鱼杂交的鱼人，尤其是少女，以细滑美貌著称。

不知从什么时候起，有一个流言在许多岛镇之中传播，说以鲵鱼少女为祭品，焚烧后可得海神垂青，获得好运。

燃犀的眼睛望向远处小岛上的黑塔，正要起飞之际，他手上的缰绳却被春阳猛地拉了一把，乌鸦的脖子被勒，发出巨大沙哑的嘶鸣。少女同时伸手去抓乌鸦的眼睛，乌鸦吃痛，张口的一刻，少女从它口中跌落。

春阳蹲下身子，扶起少女，去看她的伤势。

血顺着鞭痕流下来，少女的头发还是湿的，全身都在颤抖。她在春阳的怀里抬起头，用一种十分奇异的眼神望着他。春阳觉得那眼神似乎像一股电流，传遍全身，却又带来一种极度的不安。

那眼神里，掺杂着感激、吃惊、钦佩、温柔、不解……不，还有些什么。

那异常绝望而明亮的眼神，带着一股空前绝后的极其锐利的愤怒。

燃犀的几个膀大腰圆的家仆从人群中挤过来，将春阳和少女分开。一个家仆要打春阳，被燃犀抬手制止。

小时候，春阳和燃犀有段时间关系不错，春阳去过燃犀家里一次。那年燃犀也就八九岁，房间里却贴满了战争资料。

春阳不忍去看"大清洗"里那些肢体残缺的鱼人、火柿油烧黑的建筑。而燃犀的房间里，还有春阳十分陌生的，人类社会第一次、第二次世界大战的资料。发黄破旧的报纸上，那些集中营里饱受摧残的犹太人的照片让春阳无比震惊。燃犀在一旁，以无比炽热的语调谈论起自己对那场战事的崇拜。一阵冷风灌进窗户，春阳的冷汗浸湿了衣服。

那以后，春阳再也没去过燃犀家里，两人渐渐不再往来。

此刻，燃犀正以一种蔑视的眼神看着少女和春阳。他一眼就看穿了春阳对少女的情愫。如果说有什么比夺走杂种的生命更好玩的，那就是同时夺走爱慕杂种自甘下贱的人类的爱和希望了吧。

他的几个随从将春阳死死按在地上，另外几个将少女双手死死绑住，三头乌鸦张口咬住少女。

在冬日的艳阳里，燃犀骑在三头乌鸦背上起飞。

春阳拼命挣扎，那个随从不耐烦了，便将他的头高高拉起来，在地上狠狠撞了几下。

于是在春阳的记忆中，后面的画面伴随着阵阵晕眩和模糊。

先是天空中传来一阵奇异的歌声，那声音激越而清亮，闻所未闻，像是宇宙的琴弦。

鲲鱼歌。

鲲鱼歌的传说是那么古老，以至于所有人都以为那只是传说。

直到2139年一则轰动全球的新闻，一个基因研究院起了大火。原来鲲鱼基因混杂的人类中，有万分之一的可能性能发出一种特殊的声波。像微波武器那样，能够和油类产生共振，使其燃烧。

鲲鱼歌的声音频率升高，渐渐超过了人耳能接收的波段，听不到了。但人们只觉得从耳朵到身体都开始发麻，人们身后，漫山遍野的火柿树开始燃烧。

油分充沛的火柿树如同一支支火把，以火光勾勒出镇子的几条主干道。火光像小山一样慢慢升高，汇聚到小镇的最高处——镇中心的喷泉广场。

从高空俯瞰的话，就会发现，这是自人类进入水时代以来，所有岛镇之中，燃起的最明亮、最红艳的火光。

那来自蔚蓝深海的原始力量，在微观粒子的震动作用下，化为灼热、艳丽、炽烈的复仇女神之火。

热风呼啸而过，春阳感觉到地面都在发烫。人们四散而逃。没有了看管，鱼人们纷纷跳入水中，重获自由。

半空中，三头乌鸦戴的火柿花环开始燃烧，像三个火红的死亡句号。不一会儿，燃犀的披风也被点燃了。

乌鸦哀鸣松口，少女从半空坠落，落入海水。

不一会儿，乌鸦和燃犀也像两块石头，直直坠入水中。

几天后，人们打捞上来燃犀焦黑的尸体。

新闻传遍其他岛镇，许是心存畏惧，"乌鸦"的工作，渐渐绝迹。

火柿镇的主干道和广场都被烧毁，因为居民区没有普遍种植火柿树，所以并没有过多的人员伤亡。

春阳再也没见过那位鲵鱼少女，只是他常常关注着这新世界物种的变化，睡前翻一翻寒武纪的资料。

有天晚上，他做了一个梦。梦到那天，鲵鱼少女坠落后，游向大海深处一个新的岛镇。那里生活着许多新的物种，没有战争、杀戮、买卖，充满平等、善意和希望。

在那里，鲵鱼少女轻声歌唱。

人类正开启一个新的时代。

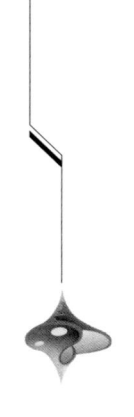

红油饺子

羽南音

月亮出来亮堂堂。

月光兜在山谷里,像泼下来的黄酒,荡过树梢、山涧,又不着痕迹地滴落在石凹里,深深浅浅地摇晃。

春阳的脑子也在晃。他不知道自己为什么在这里,却知道今天是除夕。他不知道自己为什么在这里,却知道自己要去一个地方——一个不得不去的地方。

春阳抬头看了看圆盘似的满月。奇怪,除夕应该是新月,而新月是看不见的。

头又开始痛了。他扶着脑袋,脚步却没有停,像一匹充满倦意的马。

干冷干冷的。虽然没有风,但寒意顺着身上棉袍的每个缝隙往里钻。这件古代样式的衣服又是怎么回事?

毫无道理,却又顺理成章。春阳觉得自己的脑子像个筛子,有很多东西漏出去了。这种"矛盾"又不"矛盾"的感觉,就像看世界的时候闭起了一只眼睛,既"看见"又"看不见"。

身后有窸窸窣窣的声音响起来,由远及近。

一群穿黑白衣服的小孩子凭空出现似的跑起来,个个手里都提着一盏黄灯笼,像月光凝出来的。他们一路叽叽喳喳,话音细碎难辨。他们像正常的小孩子那样打闹着,像一阵风从春阳左右掠过,仿佛他不存在似的。

远处的风带来他们的歌谣:

小老鼠,上灯台,偷油喝,下不来。

小老鼠，上灯台……

这群灯影似的小孩跑到前面去了，消失在一片黑黢黢的树林里。他们十几张脸，春阳一个都没能看清，凝神去看的时候，脖子上方又似乎只有雾气般的一团。

那里有处亮光。刚才怎么没注意到呢？也许只是用来引路的东西吧，脸又有什么用呢？

这突如其来的念头让春阳的后背起了一层薄汗。

夜色渐沉。他向着亮光走过去，寒露凝在脚边的叶子上，成了霜。

原来林子深处有家餐馆，古代风格，乌黑油腻的木头别别扭扭地堆砌在一起，酒旗已脏得辨不出颜色，门却是诡异的现代金属质感，反射着一大片冷白的月光。

春阳有些不敢推门，怕这门也是一道混乱的时空线，走进去，身体就要被割成几段。

正想着，门猛然向内打开，一个穿着红袄的女人带着一股脂粉味冲出来，眼见她就要撞到春阳怀里，却被一只粗糙的大手死死拽住红袄，一把拖到地上。她身手还挺灵活，打了个滚弹起来，又要往外冲，却挣不开身后的那只手，一张窄长似老鼠一样的脸上瞬间变了颜色，露出四颗白牙，像是要咬人的样子。

抓她的是个老人，一身深色的长衫，一手利落地从女人身上抓出一个荷叶包，另一手拖着女人往里间走去。走了几步，老人回过头来懒懒看了春阳一眼，仿佛催着他。春阳心里疑惑着，脚下却不由得跟着他往里面去了。

这餐馆也是个古怪的空间，有两层，二楼的天花板不是平的，而是个向外凸出的圆顶。一层大厅里摆着许多张疙疙瘩瘩的木桌，只是一个客人都没有。桌子形状古怪，大小不一，泛着肉色的油光，似乎用了挺久。细细看来，这些桌子腿竟像是长在地板上的根系，有许多条，彼此相连，像榕树似的密密麻麻，不能计数。

餐馆正中央突兀地摆着一个精钢的银色大桶。春阳隐约觉得，从外面看这餐馆不大，里面的空间却要高得多，这桶更是高得简直通天似的，里面还发出阵阵古怪的轰鸣。

大桶正前方有一张大桌子，方方正正的精钢制成，和店里所有木桌都不同。老人拽着鼠脸女人一路过去，将她顺手按在椅子上，又将荷叶包丢在桌上。

荷叶被摔散了，里面是一包颤巍巍的肉馅，香气扑鼻，油润润得泛着光，在枯瘦暗淡的荷叶映衬下，竟如泥土中卷出的玛瑙一般艳丽，令人几乎无法移开目光。

一股极细却极鲜明的香气传来，像冰冷的铁丝一般钻入鼻孔。

一队银色的机械甲虫顺着桌腿爬上来，有十几只，有些像甲虫，橄榄形状的身子下有无数细足。它们整齐划一地抬着一个大箱子，里面有一些碗筷、锅具。放下后，它们在一旁乱糟糟地挤成一团，兴奋地等待着什么。

老人先取出一块砧板，抹上面粉，接着从一个食盆里捧出一大块面团，开始在砧板上摔打，又慢慢搓成圆条，切成均匀的小段，擀成一片一片。

他将面皮放入枯木般的掌心，又用勺子挖起一团肉馅，双手有技巧地几捏几合，就成了一个白胖的饺子。

一个又一个，不一会儿，他的手边就已经堆满了饺子。银色甲虫们迫不及待地争相挤上前，一个接一个地抬起饺子，走到那大桶后面去了。

那细丝绒一般的短腿齐齐擦过桌面的时候，发出指甲刮玻璃的声音，令人头皮发麻。

老人也跟着走到后面去了。这时，旁边传来一阵微弱的响动。原来那个鼠脸女人一直弓着身子，在偷吃饺子馅。也许从刚才就开始了，这会儿老人走了，她索性伸出长着长指甲的手，一把一把，将那肉馅从荷叶包里挖出来，再狠狠塞进嘴里。没几下，那包肉馅就已经空了。

她的表情很奇怪。嘴里塞得满满的，几乎要哭泣似的，又含着一种热切的渴望。这香气四溢的肉馅，对她来说，却好像是世上最苦的东西。

不知为什么，春阳觉得这馅儿似乎是她在帮老人吃的。

将最后一口馅儿塞进嘴里以后，她也到了极限，再也吃不下一口，想要吐的时候，嘴角溢出一点肉末，然而最终还是挣扎着将馅儿咽了下去。

她黑而细瘦的脸涨得通红，两行泪水顺着瞪得大大的布满血丝的眼睛流下来，看起来简直像是一只要溺死在香油灯台里的老鼠，令人厌恶又生怜。

带着好奇和恐惧，仿佛着魔了似的，春阳也忍不住，伸出手想去刮那余下的一点点肉末，但他的手被抓住了。老人不知何时走了出来，那是冰冷、干硬、不似活物的一只手，力量却大得像铁钳，难怪刚才把鼠脸女人抓得死死的。

春阳抬起头，那老人却扭开脸，避开了他的目光。

银甲虫们已经从铁桶后面排着队走来，它们送上两碗淋了红油的水饺——钟水饺。红油上星星点点，白的是芝麻，绿的是葱花。

春阳从一只银甲虫的背上取下银色调羹时，它几乎要吱吱地欢呼起来。

老人已经坐下，舀起碗中的饺子，一口一个地吃了起来。白色的热气浮起，周围的一切都有些恍惚，只有鼠脸女人的呜咽从旁边隐隐传来。

春阳依然想不起自己为何来到这个地方，只是这里似乎是一定要来的，而这碗饺子……也似乎是一定要吃的。

舀起饺子时，春阳的手在微微颤抖。那饺子皮煮成半透明的莹白色，滴落的红油在上面留下深深浅浅的纹路。咬下去时，饺子爆出汁水。不知是什么馅儿，触感轻柔细滑，脂肪的半凝固感将鲜味裹在舌尖，又仿佛皮冻，有点清爽质感。里面还夹着一层绵软如纱网一般的东西，入口即化，留下一团不可名状的细腻香气。

来不及回神，春阳已不知接连吞下了几个滚烫的水饺，红油的辣度让喉咙仿佛要烧起火来，他的口腔像被无数钢针微微刺着，充满了芝麻、花生碎和花椒粉的浓香。

老人也在旁边吃着饺子，脸上全然没有享受的痕迹，只是机械、麻木地将饺子一个个送入口中。

此时，春阳感到胃里开始灼热起来，十分不舒服，口中残余的鲜味正慢慢变得苦涩。

银色甲虫为春阳送上第二盘饺子时，鼠脸女人挣脱了绳子，先是打翻了老人手中的碗，然后死命扑过来，把春阳面前的碗也掀翻了，滚烫的红油连带饺子凌空飞起，又落在地上，在静寂的夜里发出巨大的声响。

女人拉起春阳，跑向二楼。她的力量竟也大得惊人。

那木质楼梯看起来只有十几级的样子，却感觉怎么也跑不完。春阳感到胃部沉甸甸的，脑中像有许多钢针同时在刺，一股绝望和悲伤的感觉如洪水泛起。

他回头一看，竟有无数银色甲虫像潮水一般涌过来。鼠脸女人一手拖着春阳，另一只手在扶梯的一个凸起处按了下去。不知怎么，最下面的几级木阶消失了，变成了平滑如同镜面的钢板斜坡。甲虫一拨一拨冲上来，却又滑下去，有几只摔得仰面朝天，动弹不得，无数乱伸的细脚露出一副蠢相。

终于爬上了二楼，空气中有一股若有若无的腥气。

前面几步就是那只雪亮的大桶。然而，一群穿着黑白衣裳的小孩正漂浮在半空中，拦住了他们的路。他们都提着黄色的灯笼，唱着儿歌，重重叠叠，鬼语一般。

小老鼠，上灯台，偷油喝，下不来。

小老鼠，上灯台……

然而身后，老人已经上了二层，只差几步就要追上来了。

一双细长的眼睛陷在脸上刀斧一般深刻的皱纹里，眼睛形状很细长，却又十分熟悉。不知为什么，春阳心里有种异样的感觉。

这是他第一次与春阳对视，此前，他一直在回避着什么。为什么？是怕？还是愧疚？

没时间了。鼠脸女人皱起眉头，额角出现了细细的汗水。当她露出牙齿，正要向那些孩子扑过去时，春阳突然意识到一件事——这些孩子是没有脸的，脖子以上的部分，像一块圆白的月亮。应该和刚才路上遇到的是同一种类型吧，所以当时看不到脸。

就像计算机编程的游戏，有些角色的作用只是"引路"和"阻拦"。功能性的角色，无须增加多余的代码。

在他想到这些的一瞬间，那些半空中的小孩子就像烟一样消失了。春阳的头又疼了起来，那雪亮的大桶已经近在眼前。

鼠脸女人不得不松开春阳，因为老人已经赶过来，和她厮打在一起。厮打之中，老人的神色渐渐凶狠起来，眼睛泛起红血丝。

春阳已经走到大桶边，老人想要过来阻拦，却被鼠脸女人缠得脱不开身。他将女人逼到桶边，扼住她的喉咙。女人的脸色渐渐涨红起来。

然而春阳已经看到了桶里的东西，里面全是饺子馅，桶里有许多钢爪搅动。

红白相间的饺子馅，由无数人脑组成。大部分的脑子已经搅成了糊状。随着一阵轰鸣，从桶内的一个通道里，又流进来许多新鲜的脑子。随着钢爪的搅动，一个个大脑的筋膜被搅碎，白色的脑回沟变得一团模糊，渗出暗红色的、红油一般的血水。

为什么不是猪脑、羊脑、猴脑？为什么是人脑？为什么我知道这是人脑？

一股强烈的腥气传来，春阳胃里升起一股酸水。他感到一阵晕眩，往后退了几步，倚在栏杆上。

从二楼望下去，他突然发现……整个餐馆也是人脑的结构。二楼的屋顶，是凸起的颅骨形状，楼下一张张长着无数细腿的桌子，像极了放大的神经元。他回过头，鼠脸女人正在垂死挣扎，挥舞着双手，长长的指甲在老人的左脸颊留下一道深深的血痕。

同时，春阳感到左脸颊一阵刺痛。

老人直直向春阳看过来，慢慢松开了手。女人已经不动了，脸上白色的脂粉被汗水糊成一团。她顺着桶的边缘，软绵绵地滑到地上。

春阳和老人，如镜象一般望着彼此。他们脸上有同样的眼睛，同样位置的血痕。你即我，我即你。

远处，模模糊糊地响起除夕的钟声。饺子，交子。一年之计，交在子时。

春阳心中却并无恐惧，他知道自己正在醒来。

老人一步步走过来，他的身影和餐馆一起变得模糊起来，如颜料融于水中。

他就是我。

从春阳意识到这一点的那刻起，这个潜意识制造出来的餐馆，开始分崩离析。

从深度催眠中醒来，像从深海中浮向水面，黏稠的黑暗一点点亮起来。

从一个世界来到另一个世界，会让人产生一种奇特的漂浮感和迷惑感。

一个圆圆的东西在眼前晃动，那不是月亮，是个发光的小电筒。

春阳的瞳孔像猫一样收缩起来。医生微微颔首，她的白大褂上别着一只银色的甲虫。那是这家情绪中心医院的标志——"圣甲虫"。

圣甲虫情绪中心,雪白无声的走廊两侧,似乎有无数扇门。春阳就在其中一扇之后。

按照政府规定,"接受者"都需要通过体检。按照规定,测试者会进入深度催眠,医生会同步监测测试者生理、心理指数,合格的人,才可以和情绪中心"签约"。

"测试合格。"医生对春阳说完,又犹豫了一下。她找了个借口支开身边的护士。

春阳望着张医生,她的脸窄而瘦长,牙齿突出,有点像老鼠。之前,一直是她接待父亲的。据说她是父亲小时候的同学。父亲死后,她还来参加了葬礼,留下了一些钱。看到她在葬礼上哭泣的样子,春阳觉得,也许她和父亲以前是有些亲密的。

春阳是有些恨"圣甲虫"的,只是当时的他并没想到,自己有一天也会来到这里。

医生轻轻按了按手腕上植入的触发装置,空气中出现了春阳的体测报告。春阳恍恍惚惚地看着眼前这个红色大脑全息扫描图,想到刚才的红油,他胃里一阵反酸。

"你的脑波活动有些异常……显示你对接收负面情绪这件事是十分抵触的。但按照公司的规定,也没有超过正常范围。但……"张医生压低了嗓音,"你和你父亲的脑波图形十分相似。虽然你父亲是病死的,但在圣甲虫的经历,可能也是原因之一……我不建议你签约。"她有些愧疚地看着春阳。

"您吃饺子了吗?"春阳开口说了第一句话。他的声音有些松弛,很哑。

"什么……哦,小时候好像吃过的。这么奢侈的东西。"医生愣了一下,随即似乎想起了往事,神态有一瞬间的放松,又有些苦涩。

春阳的父亲是四川人。小时候的每个除夕,父亲都会给自己包一钟水饺,直到基因工程污染了海洋,"大低谷"时代到来。人类社会的农业、畜牧业、捕捞业全面崩溃。渐渐地,饿死的人越来越多,父亲开始瞒着自己去了"圣甲虫"。就像其他许许多多情绪中心一样，富人到圣甲虫去，把自己的负面情绪转移出去，并付出金钱作为代价。

是的，几十年前，科学家们发现人类负面的情绪不能凭空消除，只能通过脑电波"等量"传递给另一个人。虽然人类已经把地球折腾了个底朝天，却仍然解决不了"不开心"的问题。

有人饿死，也有人富极。这是千百年来人类社会的常态。

"你再考虑一下吧，明天给我回复。"张医生低声说。

"不用了，我接受。"春阳伸出手，在电子续约合同上点击了"许可"。

父亲已经不在了，他需要拿到食物，照顾母亲。

"我也想过辞职，但我女儿……"张医生低声说。她的声音在发抖。

"新年快乐。"春阳软绵绵地站起来，慢慢地走出诊室。

雪白无声的走廊，似乎有无数扇门。春阳知道，此刻，几乎每一扇门的背后，都有一个躺在雪白睡眠舱里的"接受者"。

春阳推开走廊尽头的大门，回家的路，漫长黑暗。这个星球的夜晚，已经几乎看不到人造光源。

自己正走在父亲走过的路上。想到这里，春阳微微战栗。

寒风中，除夕的钟声响起来了。

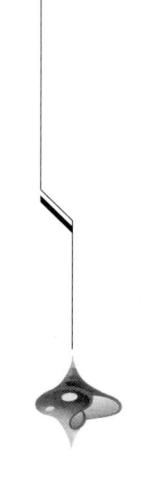

无声尖叫

羽南音

2049年9月,阳泊湖晚风如刀。

每年九月的某个傍晚,李甲都会回到这里,似乎在等待什么。

她再也没有出现过。风贴近水面的时候,刮起一层层的鳞波,残阳渗出血光。天地一片静寂,整个湖仿佛一条案板上的青鱼,在天地间无声尖叫。

十年前的4月,李甲22岁,刚刚完成毕业论文,到苏城找舅舅游玩。他的舅舅李保田,在阳泊湖包了很大一片蟹园。每年4月起,蟹园就进入忙碌时节,那年也不例外。李保田照例从海市科研所买了一大批蟹苗,李甲开车技术不错,自告奋勇运回来。李保田不大放心自己这个半大外甥,就派了信得过的老师傅得胜跟他一起押货。

4月15日深夜,李甲开着特斯拉大货车,和得胜一起赶回蟹园。指甲盖一般大小的蟹苗,密密麻麻,连水封在几百个箱子里,在货车里堆得满满当当。

二人一路奔波,临近午夜时分,货车才刚驶进苏城城界。偏不凑巧,一阵刀子似的疾风过后,天边亮起数道闪电,白花花的瓢泼大雨就压了下来。路况恶劣,李甲把车子的自动驾驶模式换成手动。

人工智能的天气预报还是不准啊。李甲边开车边叼起烟,还递给得胜一根。得胜摆摆手,只是赶紧帮李甲把烟点上,让他注意看路。

李甲一手握着方向盘,哈哈大笑起来:"怎么,信不过哥们的技术？"

得胜摆摆手："哪能呢。"

经常在学校玩赛车的李甲潇洒地摆着方向盘："也难怪，现在都自动驾驶了，会开车的司机都没几个了。我就喜欢手动，在学校还是赛车协会的呢。"

"可不，上个月苏城那个新闻，就是下雨路滑，司机根本不会手动，全靠自动驾驶，半夜漆黑的，AI把凹陷路面识别成水坑，直接开到里面去了，几个人全死了。"得胜拿出手机，对着报价单又看了一眼，一脸紧张，"唉，这一车蟹苗，六千四百万只，可出不得半点差错。"

"这么多吗？"李甲有些诧异。

"没错呢，一只一只的，都是钱啊。"

"得胜大哥，你弄这蟹苗做啥？这么小也不够吃啊。"李甲看了一眼得胜脚边。一个透明的小盒子，里面装着十几只蟹苗。半透明的，只有红豆大小，身子不像成年蟹那样圆，而是有些狭长，带着黑色的小斑点，像是虾蟹的混合体，或是某种微生物，看着多少有些怪异。

"你嫂子怀孕了，总发脾气，我带回去给她看个新鲜。哦，那个啥，这是我自己花钱买的，十块一只，不是从咱们货里拿的。"得胜憨厚地抓抓头。

李甲不由得笑了笑，打量一眼得胜。如今的蟹园都现代化了，机器人多，活人少，蟹工大多白白净净的。只有得胜这种老蟹工，脸上还留着时代的痕迹。得胜今年四十六了，年前才好不容易讨了个老婆。老来得子，实属不易。

雨越来越大，打在车前玻璃上，发出轰响。说话间，李甲突然一个急刹车——滂沱的路边，突然出现了一个白色身影，冲着货车摆手。车灯照过，一张惨白的女人的脸，黑色长发被雨水打得湿透。

停了车，李甲和得胜对视一眼，这深更半夜的，两人心里都有点发毛。

不过,两个大老爷们,谁都不好意思开口说害怕。转眼间,女人已经走到了车窗外,敲着玻璃。李甲只能硬着头皮打开车门,让女人坐了进来,重新开车上路。

女人进来后一言不发,只有水顺着衣裙往下滴。白色衣料湿着贴在身上,隐隐透着肉色。车里的智能系统检测到女人体温偏低,开始吹起热风,带起她身上一股油润的香味。李甲这才注意到,女人身材容貌都十分姣好,细细的眉毛,肤色比雪还要白。

"嘿嘿,还以为是鬼呢。"李甲笑了笑。老实的得胜看到女人,赶紧移开目光,拿了车里的一条毯子给她裹上。

"谢谢。"女人说。她话不多,只简单说自己急着去苏城城里办事。可能是淋了雨,眼睛下面有两块很重的青色。

货车重新行驶起来。得胜不知说些什么,就把蟹苗盒子拿起来看。蟹苗在水中弹跳,一个个都还算欢实。女人缓缓抬头,盯着那蟹苗不放。

"这是他带回家哄老婆的。我们是做螃蟹生意的,车里全是蟹苗。"李甲感觉有点尴尬,就打破沉默,又点起了一根烟。

"带回去吃吗?"女人慢慢地问。

"不,就、就看一看,或者养起来。我老婆是吃素的,怀孕了更不能杀生了。"得胜赶忙摇手,"唉,说起来,小李,明年我可能就不在蟹园做了。"

"为什么啊?舅舅对你不好?"李甲很诧异。

"哪里哪里,他要是不好,我怎么会死心塌地跟他这么多年?只是……唉,说出来怕你们笑话。"得胜低下头。

"什么难处,得胜大哥,说!我帮你解决。"李甲拍拍胸脯。

"唉,我打小父母没了,就跟着李老板做螃蟹生意,他收留了我,对我有恩,这么多年也就一直干下来了。只是一年一年,这些螃蟹,我亲手养大,又送出去,被、被一只只吃了,我总感觉自己在、在造孽。"

"啊?"李甲很惊讶。

"你不会觉得,既然费力养了这些螃蟹,那么杀了它们,也是情理之中吗?"女人在一旁轻轻地问。

"这……我也说不清,养人家就能杀人家,好像……也有些理亏。反正就是这么多年,那么多螃蟹一个个被捆得不能动弹,送出去送死……唉,心里总是难受。我老婆信佛的,也不喜欢我做这行,总觉得会、会折了孩子的福气。哦,小李,我没有说李老板不好的意思。你别笑话我啊,干了这么多年,说这些,确实、确实有点矫情了。"得胜说得有点磕磕绊绊。

"一人一个活法。得胜大哥,看来这是你的心里话。"李甲有些动容。

得胜只是不停地挠头,很局促。

"能看看蟹苗吗?"女人突然说。

李甲看了她一眼。她的瞳仁很黑,好像多看一眼就会掉进去。语调很轻,却有种难以拒绝的磁力。

李甲在方向盘旁边的操作屏上点了几下,驾驶室和货仓之间的金属色隔断立刻变得透明,货仓被蓝紫色的强光照亮,装蟹苗的盒子也随即从黑色转为透明。操作屏上,逐帧放大着一排排的蟹苗盒。

李甲盯着操纵屏上被放大的蟹苗,其中一只蟹的蟹钳在撞击中断了。蟹的疼痛是无声的,它会在内心尖叫吗?

李甲并不知道,只知道一只残疾的蟹苗,将会被筛选出去,很难再顺利长大。

蓝光中,几千万只蟹苗随着水流晃动,它们努力挥动着细小的蟹钳,却仍旧摆脱不了相互撞击的命运。

"六千四百万,是一个国家了。对这车蟹来说,你们就是能操控命运的神明。"女人轻轻地说。

余下的路途上，得胜昏昏睡去，李甲和女人都陷入沉默。女人伸出手，用透明的长指甲轻轻敲着扶手，一下，两下，三下，发出蟹钳一般嗒嗒的响声，似乎在犹豫什么，又似乎在思考什么问题。李甲觉得她身上那种说不清道不明的油脂香气，在湿润的水汽里，仿佛迷药一般，透着不安和危险的气息——这气味在他的记忆里停留了很多年。

李甲掐灭提神的香烟，眼前的女人，完全驱散了他的睡意。

雨愈发大了，路上人烟稀少。公路两边的人工智能感应灯在货车经过时渐次亮起，又渐次熄灭，在漆黑的雨夜里，仿佛在人世间缓缓游过的一盏魂灯。

第二天清晨，雨停了。货车刚到蟹园卸货时，李甲下车帮了一把手，不过几分钟，女人就不见了，要不是座位下还有些水渍，李甲都以为自己是做了一场梦。只有得胜还在抱怨，说那条给女人披的毯子也没留下，上面还有媳妇亲手给他绣的名字呢。

九月，秋风起的时候，蟹苗经过几次脱壳，都长成了张牙舞爪的大蟹。青背、白肚、黄毛、金爪，体格壮硕。李甲已经毕业，想玩一阵子再工作，就暂时在舅舅的蟹园帮忙。今年"保田蟹园"的蟹格外肥，一出水就被订购一空。

蟹的吃法，最常见的，是清蒸。活蟹用绳牢牢捆住，在蒸锅里，用姜片蘸上料酒，覆盖在蟹身上，大火沸水，蒸十分钟，蟹便由青转红。公蟹的膏从半透明的青白色变为乳白色，母蟹的黄饱满油润，似凝非凝，异香扑鼻。吃的时候，蘸上细细的姜蓉和镇江醋，蟹肉饱满细润，有种极致的鲜甜。

还可以面拖。将活蟹斩成四块，蘸上生粉，以葱、姜、蒜爆香烧汁，烹煮出蟹肉蟹黄和蟹壳的鲜美汁水，有时还会放入软白的年糕片，一起烧至入味。

很多食客还喜欢一种"软壳蟹"。那是趁螃蟹刚刚脱壳时，就打捞上来。蟹壳柔软如豆皮,趁着鲜活,整个放进番茄糖醋汁中,翻滚一会儿就能出锅,入口如豆腐一般鲜滑。

更金贵的,要数"黄油蟹"。那是一种病变的蟹,许是暴晒或某些不知名的原因,蜕壳后不久,某些蟹的蟹黄会从腹部破裂流出,浸润到蟹的全身,连细细的蟹足尖上也会浸满油膏。然而,蟹的异化对人类来说却没有什么影响,反而提升了口味,黄油蟹也变成食客争相追逐的对象。要说口味有多大提升,也未见得,只是求珍猎奇、标榜身价,一向是买家的诉求。往年,李甲对各种蟹宴也是乐此不疲,但四月那个雨夜过后,李甲对蟹的胃口似乎受了很大影响——那些幼小无助的蟹苗,在蓝色灯光中浮动的样子在他的眼前挥之不去。甚至有一次,舅舅拿出珍贵的黄油蟹清蒸,李甲也提不起精神,只想着这黄油蟹的做法很有些残忍。

先将蟹浸入冰水中,冻到麻木,再死死捆住,上热锅蒸熟——这样能避免蟹在挣扎过程中碰断蟹足,那样的话,珍贵的油脂就会顺着伤口流淌一空。蜕变过无数次的生命,历尽痛苦和凶险,因一场病痛陡然变身滑稽的金贵,死亡之前还要受这冰火酷刑,满足愚蠢的人类用以标榜身价的虚荣心。

江南潮湿的夜晚似乎将这种愧疚不安,簪进了李甲的梦里。而女人身上浮动的油脂香气,也时常在他梦中出现。

蟹的丰收,给"保田蟹园"带来一大笔财富。蟹工们把蟹一个个捆住,送到各色各样的餐桌上去。今年,得胜却推脱雨水多,自己腰腿总疼,不再亲手捆蟹,更很少吃蟹了。

一日清晨,苏城艳阳高照。李甲要和得胜去开车送最后一批蟹,却突然接到一个陌生来电,竟然是雨夜遇到的那个女人打的。

女人说,自己在苏城办了艺术展,请李甲和得胜来参观,还有一份礼物要送给得胜即将出世的孩子,说可以给孩子添些福气。电话里女人清冷的声音,听得李甲心跳如鼓。得胜本来不想去,自己一个粗人,看什么"艺术展"啊,但听到"添福",又有点犹豫了。

最后还是李保田拍板,让两人休息一天,另派了个姓孙的司机去送货。

李甲开着电磁动力的电动艇,载着得胜,从蟹园驶向阳泊湖中心的湖心岛。

说也奇怪,刚刚还明艳的天气,突然变得阴沉沉的,湖水几乎平静无波。快到湖心岛的时候,天边突然起了一阵浓雾,远处的群山就藏在一层层雾气之中,很快就看不真切了。得胜看着格外平静的水面,皱起了眉,说怎么感觉今天这水的颜色不太对。李甲问为什么,得胜也说不太清,只觉得更加发青发黑了——自己在这里二十多年,还没见过湖水是这种颜色。还有这雾气,来得也太快了些。

不多时,两人到了湖心岛。李甲锁好电动艇,便和得胜一起来到岛上。湖心岛是阳泊湖这些年修建的一座人工岛,上面有好几家高档饭店,主打蟹宴。得胜经常过来送货,今天却发现,不知什么时候,这湖心岛的正西面,竟然多建了一座青黑色的"浮岛",足有一个礼堂大小,专门为了承载这座新建的艺术馆——一座橙红色的建筑,外观是许多橙红色的半透明球体堆叠而成,很不规则,在白色的雾气中,更多了几分神秘不定。

两人走在狭长的道路上,路边的虚拟广告弹窗在两人经过时渐次弹出,全是艺术展的介绍。看起来,展览就在这座橙色建筑里。

"艺术展的主题,蟹、蟹……这是蟹什么啊,小李?"得胜拽了拽李甲。

别说得胜看不懂,展览的主题"蟹醢(hǎi)",李甲也是在网上临时搜索了一番,才得知正确发音。

李甲在一张艺术家的巨型弹窗海报前,停下脚步。正是雨夜那个女人,细长的眉眼,淡紫色的唇膏,深黑色的瞳仁,挽起的发髻编织出一种复杂的几何形状。虚拟投影是立体的,足有三米多高,在浓雾的衬托下,半透明的虚拟投影似乎在微微晃动。

多海。是女人的名字。竟然还是国际上知名的先锋艺术家，投影上介绍，她还拿过许多大奖。得胜有点激动。这次艺术展也算是苏城的一个大新闻，因为多海的身份，基本都在全世界的超大城市办展，在中国也只去过海市，这次能来苏城并不多见。只是最近蟹园太忙，两人都没注意到这件事。

穿过展厅大门，空气陡然变冷，仿佛进入了阳泊湖的水底。李甲下意识回头看了一眼，外面的雾更浓了，团团围住小岛，几乎已经看不见湖水的样子。

"怎么像个竖起来的棺材？"得胜嘀咕着。

李甲回头，发现在展厅大堂，摆放着一个巨大的红色雕塑。

雕塑是透明的材质，内部被包裹着的，是一只一人多高的、巨大的橙红色螃蟹，远看螃蟹的身体有些扭曲。李甲走近几步，贴上去细看，才发现这是一团似蟹似人的怪物。就像是那种人体彩绘后，以肢体摆出螃蟹的样子，但这种模拟的人体，细看又很不正常，多出了几节躯干和手脚，搅在一起，好似八只蟹爪紧绷，呈现出一种真实而诡异的姿态。

"似乎人类也是能被随意斩剁、堆砌的食物。"李甲喃喃自语。

"没错。"身后传来那女人的声音。

女人今天穿了一身青色的长裙，款款走来，面料有微微的金属色泽，又似乎泛着水光，看起来十分奇特。膨起的巨大裙摆拖在地上，盖住她的双脚。依旧是雪白的肤色，淡紫色的唇膏，头发高高挽起。她的身上，依旧散发着那种淡淡的奇异油脂香气。李甲暗自深深吸气，只觉得一阵意乱神迷。他突然觉得，这似乎和蒸熟的蟹膏或者蟹黄的气味有些相似，又混杂着一些隐秘的女性芬芳。蟹膏和蟹黄都是蟹的性器，此刻却微妙地和眼前的女人合而为一。

"有点吓人。"得胜小声说着，往后退了几步，尽量离那雕塑远一些。

"好久不见，上次……淋雨有没有生病？"李甲有些紧张地问。

"感谢惦念。抱歉,有急事,不辞而别。"

"没事没事,咳咳,那个……蟹醢,是什么意思啊?"

"醢,蟹碾碎,便是蟹泥。性寒味苦。"

"哦,以前倒是吃过的,一般是蟛蜞那样的小螃蟹做的,就是……碾碎的。"得胜恍然大悟。

李甲感觉有点尴尬,从上次女人的反应来看,她似乎有些怜惜那些蟹苗,可为什么又要做这种主题的展览呢?

女人没说什么,带着两人进入展厅。

第一个展厅:春臼

这个名为"春臼"的展厅,寓意显而易见——对应"蟹醢"的主题。

眼前是一个环形的水流带,里面流淌着青黑色的"水流",质地好像水银那样黏稠。往前望去,有一个黑色的密闭容器,嵌在环形的水流带上,水流不断从容器中经过。随着容器内一声声锤击声的响起,李甲才发现,"进入"容器的"水流"其实是无数手指肚大小的小蟹,"流出"容器的则是被碾得粉碎的蟹泥。空气中弥漫着一种血腥的甜味。而稀烂的蟹泥在流动过程中,竟然渐渐重组,从泥浆一般的肮脏混沌,渐渐凝结出细小的手脚和眼珠,最后又形成一个个不断爬动的小蟹。

多海捞起一只小蟹,递给李甲。蟹只有拇指肚大小,那圆圆的蟹身上,竟然浮现出一张人脸。

她说,这些蟹都是纳米机器人组成的,所以才可以不断重组。

仔细去听,春臼的容器中发出磨牙般的细碎声音,咯吱咯吱,得胜感觉那声音好像猫抓玻璃,又像有条钢锯磨过自己的脊椎骨,不由得哆嗦起来。

"蟹泥,将活着的蟹类磨碎后,密封发酵,会形成灰或灰粉色的浆,鲜味物质会变得更加复杂。在沿海城市,是很常见的食物。"

多海冷冷地说。

尽管不是活蟹,但眼前的艺术装置还是实实在在地表达出了"残忍"的信息。

李甲渐渐明白了这展览的用意:多海是站在蟹类的立场上,批判人类的残忍。

多海带着李甲往下一个展厅走去。得胜犹豫了一下,可第一个展厅里机器磨牙的声音实在瘆人,他只能硬着头皮也跟了过去。

第二个展厅:冰火

刚进这个展厅的大门,就能感到一股陡然的寒气。

一股油脂的气味若隐若现,在冰冷的空气中,气味变得仿佛如膏体一般黏稠,冲进李甲的鼻腔,久久不散。德胜打了几个喷嚏,嘟囔着说好浓的蟹膏味。李甲突然明白过来,这蟹膏的气味——不正是女人身上的气味吗?

越往前走,寒意越重——李甲第一次意识到,"寒冷"是有重量的。肌肤和内脏被压得麻木、蜷缩起来,四肢也在渐渐失去知觉——这里有多少摄氏度?零摄氏度?零下十摄氏度?零下二十摄氏度?而女人的脚步一直很轻盈。

得胜冻得停下,在原地直跺脚,说什么也不愿再往前走了。

前面,突然亮起一束暗色的光,打在一朵巨大的花上。花的直径恐怕有两米多,红黄斑驳的花瓣,白色的粗壮花蕊,油黄色的花心微微颤动——那蟹膏的气味,正是从花心处传来。

得胜有些好奇,拿出了手机,想要再往前走几步拍几张照片给老婆看看新鲜,手机的拍照功能却怎么也打不开,得胜用冻得有些僵硬的手,着急地反复操作,手机屏幕随即闪了几下,彻底暗了下去。

此时,巨大的花朵微微颤动起来,一股滚烫的热浪从花心处涌出,黄色的花心开始融化,油脂一滴滴落在地上,一股黏稠得几乎有些辛辣的气味随之蔓延开来。周围的空间温度急剧上升，李甲额头上很快便开始冒汗。

花朵厚实的花瓣正向外翻卷，一层层开始凋落，而这朵花，竟然是一个人——一个被剖开且正在蜕皮的人。最外层光滑的淡黄色花瓣，是人的皮肤；内层一圈凹凸不平的黄橙色的花瓣，是人的脂肪；再内层深浅红色的花瓣，是覆盖着斑驳血管筋膜的肌肉和内脏；而那粗大的白色花蕊——李甲看清了，正是一根根刺出的肋骨。

这诡异的人体，只有最中心的生殖系统被蟹黄、蟹膏所代替。

这人仿佛一个口袋，被从内而外掏了出来。李甲想起曾经在某个科幻论坛上看到过的外星人杀人，用的就是这种手法——一种高维翻卷。

即使知道不是真人，身旁的得胜还是忍不住几乎要呕吐起来。

随着花瓣层层凋落，坚硬的肋骨也终于掉落在地上，发出巨大的声响。蟹膏终于完全融化，糊了一地——而看展的两个男人，汗流浃背，眼睛也早已被汗水模糊。热浪滚滚，而女人多海，却神情怡然，脸面干爽，衣裙飘飘，一滴汗都没有流。

先冰后火。眼前的一切，毫无疑问，是在寓意"黄油蟹"。下一关又会是什么呢？

第三个展厅：孽镜

多海说，前面就是最后一个展厅了。李甲很不想再往前走了。得胜一边擦汗，一边拉住李甲的袖子，摇头示意自己绝不会再往前走了。

然而，多海回头望了二人一眼，那细长的眼睛仿佛能摄人心魄。李甲竟不由自主地跟上了她。在多海的注视下，得胜的眼神突然变得有些诡异和空茫，脚下也不由自主地往前迈去。

最后一个展厅，是个镜屋。三人一进去，四面八方就映照出无数层影像。

　　看不到这些镜子的光源在哪里——所有的镜面都在散发着凌厉雪白的光，即使闭上眼睛，也感到晕眩。

　　李甲感到头痛起来，渐渐到了难以忍受的地步。他捂住头，忍不住呻吟，却发现自己无法发出声音，喉咙里只有嘶嘶的气流声。因为无法出声尖叫，痛感似乎陡然强了几倍，剧烈的痛意从四肢百骸弥漫向心脏，仿佛全身都被碾碎。一旁的得胜，早已瘫软在地，嘴巴张得很大，却依然只能发出嘶哑的气流声。

　　痛感渐渐从碾碎变为撕裂，仿佛蟹蜕壳，皮肤被撕下一般的疼痛，从一道道口子揭开，变成一整片皮肉剥下，李甲痛苦地用头撞着镜面，镜子里映出的自己，双眼血红，面颊青筋暴露。他痛苦地爬向多海——多海秀丽的高高在上的脸庞，裹挟着无比的痛意，竟让李甲感到无比兴奋。

　　在李甲失去意识前，他看到了多海走了过来。从地面仰视的角度，李甲模糊的视野中，出现了多海十分蓬松的长裙下的脚——那是八只蟹足。六只细密，两只粗大。

　　醒来，仿佛是一瞬间。

　　李甲和得胜睁开双眼的一霎，发现自己的双脚已经站在了展厅的门外，周身的痛感无影无踪，竟还感到十分清爽舒适。得胜有些怀疑刚刚做了一场梦，李甲却觉得这绝不是梦——正是身体经历过极致的疼痛，才对比出此刻泡沫一般健康轻盈的状态。这正是大病初愈的状态啊。

　　两人都张大嘴叫了几声——声音也恢复了正常。

　　周围的雾气似乎浓到了极点，多海只站在五步之外，轮廓竟然有些模糊。她向得胜走过来的时候，有点蒙的得胜还缩了一下。

　　李甲仔细盯着多海裙下的脚——并无异常，裙摆下隐隐露出两只走动的白嫩的人类女性双足，正塞在青黑色的高跟鞋中。

"抱歉，上次不辞而别，还借走了你的毯子。这是给你女儿的。"多海将手里的毯子还给得胜——正是上次她拿走的那条。

毯子里裹着一个盒子，得胜打开一看，是一个螃蟹样子的吊坠，硬币大小的蟹身是一颗粉色的异形"珍珠"，似蟹壳般微微凹凸，流光溢彩。

"太不好意思了……过几天才生呢，还不知道男女。这珍珠真好看啊。"得胜很高兴。

"会的，你会有个女儿。"女人淡淡一笑。得胜自然是认不出珍贵的海螺珠的。

"哦哦，是，假的也高兴，高兴，真是挺好看。借您吉言，我就想要个女儿呢。"得胜说。

李甲张开嘴，刚想说什么，脑中却闪过多海裙摆下密密麻麻的蟹足，不禁打了个寒战。

此时，他的手机来了一条信息，是舅舅发来的。他看到信息，大吃一惊。

"你电话怎么打不通？货车出事了！螃蟹全翻湖里了，孙师傅好不容易从车里爬出来，差点淹死。快回来！"

李甲急忙把信息给得胜看，得胜急得转身要走，而李甲有点犹豫，刚想开口问多海要个联系方式，却发现她再一次不见了。随着一阵低沉的炸雷声滚过，一阵瓢泼大雨倾盆而下。

李甲和得胜离开小岛，登上电动艇后，突然感到身后一阵强烈的震动。

滚滚浓雾中，堆叠成艺术馆的橙红色圆球如同蟹卵般崩裂坠下，承载着艺术馆的整个人工岛竟然动了起来，从湖面上高高隆起，那是一只宛如天神般巨大的螃蟹。

螃蟹从湖面抬起半个身子，足有十几层楼高。它愤怒地挥舞着巨螯，敲击在洁白的腹甲上，竟有雷霆之音，仿佛行云布雨的龙神。

湖水风雷激荡，电动艇几乎要被卷沉，偌大的湖面上压满乌云般的浓雾，狂风将李甲和得胜的呼喊撕得粉碎。

在电动艇几乎要沉没的一瞬间，巨蟹陡然钻入水中，随即消隐不见。

是多海吗？李甲颤抖着用手抹去脸上冰冷的雨水和湖水。

二人回到蟹园，李保田拍着大腿说也是奇了，不知惹了哪路神仙，好好的车突然就翻到湖里去了，那些捆得好好的蟹，逃得一只不剩，湖上还飘着许许多多蟹园红色的捆蟹绳，而绳子的断口都十分整齐，仿佛被利刃切开的。随后的暴风雨中，别的不少蟹园和司机也遭了殃，还死了人！还好自家蟹园只是破财消灾罢了……

第二天，《苏城日报》报道了人工岛和艺术馆被暴风雨击沉的消息。而落汤鸡一般的李甲和得胜回到蟹园，说起他们这段奇遇的时候，蟹园的大家却没几个人相信。

"这也太离奇了！你们还遇到了蟹神不成？"李保田皱着眉头，有些不以为然，又有些心事重重。

后来，李甲沉默了一阵子，总是心事重重的样子，仿佛一夜之间长大了十几岁。他再也没有吃过蟹。

后来，得胜媳妇真的生了个女儿，得胜也确实辞了工，带着孩子回媳妇的四川老家去了。三年间，保田蟹园的生意渐渐变差，李保田才终于想起外甥有关"蟹神"的那番奇遇。连做了几晚噩梦后，他终于关了蟹园，改行去做转基因莲藕养殖了。

几个月后，李甲去了海市工作，几年后便定居在那里了。只是每年9月，他都会习惯性地回到苏城，站在阳泊湖畔，一言不发，似乎在等待一场浓雾的到来。

食神少女

羽南音

山海

"北冥有鱼，其名为鲲，鲲之大，不知其几千里也；化而为鸟，其名为鹏。鹏之背，不知其几千里也；怒而飞，其翼若垂天之云……"

时近黄昏，天元小学五（4）班传出朗朗的读书声。

2051年的秋日，晚霞特别美，天边燃烧着一片片金红的火烧云。

好不容易背完了《逍遥游》，同学们都眼巴巴地盯着讲台上一个红色的小盒子。汤老师还在讲台上摇头晃脑，仿佛还沉浸在庄子描写的奇境中。

"汤老师！说好的新游戏呢？"青泽实在忍不住了，站起来说。

"汤老师，你答应的！背好了《逍遥游》就给大家玩的！"金夕、鸣音、小羽都跟着嚷嚷起来。

汤老师歪着头看着这四个孩子。他们几个是好朋友，不但座位挨着，放学后也经常在一起玩。

李小羽是个女孩，短头发，大眼睛，牙齿雪白。她爸爸是医生，母亲是汽车公司的车间主任，家里温暖平静，父母很疼爱她。她性子活泼，学习认真，对朋友很好，成绩也挺不错，还挺馋，喜欢鼓捣美食。不过，她脾气比较倔，认准一件事就不会轻易放弃。

小羽的同桌林青泽，是个高高瘦瘦的男孩子，有种桀骜不驯的帅气，青泽为人也很讲义气，就是脾气太急躁叛逆，经常把女孩气哭。也难怪，他父母早逝，跟着外婆长大，家里生活还是有点难的。

青泽身后坐着的是唐金夕，富家公子哥，长头发，小眼睛。天元市有一家全国最大的游戏公司，名为"傲雪"，金夕的爸妈都是傲雪的董事。就是父母都太忙，经常在国外生活工作，很少管他。金夕个子高，脑子也好使，整天笑眯眯的。一身名牌，但对朋友出手很大方，人缘很不错，就是狡猾了些。他以后的目标是继承家族产业，所以对学习不太上心。

何鸣音是个学霸，智商很高，不仅提前两年上学，还跳过一次级。年龄小，个子小，胆子也小小的，皮肤黑黑的，说话细声细气，慢吞吞的。有趣的是他父母都是警察，高大威猛，从小对他就是军事化管理，要求十分严格。鸣音的学习是四个孩子里最刻苦的，最大的梦想就是能到一流名校去研究物理，以后拿诺贝尔奖。

看着大家急得像热锅上的蚂蚁，汤老师会心一笑，假装突然想起来的样子："哦哦，对对，你们想玩啊？"

"还用问啊！""又吊胃口！"大家兴奋地叽叽喳喳。

汤老师笑嘻嘻地打开讲台上的盒子，里面有13枚银亮的纳米芯片，圆圆的，绿豆大小——新游戏就存储在里面。汤老师给大家分发下去，班里12位同学每人一个。大家赶紧纷纷掏出VR眼镜戴上，又把芯片装进眼镜里。

这位汤老师可是个怪人。天元小学是市重点，别的班主任都非常严肃，只有这位汤老师，两只黑眼睛圆圆的、亮亮的，像个大孩子，常常带一些市面上见不到的新奇游戏给学生们玩。为了能玩这些游戏，班里的学习积极性可是提高了不少。

"这个新游戏，叫《山海》，是以中国上古奇书《山海经》为背景的。今天我们玩第一关。注意游戏是有评分的，大家加油。"说罢，汤老师也戴上眼镜，拿起盒子里最后一个芯片，安装好。

游戏开始，孩子们进入了虚拟世界，教室消失了，窗外金红的火烧云，瞬间化为一片幽蓝深海。

眼前先是一片黑色的界面，"山海 第一章 归墟"几个大字，是笔力苍劲的白色水墨，仿佛有生命的神魔，从暗中幽幽浮现。

金色、绿色、艳粉色的珊瑚在波光中闪烁。远远的，有一处珍珠白色的宫殿，隐隐闪着七色的贝母光泽。

小羽打量着自己，发现自己变成了一条红鲤鱼——可能是系统随机生成的。其他同学也都变成了五彩斑斓的大鱼。

大家抬头望去，发现这里是深海，海面在无尽高处，闪烁着一丁点白色的日光，令人头晕目眩。

"少了一个。汤老师呢？"金夕变成了一条金龙鱼，摇着尾巴，左顾右盼。

"金龙鱼不是淡水鱼吗？怎么会在海里？"班长九玄斜着眼看他。她变成了一只粉色的大金鱼。

"那金鱼不是浅水鱼吗？还不是在深海？"青泽变成了一条青色的虎鲨，翻着白眼，呛了她一句。

"你是怎么回事？"小羽问旁边的一只企鹅。

"这个系统……不知道怎么回事……"企鹅用鸣音的声音小声说。

"哈哈哈，什么情况，这么乱来……"金夕笑得直打嗝。

同学们聚集过来参观拌企鹅，纷纷发出爆笑，嘴角直冒泡泡，生物课代表黄小毛是一条白肚皮的大黄鱼，都乐得肚皮朝天了。

笑声未落，海水突然开始搅动起来。大家的游泳姿势还不熟练，鱼鳍和尾巴不能配合，都被水流裹挟着，只能一阵阵瞎扑腾。青泽和几个同学撞在一起，大家都头晕目眩的。

"是个旋涡！"随着水流转了七八分钟后，鸣音最先反应过来。他无力地拍着短短的翅膀。

"感觉不到在转圈啊……"九玄晕头转向。

"是个很大的旋涡！我们只转了一圈！"小羽说。

"什么意思？"青泽不明白。

"地球是圆的，你却感觉地是平的，因为地球太大，你就觉得弧度很小！和这种大漩涡差不多意思！"鸣音解释道。

"这、这是个科学游戏？"黄小毛在水流里无力扭动。

周围的光线在慢慢变暗，海水的颜色变深了。旋涡轰鸣着，像一个巨大的音响，铺天盖地。这和在游泳池玩耍嬉戏可完全是两回事，孩子们感到害怕起来。

"旋涡中心点，是那个白色的宫殿！"鸣音一直在找什么，终于找到了。

小羽盯着远处那个宫殿。珍珠白色，距离挺远的，看着只有音乐盒大小，闪着迷幻的七色珠光。

果然，不管大家怎么转动，宫殿看起来都一样远。

"根据流体力学，越靠近旋涡中心，转速越小！就像'风暴眼'！大家往中心游！"鸣音已经有点累了，声音打战。

"万一是陷阱怎么办？"金夕大声质疑。

"感觉转速越来越快了，这样下去大家都受不了了！"小羽猛地咳嗽起来。

"管不了这么多了，快走！"青泽过来，用头推着小羽。

扑腾了这么一会儿，大家已经慢慢摸到了一点游泳的窍门，开始奋力往白色宫殿的方向游去。

巨大的旋涡中，流水裹挟着珊瑚碎片，撞上就是一块瘀青。还有一种NPC（非玩家角色）灰色章鱼，张牙舞爪地追在大家背后攻击。

小羽的鲤鱼体型偏小，运动能力也不占优势，狼狈地左躲右闪，还好青泽一直护在身边，还为她打走了好几片珊瑚，头都肿成了胖头鲨，看起来感人又好笑。

"你顾着自己，别管我了。"小羽于心不忍。

"好好游你的，笨死了。"青泽板着脸，用鲨鱼鳍推着小羽往前游。

珍珠宫殿愈来愈近，而鸣音身体短胖，已经有点受不了了。

"我不行了，你们玩吧，我、我退出……"鸣音两腿挣扎着瞎扑腾，被水流裹挟得越来越远。

"不行，一个都不能少！"青泽游过来，推着鸣音和小羽一起前进。

"真尿！"九玄优哉游哉地经过。不知什么时候，她用水藻做了个缰绳，绑住一条灰色章鱼，骑在章鱼身上，像骑马似的前进。章鱼被勒得直翻白眼。

"真有她的。"小羽也是不得不服——就是那章鱼有点可怜。她努力帮着青泽一起推着鸣音前进。

终于，水流渐渐减缓，同学们先后游到了宫殿门口，一个个狼狈不堪。

鸣音筋疲力尽，"扑通"一声，像倒栽葱似的栽进了细沙的海底。

九玄解开水藻，那章鱼身上都被勒出了血痕，像见鬼一样看了九玄一眼，舞起八个爪子，玩命似的逃走了。

"可怜。"小羽摇摇头，摆摆尾巴，费劲地把鸣音从沙里拔了出来。

大家环顾四周，整个海底已被旋涡搅得一片模糊，越是远处，波涛越是强烈，旋涡越转越快，水流中的珊瑚都被撕成了细沙。水流呼啸，竟有雷鸣之声，在这庞大空旷的海底，令人心生畏惧。放眼四周，只有珍珠宫殿这一小片区域还保持着平静。

"鸣音，还不谢谢青泽？要不是他，你早成企鹅碎片了。"九玄幸灾乐祸，鸣音顿时吓得企鹅脸煞白。

"真够凶险的。"青泽也累得全身无力。他想用手揉揉头，发现鱼鳍太短够不着。小羽找到一片冰冰的海藻帮他敷着头。

"游戏好像还没结束。"金夕观察着四周。

珍珠白色的宫殿是中式建筑，看起来很像电影里的龙宫，有两扇金色的大门，门上有个牌匾。此刻大门紧闭，静静伫立在大家面前。

"归——墟——殿。"黄小毛游上前,拖长声音,大声念着牌匾上的字。

归墟?鸣音思考着,好耳熟的名字……

"这里应该是下一关。咱们进去吧。"青泽提议。

"等会儿,小心有诈。"金夕皱眉。

"学霸,你想到什么了?"看着鸣音眉头紧锁,小羽急忙问。

"想起来了!归墟……出自《列子·汤问》,传说为海中无底之谷,谓众水汇聚之处,比喻事物的终结、归宿。"鸣音说。

"终结?咱们要玩完了?""太不吉利了!""别进去了……"大家纷纷议论。

"归墟殿,归墟的宫殿……那这个海,就是归墟了?"

"没错,传说归墟是很久很久以前,《山海经》的上古时代真实存在的海域,在东方。"

"倒、倒计时!"黄小毛突然手指上方,结结巴巴地说。

不错,此刻,白色宫殿上方的海水中,突然浮现出电子液晶屏一样的倒计时,00:03:00、00:02:59、00:02:58……

"这、这是……"

"不好,只剩三分钟了!"

"管他的,我先来试试!"大家还没反应过来,青泽就冲着宫殿的金色大门撞过去,"咚咚咚"三声,大门纹丝不动,只是青泽的头更肿了。

"大家一起试试!"小羽招呼道。

大家一拥而上,一通乱撞,大门却纹丝不动。

"硬来不行,得想想办法!"金夕说。

"火!"鸣音突然挥着翅膀说。

"什么意思?"

"因为这个游戏的构架背景!如果从中国上古文化角度考虑,五行相生相克。归墟位于东方,青龙护卫,五行属水。只有火才能克制。"鸣音说。

"这是水底,哪儿来的火?你脑子发昏了?"九玄气不打一处来。

"水中也可以起火!"小羽突然明白了鸣音的意思。

"没错,白磷!"鸣音很激动。

"啊,对啊……""上次物理课的试验……"大家恍然大悟。

倒计时还在继续,只有不到一分半钟了。

"快找!看附近有没有白磷!"青泽带头在附近搜索起来。

一片忙乱中,只有金夕凑近大门,仔细观察。金光之下,大门是白色的。

"这就是白磷!"金夕拍着门,大笑起来。

"你怎么知道?"鸣音游过来,敲敲大门,感觉门的质地很难判断。

"最危险的地方,就是最安全的地方!中国兵法常用的反向思维!"金夕可是个军事迷。

"聪明啊!""金夕心眼真多!"大家都觉得很有道理。

"只能试试了!白磷燃烧,还需要氧气!"鸣音说。

可是这深海,又没有氧气罐,哪来的氧气呢?

倒计时只剩一分钟了。

"鱼鳔。鱼鳔里有氧气。"生物学课代表章云举起手(鱼鳍),小声说。

"鱼鳔里是空气,不是纯氧。"鸣音皱起眉。

"游戏嘛!主要是个思路!差不多就行!"金夕说。

"可是,鱼鳔里的气,也吐不出来啊……而且,鱼鳔这个器官怎么用啊……你会吗?"黄小毛苦着脸说。

"我咬你一下试试,说不定能挤出气呢?"青泽夸张地对着黄小毛张大嘴,露出巨大的牙齿,黄小毛吓得躲在小羽身后。

"都什么时候了,还捣蛋!"小羽气得打了青泽一尾巴。

倒计时还在继续，时间只剩四十秒了。

"没别的法子了，反正是游戏，我来吐气试试！"青泽冲向大门，被黄小毛拉住了。

"鲨鱼没有鱼鳔。"黄小毛说。

"什么？凭什么啊！"

"鲨鱼是软骨鱼，一般只有硬骨鱼有鱼鳔……"

"凭什么啊！"

"别废话了！一起上！"眼见只剩三十秒钟了，小羽带头冲了过去。

除了鲨鱼青泽和企鹅鸣音，剩下的人一拥而上，似乎无师自通的，竟然就吐出了鱼鳔中的空气。九个空气泡泡和门接触的一瞬间，归墟殿的大门瞬间燃烧起来。

大家连忙后退。

水中之火，仿佛被人类从天庭引下，火神降临了最深的水底。

灼热的火焰分开水流，绽放出一朵金色的牡丹。花蕊如同银河的悬臂，绽放出极明亮的白光，金白色的火星四处飞溅，直至归墟海底的大地震动起来。

眼前的场景，已经超越了这个时代的技术，亦真亦幻，带来了难以描述的沉浸感。

似乎只是转瞬之间，白磷大门燃烧殆尽，一只巨大的鱼破门而出！

蓝黑色的背，青灰色的肚皮，巨大的鱼尾，四条粗壮的鳍。它的背部和尾巴，似乎嵌满了五色的星星宝石，映着归墟之火的亮光。

这是一条多么大的鱼啊，比地球上最大的蓝鲸都要大许多。奇怪的是，它是怎么从比自己身体小很多的大门中冲出来的呢？

感觉这个游戏对这条大鱼的设定，多了一些神秘的色彩。

大鱼冲过来的一瞬间，小羽看到了它的眼睛。温和，湿润，有点忧伤，又带些淘气的黑眼睛——非常熟悉。

大鱼用修长的大鳍裹住十一个孩子，带着他们，以惊人的速度，像冲锋舰一般冲向海面！

头顶的天光越来越亮，小羽看看下面，白色的归墟大殿在无尽深蓝围绕的旋涡中，渐渐小成了一枚贝壳。

大鱼的身体很光滑，也很温暖，待在它的鳍上，感觉很踏实。

倒计时清零的一瞬间，大鱼带着孩子们，跃出了水面！

黑暗浮现，天空和大海都黯淡下去。

《山海》归墟篇，通关。

游戏结束后，教室里罕见地有了片刻安静。大家久久地沉浸在山海的奇境中无法自拔。短暂的沉默后，教室中爆发了激烈的讨论，同学们兴奋地热议着。

"奇怪了，这《山海》怎么这么牛？比傲雪公司最好的游戏都厉害。"游戏专业户金夕很纳闷。傲雪可是目前世界上最好的游戏公司了。

"我趴在珊瑚上仔细看了看，连那么小的珊瑚虫，都做得栩栩如生，海水一流动，虫子会自己藏起来。"鸣音语调里透着佩服。

"这种无关紧要的细节，干吗费这么大劲？做起来很费钱的。"金夕不解。

"说不定是个顶级黑客呢！可能人家做起来一点不费劲！"青泽揣测。

小羽没有说话，只是一直眨巴着眼睛盯着汤老师。

鲲的眼睛，明明就是汤老师的眼睛啊。汤老师心里，到底藏着怎样的秘密呢？

汤老师微笑地看着大家讨论，眼神里带着许多温柔和一丝忧伤。

庄宛宛

天元小学是住校制度，学生们一般只有周末和节假日回家。放学后，小羽他们四个带着一大包零食，晃悠到长青湖附近。

长青湖是天元市最大的湖泊，湖水澄澈，风景秀丽。天元小学就是临湖修建的。几个孩子来到岸边的一处草坪，铺开零食，开始大吃起来。

"听说汤老师被校长批了，还扣了奖金。年级里都传开了。"金夕嚼着牛肉干。

"为什么？"小羽吃了一惊。

"上课带学生打游戏不成体统呗。"鸣音小声说。

"真是多管闲事！咱们班成绩一直都是第一，有本事他们也拿个第一来看看啊！"青泽气得扔下薯片站了起来。

"话说回来，你们有没有觉得……那只鲲，有点问题啊？"鸣音赶紧岔开话题。

"你也看出来了？"金夕眯着眼睛笑了一下。

除了青泽不明所以，其余三个人都一致感觉鲲的眼睛和汤老师的一模一样。

"北冥有鱼，其名为鲲，庄老师在游戏里，把自己变成鲲了呀。"小羽神往地托着腮。

微风习习，长青湖的水面映着星光，她想起了那条大鱼身上星空一样镶嵌的宝石。

青泽站起来，捡了一块小石头，打起了水漂。石头在星光闪烁的湖面上跳了足足七八下，才沉入水底。

学校的小钟楼传来音乐，快到熄灯时间了，湖畔的学生们都走得差不多了，小羽他们也站起来，准备回寝室睡觉。

偏偏这时，星空摇曳的水面上，闪过一片亮光，虚空之中，突然出现了一个长方形的金色光门。

一个白色衣服的女孩从光门里掉了出来，黑色长发在空中舞动。更让人吃惊的是，随即一只巨大的爪子也从光门里伸了出来！

爪子足足有三米多长，有三根手指，指甲又粗又长，青绿色，还疙疙瘩瘩的，不知是什么怪兽。爪子在空中乱抓，一下子抓住了女孩的右臂，鲜血瞬间涌出来。此时，只见半空中的女孩挥舞左手，一道亮光闪过，爪子的三根"手指"瞬间被斩断一根，浓绿色的血喷溅，滴落到湖水中。

鸣音吓得叫出了声。一声沉闷的嘶吼从光门的另一端传来，受伤的怪兽在哀号，难听极了，好像千万根针在挠玻璃，小羽不由得捂住了耳朵。

哀号声传遍了整个校园。白衣女孩从半空中直直地坠入湖中，溅起一大片水花。

女孩在水中缓缓下沉，右臂的鲜血像绸带一样在水中散开。

怪物似乎有些发狂，将爪子伸下来，试图伸到水中去抓女孩，绿色的血浆在空中喷溅出来。

"来人啊！救人啊！"小羽和青泽赶紧往那边跑，金夕扯着嗓子大叫起来。

他们跑到了湖边。说时迟那时快，青泽已经脱掉了上衣，准备跳水救人。可他还没来得及下水，一条熟悉的巨大身影就从湖中央的黑暗中浮现。星光映着鲲背后的宝石，像一柄柄利刃一般的光芒闪烁起来，怪物似乎被那星光灼烧，痛苦地哀鸣一声，受伤的爪子缩了回去，空中的光门也随即消失了。

鲲先是潜入女孩落水的深处，随即上浮，向湖边游过来。几乎就是眨眼工夫，已经到了岸边。

鲲将一条巨大而宽厚的鳍，举出水面，白衣女孩正虚弱地躺在上面。女孩被轻轻地放在了岸上。

大鱼的后背，缀满了星星一样的宝石。它看着孩子们，黑色的眼睛里闪过一丝不安。

不远处传来嘈杂的脚步声，有人赶过来了。大鱼又看了四个孩子一眼,随即转身,匆匆忙忙潜回了水底。

李教导主任和几个保安赶来的时候,水面还在激荡,鲲却早已不见了踪影。

"怎么回事?刚才是什么声音,你们看到什么了吗?"李主任问小羽他们几个。

"是鲲!鲲救了一个女……"青泽话还没说完,就被小羽暗中掐了一把,后半句话硬生生咽了回去。

"鲲?什么意思?"李主任皱起了眉。

"老师,有个女孩落水了,救人要紧啊!"小羽急忙接话。

"女孩?在哪里?"李主任忙问。

"不就在……"金夕指向岸边女孩躺着的位置——草坪上却空无一人,只有一摊水渍。

青泽左看右看,小羽使劲揉揉眼睛,再睁开——仍旧什么都没有。

鸣音瞪得眼珠都快掉出来了。

"你们几个,大半夜的,搞什么鬼!"教导主任气得打哆嗦。

"没什么没什么,李主任,我们这就跟您回去。"金夕赶忙挤出一个比哭还难看的笑脸。

四个孩子垂头丧气地跟在李主任身后。小羽一直回头看着湖面,鲲带起的波浪还没有完全消失。

夜色沉寂。长青湖搅动了许久,才安静下来。

第二天一早就是烹饪兴趣课,大家都来到教室,这里锅碗瓢盆和食材一应俱全。

因为昨天夜里的事,小羽他们四个人一夜都没睡好。金夕哈欠连天地搅着面糊,青泽撞碎了一只碗,其他人也都顶着黑眼圈。

趁着老师还没来,四个人悄咪咪地躲在角落里,小声商量着昨晚的事情。上古异兽闯进现实,这谁能信啊!要不是四个人都看见了，他们肯定觉得自己在做梦呢。金夕在琢磨能不能和鲲商量一下，开个直播什么的，打赏肯定老多了，被青泽打了一拳。鸣音迟疑地说，会不会鲲就是汤老师，被金夕嘲笑他玩游戏玩傻了。小羽倒是觉得不能完全排除这种可能性……不管到底怎么回事，鲲和女孩的事，大家要先保密。至少要问过汤老师再说，不能当叛徒。鸣音怯生生地说如果校长追问怎么办，自己不敢撒谎。金夕关切地拍拍他的肩膀，说你可以说实话，就说看到真的鲲了！只要不怕被送到天元市精神病院去。鸣音吓得立刻闭了嘴。

上课铃响了，汤老师走了进来。小羽他们四个都盯着汤老师，汤老师故意把目光移向别处。

"咳咳，今天新来了一位转校生，庄宛宛，进来吧。"汤老师转过头，对着门口说。

一个穿着白色裙子的女孩不紧不慢地走了进来，在讲台旁边站定。

鸣音吓得搅面粉的筷子都掉到了地上。他们几个迅速对视一眼：这不就是昨天那个落水失踪的女孩！

女孩肤色雪白，扎着一个高马尾辫，头发一丝不乱。眼睛有点细长，清澈有光，看着似乎很温和，却又有种"不关我事"的漫不经心。看到四个孩子惊慌的表情，女孩的嘴角露出一丝淡淡的笑意。

她认出我们了！小羽想。金夕皱起了眉。

小羽去看汤老师，汤老师却还是躲避她的目光，只是看着天花板。

其他同学都挺兴奋，还在好奇地窃窃私语。看着漂亮的庄宛宛，有几个男生的脸有点红。九玄翻了个白眼。

奇怪的是，庄宛宛的左边肩头竟然趴着一只乌龟！有一个手机那么大，黑绿黑绿的，一动不动。

"庄宛宛，做一下自我介绍吧。"汤老师说，表情多少有点尴尬。

"我是庄宛宛，请大家多指教。"女孩淡淡笑着。

"你怎么带乌龟上学？"青泽在座位上大声问。

同学们哄笑起来。

"这是我的学习工具。"庄宛宛说。

"什么学习工具，明明是私带宠物。"九玄酸不溜丢地说。

庄宛宛一伸手，平静地把乌龟从肩膀上拿下来，端到眼前，"吧唧"一声就把乌龟盖掀开了！

不知是哪个女生吓得叫了一声。有几个女生捂着眼，从手指缝里盯着乌龟。

这么栩栩如生的乌龟竟然只是个盒子！里面整整齐齐摆着一些大小不一、银光闪闪的东西。庄宛宛轻轻抽出一把，是一把细长如柳叶的刀！

"哈哈，是厨刀啊！还怪可爱的！"小羽笑出了声。同学们这才恍然大悟。庄宛宛嘴角闪现出一抹活泼的笑意。

"啧啧，一个盒子还这么精致，看着不便宜啊。"金夕咂咂嘴。

"显摆什么啊。"九玄小声嘀咕。

"庄宛宛，你个子高，坐最后那个位子可以吗？"汤老师说。

庄宛宛点点头，把刀插回去，把乌龟重新盖好，径直走到位子上坐下了。

"好了，大家上课吧！"汤老师低着头，始终躲着小羽他们几个质疑的目光。

小羽扭过头，好奇地盯着那个乌龟看个不停。庄宛宛回头看了她一眼，小羽咧着嘴，对着她和乌龟"嘿嘿"一笑。

不知怎么，小羽看庄宛宛还挺顺眼的，有种认识很久的感觉。

烹饪兴趣课每周一次，也是汤老师负责的。

汤老师让大家把课本打开，同学们各自的操作案板就亮了起来，全息投影3D立体的烹饪课本出现在半空中。只要在"空气"

中用手指点击操作，就能旋转放大包子等食物，旁边也有具体的烹饪说明。

"包子、饺子、汤面，大家自己选一种吧。别的种类也行，只要是面食，尽量别选太难的。不过，咱们今天要加个主题——中国红。"汤老师说。

"什么？以前都没主题啊，这也太难了！"青泽首先一嗓子哀号起来，台下学生顿时一片唉声叹气，金夕的脸也皱成了苦瓜。只有九玄在暗自摩拳擦掌，一副胜券在握的样子。

"烹饪课已经好几个月了，也该提提难度了！这学期末，天元市有个中小学生烹饪比赛——天元杯！咱们可以报名！大家开始吧，时间还是 100 分钟！庄宛宛，你刚来，还不熟悉，就和……小羽一组吧。"汤老师挠挠下巴。

庄宛宛点点头，带着乌龟来到小羽的餐台旁。

"你想做什么？"小羽挠挠头，有点尴尬。她本来想直接问落水的事，又觉得有点不妥，话一出口就成了这样。

"都可以啊，你最喜欢吃什么？"庄宛宛淡淡地问。

"最喜欢的，当然是我老妈的手擀面了！"

"那就面条吧。"

"可是，中国红怎么办呢？"

"不如这样……"庄宛宛和小羽小声商量起来，小羽听得睁大眼睛，频频点头。

接着，小羽就开始倒出面粉，和粉揉面。庄宛宛到一旁的食材库里挑选，却没选到合适的。她望了望窗外的长青湖，和汤老师打了声招呼，就出门去了。过了十几分钟，庄宛宛带着一个绿色的小包回到教室，开始和小羽一起准备。

同学们大多做得挺认真的，九玄在包馄饨，金夕在做汤。黄小毛抢了鸣音的红糖包咬了一口，鸣音急得快哭了，汤老师过来敲了敲黄小毛的脑壳，把包子还给了鸣音。青泽脾气急，没什么耐心，抓着面团丢来丢去地玩，眼看时间快到了，才把水烧开，把食材放进蒸锅里。小羽认真揉面，庄宛宛则解开绿色的小包裹，并打开乌龟盒子，取出一些塑形的模具。

小羽凑近看了看，那乌龟一动不动，不过，还真是栩栩如生啊，背上的花纹像棋盘似的，看起来很特别。

100分钟很快过去了，大家都完成了作品。汤老师背着手，开始逐一品尝。

金夕做的是一碗汤羹，取名"奇红羹"，香气浓郁，里面点缀了些面絮。

"金华火腿、枸杞、老南瓜、猪骨、鸡骨，香气浓郁，红黄搭配，赏心悦目。金华火腿、枸杞都是红的，也符合主题。时间吊得足够，鲜味突出，但面絮有些不均匀。中式面点的精髓，还是应该注重面食的制作技术本身。但这奇红羹，更多的是靠贵价食材吊的汤，有些投机取巧了。"汤老师语重心长。

金夕吐了吐舌头。这些食材确实是他从家里运来的"藏品"。

"这不就是一碗疙瘩汤？"九玄大声说，引得全班同学一阵哄笑。

"那你又做出了什么好东西？"金夕把手抱在胸前。

"灵鱼馄饨！"九玄信心满满。

汤老师过来瞧了瞧，清澈的馄饨汤里，漂着几片柔滑翠绿的莼菜。馄饨的皮很薄，有点淡淡的蓝色，馅儿是粉红色的，整体看起来灵动活泼，仿佛一尾尾薄纱金鱼在水中游动。汤老师试吃了一口。

"名字取得很好，有中国山水画的意境，红色的馄饨馅是樱桃酱染的冬瓜蓉，也符合主题。皮子是蝶豆花的蓝色染的？也有创意。缺点嘛，这个菜的色香味意形，整体还是以清雅为统一，香油破坏了莼菜的清雅，红绿蓝的配色也有些杂乱，可以把蓝色的面粉皮换成燕皮。"汤老师说。

九玄一开始听着还很得意,后面就有些泄气了,低下了头。

"什么是燕皮啊?"小羽问。

"用瘦肉和甘薯粉捶成的馄饨皮,半透明的白色,入口更鲜美更清爽。"庄宛宛解释道。

"不错,大家记好笔记。"汤老师微微点头,却有一种"不出所料"的表情。

接下来是鸣音的红糖包。鸣音刚一掀开蒸笼,八个包子白白胖胖的,一股清香散开,大家纷纷开始咽口水。他的红糖包蒸得软糯香甜,虽然其中一个包子的馅儿溢出来了,不大好看,但汤老师还是夸奖了鸣音。糖包还是很能体现技术难度的,面皮松软,褶子小巧,红糖馅里还搭配了桂花解腻增香,只是下次要注意蒸的时间,太久了容易"露馅"。

汤老师刚一离开鸣音的案板,红糖包就被大家抢光了。

黄小毛做了麻酱烧饼,却错把盐当成了糖,咸得没法吃;青泽的馒头也失败了,硬得像板砖,马马虎虎点了个红点就说是"中国红",汤老师皱着眉头,抓起一个馒头,手起馒头落,"吧唧"一声,就把黄小毛的烧饼拍扁了。

"下次再这样,就把你们的大作都吃完。"汤老师面无表情地看着这两个活宝,他俩只能僵硬地赔着笑脸。

最后,汤老师来到小羽和庄宛宛的案板前。同学们见状也很好奇,纷纷围了过来。

眼前是一个金色的鸟巢,由细细的面丝交错而成,鸟巢中间堆放着粉色和红色的糖块晶体,像宝石似的闪亮。

"我们的甜点作品,《扶桑之上》。"庄宛宛简单地说。

汤老师微微一笑,先是从各个角度拍了七八张照片,又用筷子小心地夹了一些面丝和糖晶,细细品尝。

汤老师郑重地放下筷子,认真地看着庄宛宛说:"这难道是拉面?"

"是的。小羽揉面,我拉成的。因为太细,水煮会融化,就用了油炸。中间的宝石,外壳是黄冰糖熬制,模具塑形,里面填了两种不同浓度的荷花瓣熬成的花果酱。"

"这么细,简直和头发丝差不多了……怎么可能是拉出来的啊?"青泽不可思议地说。

"大家也来尝尝吧。"小羽很开心地邀请。青泽第一个上来,接着同学们也都迫不及待地伸过筷子,很快就瓜分一空。

面丝脆脆香香的,入口的一瞬间就融化了,冰糖宝石外壳薄得不可思议,同样也几乎是入口即化,冰冰凉凉的荷花酱果冻瞬间流了出来。深红的那种宝石不是特别甜,甚至还有一点点微苦,衬得荷花的香气更加鲜明。浅红的宝石味道淡一些,有点荷叶的清香,仿佛清晨花海中滚动的露珠。小羽给大家看了桌上的东西:庄宛宛刚才去了长青湖旁,绿色小包其实是一片荷叶,里面包着粉色娇嫩的荷花瓣,上面还带着露水。

"扶桑,传说是《山海经》中的上古神树,上面住着各种神仙和神兽。太阳又叫作'金乌',是一种金色的神鸟,就是从扶桑之上升起。这个鸟巢,就是在扶桑上的金乌的家,里面盛满了阳光凝结成的宝石。宝石里的果酱,是荷花瓣和荷叶做成的。"庄宛宛静静地解释。

"叹为观止。"同学们也都赞叹不已,九玄心里酸溜溜的。

"我只是帮个忙,大部分都是庄宛宛的手艺。"小羽不好意思地说。

"你的厨艺是哪里学的?"青泽很好奇。

"家里开了个餐馆,练得多一些,手熟而已。"庄宛宛丝毫没有得意之色,还是很平静。

"庄宛宛的作品很棒,大家也不要气馁,多学习。"汤老师温和地鼓励大家。他今天有点心不在焉。

下课铃声响了,班里同学陆陆续续都走了,金夕给大家使了个眼色，四个人故意磨磨蹭蹭到了最后，教室里只剩他们四个和庄宛宛了。

"有事吗？"庄宛宛慢慢地把厨刀擦净，放回乌龟壳里。

"那个，你是昨天掉进水里的那个？"金夕先开口了。

"什么意思？"庄宛宛淡淡一笑。

"别装了，明明就是你！"青泽急了。

"小点声啊，被听到就糟了！庄宛宛，你的伤好些了吗？"小羽拉住青泽。

"明天周六，来我家吃饭吧？可以慢慢聊。"庄宛宛笑而不答，只是擦了擦乌龟，重新放上肩头，也不等他们回答，就自顾自往外面走了。

四个人的手机同时亮起来，是庄宛宛发来的一个地址。

"怎么在山里？还挺远。"鸣音嘟囔道。

"你是不是怕了？"金夕说。

"才没有！"鸣音嘴硬。

其他三个人都在低头看手机，只有小羽无意间一抬头，发现庄宛宛已经带着乌龟走到了教室门口，而那只乌龟，突然在她肩膀上动了起来！它转过头，冲着小羽"嘿嘿"笑了一下！表情奸诈，还露出一口大白牙！

"啊，啊，啊啊啊！"小羽话都说不出了，只能拼命用手指着门口！可惜青泽他们几个看过去的时候，庄宛宛已经带着乌龟走出去了，他们什么也没看见。

"你什么毛病？"青泽歪着头，鄙视小羽。

"乌龟刚才笑了！我发誓，真的笑了！"小羽手舞足蹈。

"有病得治。"青泽好奇地走到黄小毛的餐台上，往嘴里塞了一只红糖烧饼，咸得赶紧吐了出来。

"我真没看错，它还有一口大白牙！"小羽露出牙，尽力模仿乌龟的笑，表情已经激动得有点狰狞了。

"小羽，你看着有点吓人。"鸣音老实地说。

"好吧好吧，也可能是什么新型的机械宠物呢？"青泽看小羽快气炸了，于心不忍。

"大家都看见了，那就是个乌龟形状的盒子。"金夕一脸坏笑，强调了"盒子"两个字。

"那不是机器的笑！是人类的那种笑！就是那种有感情的……算了！和你们说不清！"小羽一屁股坐在椅子上。

"哈哈哈，完了，小羽和乌龟产生感情了！"金夕笑得打滚。

"也就是王八看绿豆，对眼了。"青泽严肃地说。

"那明天去不去啊？"鸣音看着丧气的小羽，拼命忍住笑。

"当然！明天去她家，我一定要揪住那个乌龟，让你们看看清楚！"小羽气得直跺脚。

五盐堂

第二天一早，四个人一起从学校出发，打了一个"出租飞艇"，飞了足足一个多小时，才到了天元山的半山腰。飞艇是无人驾驶的，出租费高达四个半电子金币，金夕大方地刷掉了五个，长得像个蜻蜓的人工智能"小飞"得到小费后，在屏幕上高兴地拍拍翅膀表示感谢，随即就返航了。

四个孩子沿着一条青石板铺成的小路走了一会儿，一处朝南的小院才出现。大门是朱红色的，门口种着一些花草和几丛竹子。

"大周末的起这么早，来这鸟不拉屎的地方。"青泽打了个很大的哈欠。

"好香啊。"小羽使劲闻了闻，院子里传来了饭菜香。

"我怎么闻不到？"鸣音也努力吸气。

"小羽是狗鼻子，你能比吗？"金夕又开始坏笑。

几个人还在门口嬉笑打闹，院门却自动开了。四个人东瞅瞅西瞅瞅，发现是那只黑乌龟在地上用前脚开的门！

"你们看见没有！看见没有！它会开门！"小羽激动地揪住青泽的领子，青泽被卡得直咳嗽。

"进不进？"乌龟竟然说话了。它在门里趴着，不耐烦地翻了个白眼。

"你你你……"小羽一只手指着乌龟，话都说不利索了。其他三人也惊呆了。

"进进进！"金夕赶紧拉着大家进了门，还殷勤地主动关上门。

乌龟慢慢往前爬。三个人好奇地围着它往前走。

"这么先进的人工智能，白眼翻得好传神！"鸣音说。

"谁是人工智能？还有，不要'你你你'的，我有名字，我叫阿玄。"乌龟又翻了一个大白眼。

阿玄把大家领进前厅。这里是个餐厅，小院的后面还有几个屋子，应该是卧房、书房之类。

青泽已经不客气地在饭厅的八仙桌旁边找了个凳子坐下了。小羽和金夕打量着四周。这里十分古朴，是古建筑风格的青砖瓦房，室内的布置十分清雅素净，黄色梨花木的桌椅，蓝印花布的窗帘，几幅水墨画是梅兰竹菊，很有江南古镇的意思。金夕看到桌上已经摆了五副餐具，虽然看起来是粗陶之类的，但这室内的家具、用来绑住窗帘的玉石，看起来很平常，其实也都不便宜。

"五——盐——堂。"鸣音大声念着墙上的一幅书法。

"闻到了，好香啊！"青泽吸吸鼻子。

"嘀嘀"，是一辆电动小车开了过来。小车有一个笔记本电脑大小，明黄色，像个甲壳虫，后面还拖着一个半米多高的金属柜子。那香气正是从柜子里传出来的。开车的司机……不用问，正是乌龟阿玄。

阿玄慢慢从车上下来，走到柜子旁边，用前脚打开柜门，浓郁的饭菜香味扑面而来。

此时，庄宛宛也轻盈地从屏风后面走了进来。她今天是一身麻衣麻裤的打扮，十分飘逸古风。马尾放了下来，用一条蓝印花布条轻轻扎住，倒像是古代山水画上走下来的采莲少女。和学校的现代装扮相比，这身打扮倒是更适合她。

"欢迎欢迎，五盐堂有点偏，一路辛苦了。"庄宛宛一边大方地招呼大家，一边从柜子里面捧出一个大砂锅。

"请坐请坐，咱们开饭吧。"庄宛宛招呼大家坐下。

四个孩子都有点拘束，相比之下，庄宛宛仿佛比他们大十几岁似的，神情自如地招呼着。

四个孩子看着桌上的砂锅咽口水，心里也有点犯嘀咕。这庄宛宛也太神秘了，诡异的光门，落水，厨艺高超，还住在这么个深山老林里。

庄宛宛掀开盖子，一股香气像炸弹一样四散开来，原来是一大锅腊肉饭。晶莹剔透的白米上盖着一层厚厚的腊肉，五花三层，瘦肉部分像红宝石一样闪光，肥肉的油脂半透明，几乎和米饭融为一体。庄宛宛用一个大木勺，将米饭和肉拌匀，又帮大家盛出来，雪白的蒸汽带着香气，四散开来。

"来都来了，不客气了啊！"青泽忍不住了，端起碗就开始吃。

腊肉本身带着一些复杂的咸味，米饭清香鲜甜，下面还结了一层金黄的饭焦，入口酥脆，大家筷子都下得跟雨点似的。

"牛嚼牡丹。"阿玄在地上直摇头。

"什么意思啊？"青泽问。

"饭好，但咱们吃得跟狼似的，等于浪费了。"鸣音噎住了，赶紧喝了一大口茶。

"哈哈，有道理啊。"小羽笑眯眯地看了阿玄一眼，阿玄瞬间起了鸡皮疙瘩，赶紧往旁边爬了两步。

"啊，从来没吃过这么好吃的饭！"青泽直打嗝。阿玄在地上摇摇头，直说"没见识"，青泽表示懒得和一只乌龟计较。

"庄宛宛，你做的吗？这也太好吃了！"小羽一连吃了三碗，满足地放下筷子。

庄宛宛点点头。

"你上次说家里是开餐馆的,就是这个五盐堂?多少钱啊?下次还能来吗?"金夕揉着肚子。

"不收你们的钱,想来随时来。"庄宛宛笑了笑。

"这是什么饭啊?怎么做的?"鸣音拿出手机,准备做笔记。

庄宛宛从餐柜里取出四个小碟子,里面有四种不同颜色的盐,颜色都淡淡的。

"这里面,分别是红色的岩盐、白色的井盐、黄色的池盐、蓝色的海盐四种盐巴,另外我家里还有一种盐,一共五种,所以叫作五盐堂。你们今天吃的腊味饭,诀窍就在于腌肉的时候用了五种不同风味的盐,五味调和,才能好吃。"

"那第五种呢?"鸣音很好奇。

"我带你们看看去。来吧。"庄宛宛起身,抓起阿玄放在肩头,随即往屋外走去。

四个人互相对视一眼,都放下了筷子,跟着庄宛宛,往后院走去。

穿过整个小院,从后门出去,穿过一丛竹林,他们来到了一个山洞,洞口被野草封住,很不起眼。

庄宛宛挽起袖子,弯腰拨开野草,准备进去,金夕突然说话了:"庄宛宛,你右手不是受伤了吗?"

大家这才注意到,庄宛宛露出的右手臂,连一丝伤疤都看不到。

"落水的不是你?"青泽问。

鸣音看看黑黢黢的洞口,紧张地拉住小羽的袖子。小羽也觉得很不安。

"落水的,确实是我。别怕,先跟我来吧。"庄宛宛朝大家笑了一下。

"胆小鬼！"阿玄在庄宛宛肩头吐舌头。

被一只小乌龟嘲笑，男孩子们很不服气，这下硬着头皮也得进去了。

几个人钻进洞里，阳光渐渐黯淡下来，孩子们的脚步声被岩壁反射，回荡在四周。

前面出现了一个巨大的水潭，潭水深不见底，寒气逼人。潭边摆着一个银色的大贝壳，里面有些黑色沙粒状的东西。

庄宛宛蹲下来，抓起一把"黑沙"，黑沙又从她洁白的指缝间流落，掉入贝壳。

四个孩子也都蹲下来，青泽拿起一点，放进嘴里尝了尝，是一股奇异的有点苦涩的咸味。咸味过后，随即舌头上泛起一股热辣辣的暖意，仿佛全身都舒畅起来。

庄宛宛站起身，眼神罩上一层深深的迷雾，捉摸不定。

突然，潭水搅动起来，一个巨大的身影从黝黑的潭水深处浮现——鲲在上浮，上浮，直至水面。

因为心事重重，今天鲲背后的宝石看起来有些暗淡。鲲的眼睛又黑又湿润，和汤老师的眼睛一模一样。

"它哭了……"小羽说。

泪水从鲲的眼中涌出来，竟然是黑色的。泪水流入贝壳之中，渐渐凝结。

"这就是第五种盐，黑色的泪盐。"

庄宛宛站起身，黑色流沙一般的泪盐从她的指间滑落。

鲲潜下水去，水底传出一声沉重的哀鸣。潭水搅动起来，鲲宝石一般的身体在微微颤抖。再次浮上来时，鲲已经以汤老师的形态出现。他全身湿漉漉的，眼睛肿了，里面有很深的忧伤。

尽管有些思想准备，但他们还是吃了一惊。

大家席地而坐，听汤老师讲了一个很长很长的故事。

很多很多年以前，在还是《山海经》的年代，地球上住满了神灵一般的巨兽。鸹鸧、鲲鹏、烛九阴、饕餮、混沌、青龙、玄武……它们有的住在巨树上,有的游在海渊中,操火引雷,行云布雨,神力无边。

后来的某天,不知为什么,扶桑巨树断裂,向东方倒去。随即,地球时空的维度也破裂了,天地间布满了碎镜般的时空裂痕。从这些裂痕中,爬出了另一种族的邪恶异兽,它们与地球的神兽之间发生了一场大战。在最后的危急关头,伤痕累累的北冥巨鲲耗尽神力,抢过业火种子,交给妻子金翅鸟,金翅鸟牺牲了自己,用业火为引,点燃了地球上空的雷法阵,引发了一场天崩地裂的雷暴,终于将异兽一举击溃。异兽死伤大半,还有少量的钻回时空裂缝躲了起来。后来,时空缝隙也终于被伏羲和女娲修复,两个世界的通道关闭了。

大战之后,神兽们决定离开地球,回到更高维度中养伤。它们引来一场滔天巨水洗刷了大地,湮没了神兽文明存在的一切痕迹。随后,女娲造出人类,让他们在新的土地上繁衍,自此神兽文明完结,人类文明开始。

鲲却没有走。他的妻子金翅鸟虽然在雷暴中牺牲了肉体,但凝结灵魂的原神金丹下落不明。伏羲劝告鲲,金丹很可能已经灰飞烟灭,鲲应该和大家一起离开,回到高维中再找一位女神结合,开始新的生活。鲲却始终抱着希望,认为是异兽带着金丹逃回了另一个世界。鲲要在地球上等待时机,找出金丹,才能复活妻子。

"这么多年了,你的朋友都走了,就只有你孤孤单单地在地球上吗?"小羽抹了抹眼泪。

"北冥有鱼,其名为鲲,鲲之大,不知其几千里也;化而为鸟,其名为鹏,鹏之大,不知其几千里也……"鸣音轻轻地说。

"因为地球的文明维度太低,鲲的伤一直无法修复,已经失去了化为鸟的能力。"庄宛宛说。

"汤老师太不容易了。"鸣音眼睛也红了。

"为了抵御漫长的孤单,我化作人形,做了你们的老师。从那以后,我好像不那么孤单了。"汤老师轻轻地说。

"那时空之门是怎么回事呢?"金夕问。

"近期,在全国很多地方,都出现了时空之门的裂缝。具体原因不详,很可能和异兽的反抗有关。"汤老师说。

"伏羲派我过来给汤老师报信,没想到一落地就被毕方盯上了,差点吃大亏。"庄宛宛吐吐舌头。

"就是《山海经》里说的那种只有一只爪子,能引起火灾的鸟?"鸣音有点兴奋。

"没错,水能克火,所以鲲一出现,毕方就吓跑了。"庄宛宛捂着嘴笑了一下。

"你们玩的《山海》,也是宛宛前阵子传给我的高维的技术——据说游戏编程是伏羲写的代码。"汤老师笑了笑。

"我说呢,这游戏这么厉害,原来就不是人弄的啊!神作,神作啊!"金夕一拍大腿,"那个,版权能不能卖给我爸?我们公司代理一下……"

"掉钱眼儿里了。肤浅的人类。"久久没说话的阿玄不屑地白了他一眼。

"等会儿,伏羲派过来的……那庄宛宛,你也是神兽?你是啥啊?"青泽突然反应过来。

庄宛宛只是笑了笑,没有回答。

"肯定是个和食物有关的神。"小羽开心地说。

"那当然。"阿玄傲娇道。

"话说回来,这泪盐有什么作用啊?"鸣音好奇地走到那个大贝壳旁边,抓起一把泪盐又研究起来。

"盐,乃五味之首。况且泪盐不属于人间,是神灵的眼泪,自带神力,可以平复伤痛的情绪,带来喜悦和平静,滋养身心。这些年我在人间游历,见到很多悲苦之事。鲲一直在给我提供泪盐,让我们的食物滋养了很多人,慰藉了很多人,我想,这也是食物的意义。"庄宛宛慢慢地说。

"真奇怪,这么伤心的眼泪,竟然能给人带来喜悦。"金夕一反常态,语气也有点沉重。

"所以你总是在这里哭吗?"小羽看着这满满一大堆泪盐,感觉特别难过。怪不得,汤老师的眼睛总是湿湿的,让人觉得很悲伤的样子。

庄宛宛抬起眼睛,似乎想说什么,汤老师轻轻摇头,她就岔开了话题:"明天是周末,不介意的话,五盐堂有几间客房,今晚大家就住这里吧。明早有好吃的。"

此时已是夕阳西下,风和晚霞仿佛给眼前的山谷抹上了一层不确定的色彩。

别离

第二天一早五点,巨大的钟声响彻五盐堂,吓得人心脏差点停跳。

"起床了!晨钟,暮鼓!一寸光阴一寸金!"一大早,阿玄就在院子里扯着嗓子吆喝。不知道是什么扩音技术,它的声音响得惊人。

在阿玄的催促下,大家迷迷糊糊地起床,走到院子里,庄宛宛已经换上了一身白色的太极服等在那里。她要求大家开始练扎马步,不练就没饭吃。金夕说了一声"神经",掉头就要走,被亮出背上利刃的阿玄正面拦住。

金夕尴尬地笑了笑,扭头乖乖回队里站好。

扎马步,考验的就是耐力。足足站了半个钟头才结束,庄宛宛面色如常,动作舒展,清风吹来衣襟飘动,颇有点吴带当风的意思。其他几个人就惨多了,满脸通红,大汗淋漓,鸣音的小细腿已经抖成了麻花。要不是阿玄以美味早餐做诱饵,大家早就瘫在地上了。

好不容易练完,大家挪着沉重的脚步,最终瘫倒在五盐堂饭厅的桌边。

饭厅里外门窗大敞,清风穿堂而过,桌上已经摆好了早餐——看起来像是面筋汤,配上包子和各色酱瓜小菜。尽管面汤还烫,饿惨了的青泽还是灌下了一大口。

"晨钟,暮鼓——晨钟练功,暮鼓打坐。这是五盐堂的规矩。不过,今天大家也着实辛苦,多吃些吧。"庄宛宛说。

"汤老师呢,不吃饭吗?"小羽拿起筷子环顾四周。

"他不吃。"庄宛宛说。

"他吃过了?啊呀好烫!"青泽被烫得满脸通红还舍不得松嘴,这汤实在是太香了。

"你们没发现汤老师从来不吃饭吗?"庄宛宛眨眨眼睛。

还真是啊,大家看看对方,突然意识到没有一个人见过汤老师吃饭。

"原来神兽不吃饭啊!"鸣音很惊奇。

"谁说的?我就吃。吃不吃,都是自己的选择。再说了,他今天恐怕也没心情吃饭。"阿玄插了一嘴。

美食当前,大家顾不上细究阿玄话里的意思,开始埋头干饭。

这汤稠稠的,有肉香和淡淡八角、桂皮、胡椒的中药香气。捞一捞,里面的肉都已经煮到酥化,丝丝缕缕,鲜美无比。汤底还加了绿豆、麦仁、小块面筋、幼嫩细碎的漂亮蛋花,加上几滴香醋搅一搅,入口麦香、肉香、中药香五味调和,被面粉柔化,滋味毫不突兀,异常和谐顺滑。

阿玄清清嗓子,开始介绍这汤的做法和来历。这个叫作雉羹,是一种传统养生汤羹"小面汤"的升级版,传说起源于彭祖的"雉羹"。需要以猪筒骨、母鸡、黄鳝打底吊汤三个小时以上,其间加入绿豆、麦仁、葱白和十几种中药同煮。小麦面粉加水揉打成面团,发酵后加入温水，用手沿着同一个方向不停搅拌，使得淀粉和蛋白质分离，形成"面汤"和面包似的圆嘟嘟的"面筋团"。汤快煮好的时候，再将面筋撕成小块下锅，最后加入面汤和搅散的蛋花，出锅前淋上小磨香油即可。

说话间，鸣音呼噜呼噜已经灌下去第二碗，金夕马不停蹄地夹起一个金黄酥脆的水煎包就往嘴里送。水煎包是牛肉酸菜馅的，用了金灿灿的菜籽油来煎，盘子里一层缂金丝一般的冰花，随着饺子被夹起，冰花漂亮地裂开。桌上的另一个蒸笼里，底部垫着松针，上面整整齐齐码着蒸饺，是虾仁西葫芦鸡蛋馅的，调味只有一点点盐，夹杂着松针的清香，面皮弹韧爽滑，一口下去汁水四溢。

小羽则主攻酱瓜小菜，有米糠腌过的白萝卜、浓香湿润的潮汕菜脯、漂漂亮亮一切为二的油滋滋咸鸭蛋，配上雉羹，真真妙绝。

四个孩子风卷残云，这顿早餐吃得真是里外通透！大汗淋漓！

"你别说，这滚烫的食物下肚，感觉还更凉快了。"青泽心满意足地瘫在凳子上，享受着过堂风的清凉。

"夏日本来就是补元气的时候，要吃阳气旺盛、滋补滚烫的食物，最忌阴凉。再说，加上你们汤老师的'泪盐'，更是鲜美滋补。"庄宛宛给大家泡上热茶，是一壶养胃平气的陈皮老白茶。

"吃好了吗？"歇了一会儿，庄宛宛问大家。

没人回答，大家都撑得瘫在椅子上直哼哼。

"好，巳时要到了，大家跟我来吧。"庄宛宛站起来，走向五盐堂门外。

"什么巳时？"大家都跟着起身往外走，金夕不解。

"是古代时辰的说法，指上午九点到十一点。"鸣音解释道。

大家走到院子里，也是奇怪，刚才还碧蓝无云的晴空，此刻开始阴云密布。渐渐地，乌云开始往天空中的一个中心点环绕，如同初始的龙卷风那样，云流环聚，光影阴暗不明，渐渐形成一个有点像是八卦圆环的东西。

在圆环的最中心，那个等同于风暴眼的地方，出现了一个上下翻飞的黑点。

"是鲲！"小羽的眼睛最尖，一下子就发现了。

"巳时已到，汤老师要走了。"庄宛宛慢慢地说。

一听这话，大家愣住了。

"什么要走？"鸣音急忙问。

庄宛宛示意了一下，阿玄爬了过来，背甲打开，里面是四套VR设备——就是那次上课，汤老师给大家玩《山海》用的那种。阿玄示意大家戴上装备。

大家急忙戴上装备，眼前出现了一片云海，看起来就是此刻鲲所在的云海中央。

与虚拟世界不同，此刻，VR设备被赋予了神力，大家正以真实的视角与鲲相见。

从天空中观察云朵内部，感受是十分奇特的。小羽觉得自己有生以来第一次看到了风的形状。在瞬息万变的气流中，风与云交织在一处，在或明或暗地流动。湿润的云雾像巨大的幕布一般缭绕着鲲——它背上的宝石颜色显得有些暗淡，眼睛也还是一如既往湿漉漉的，十分悲伤。

"对不起，太突然了，没有提前和大家说。我本想直接走，但是宛宛说，那样大家会更伤心的。说到底，都怪我，不想再一次面对分离的痛苦。"鲲——也就是汤老师如是说。

此刻，大家心里就像是打翻了五味瓶，说不出是什么滋味。

"汤老师……"鸣音已经开始哽咽了。

"汤老师，你要去哪里？"别看金夕平时一副嬉皮笑脸的样子，但此刻也神色黯然。

"伏羲和我说，异世界的战争有些控制不住了，那边需要我。不尽快处理的话，时光之门的裂缝将会加大，异兽会威胁到人类的世界。"

不知为什么，小羽此刻的脑海中却满是鲲和凤凰离别的场景。

"汤老师，你什么时候回来呢？"青泽心急地追问。

汤老师只是沉默着。

风更大了，湍急的云团汇聚又展开，远处传来隆隆的雷声，一条条青色又纤长的雷电开始出现，一种酥麻感穿透衣服，从腿部慢慢爬上全身。

仿佛受到雷电的感应，汤老师身上的宝石开始闪光，他露出十分痛苦的神色。

"我得走了，伏羲在召唤我。你们要做好准备，新一轮战争，可能就要开始了。大家珍重！"

鲲举起巨大的鳍，准备飞翔，却又回过头，不舍地望了大家一眼，随后双鳍轻轻一扇，巨大的身躯顺着气流腾起，以八卦流云为浮力，向上，再向上，最终隐入云海中心的风暴眼。

小羽伸出手，似乎想要抓住什么，却什么也没有抓住。

云雾铺天盖地地涌过来，世界渐渐暗下去。

"同学们，再见了。"

这是汤老师留下的最后一句话。

摘下 VR 设备，站在五盐堂空旷的院落中，小羽他们几个怅然若失。

天空中，闪电已经消失，最后一丝流云也开始散去，八卦云图像两尾小鱼一般淡化，隐匿了踪迹。淡金色的阳光垂落下来，刚才的一切仿佛一场梦境。

"做好准备，时刻警惕才是要紧。别太担心，宛宛与我会和大家站在一起的。"阿玄难得流露出一丝体贴。

"风暴，才刚刚开始。"不知为什么，此刻的庄宛宛脸上却露出一抹隐秘的笑意。第一次，少女白皙平静的面庞上，浮现出几分神兽的凶猛。

也许是山谷的风有些凉吧,几个孩子都感到一丝无名的寒意。
"汤老师,还回来吗?"小羽问了庄宛宛最后一个问题。
庄宛宛拍拍她的肩膀:"也许不回来了,也许明天回来。"

喜宴

王诺诺 羽南音

开胃饮料

当朱雀星的第一个月亮——井月降下去的时候，潮汐就退下了，留在海滩上的五彩文鳐扑棱着翅膀，沙滩的坑洞里有一些水，足以支撑最强壮的一批文鳐活到第三个月亮——鬼月升上来。而鬼月带来的海潮，将再次把这些少量的幸运儿带回海洋深处。

适者生存，月神掌管着朱雀星的淘汰法则。

海边树林里发出沙沙的响声，随着第二个月亮——柳月的光芒被遮挡，月神的黑影迅速覆盖了半个沙滩。天上的异动很快转化为水面的波纹和被猎者的恐慌。两只星鸾俯冲至海面。只有朱雀星这样的高含氧量星球才能诞生如此的巨鸟，它们飞翔时的翼展达到了二十米，粗大的尾翎划过水面，像小艇一样留下长长的、无法散开的尾迹。柳月公转轨道离朱雀星最近，是三个月亮中最大，也是停留时间最短的月亮。在这短短的朱雀之夜最明亮的几十分钟里，星鸾要依靠它们出色的视力，完成最重要的捕食。

随着星鸾一声碎冰般清越的啸鸣，每个坑洞里的文鳐都停止了扑棱，企图用这样的方式躲过星鸾冰锥般尖锐的目光。但这无济于事，它们长长的喙，就像一双灵敏的探针，每每伸入坑洞，都无一例外地夹出一条颜色各异的文鳐。从喙边缘露出的鱼鳍奋力扑打，带出的水花在月光下划出一道优美的弧线。

要在数十分钟内为庞大的身躯摄入充足的食物，不是一件容易的事。还好，星鸾从来都成双出现，它们有彼此可以依靠。这是一种格外忠贞的鸟类，在青春期选定的伴侣，一生都不会更改。今夜出现的这对星鸾,姿容十分出众。雄鸾的羽冠格外膨大,雌鸟的尾翎亦十分纤长——任谁看了这一对星鸾的捕猎过程,都会羡慕不已。它们的身形优雅,轨迹交缠,在大风和海浪中互为牵引和依托,恍若优美巨大的 DNA 双链划过夜空。

很快,沙滩上的坑洞被挑拣得差不多了。就在星鸾想要在沙滩尽头的坑洞里最后探寻一番时,一阵尘土扬起,一张巨网在 0.1 秒内从沙子下面飞快升起,把那只不知所措的星鸾包裹得严严实实。

"哎!不巧!抓的这只好像是雄的。雌鸟的声腺分泌物更多些,不是吗?"

"放心,雄的抓住了,不愁雌的不来。"

落入陷阱的雄鸾,被精心设计的绳网收束双翅,动弹不得。远处的雌鸾马上发现了情况不对,一声长长的风呼啸般的哀鸣后,它转头直下,降落到雄鸾身边,用喙和趾爪疯狂地撕扯网绳。这当然是徒劳的,捕雀网取材于朱雀星海底的桫椤,它茎叶的纤维极具韧性,浸泡处理后,搓成绳子再编织成网,极沉又牢固,不太可能被暴力破坏。

雄鸾的尾羽和头翎都被粗糙的网绳压乱,不复往日的光泽,巨大的被翻折的翅膀无法再扇出足以将人类吹倒的狂风。一旁的雌鸾凄厉地哀鸣着,牙齿和爪子都在绳网上磨出了血。她没有意识到,一张更大的丝网,正向它聚拢过来。

不远处的一片扶桑林中,一群人静静观赏着这一切。扶桑,是朱雀星最高大的植物,高耸入云。扶桑的叶片是淡金色的,质地宛若金属,随风敲击,铮铮有声。在这片林中最高的一棵扶桑顶部的一片叶子上,停着一艘圆形的人类飞船。此刻,飞船的墙壁调至透明状态,仿佛这片巨大扶桑叶上一个小小的肥皂泡。飞船内部正在举办晚宴,明亮的灯光从透明的墙壁中透出来。相比朱雀星上庞大的植物与鸟,餐厅里的人类显得过于小而精致,华丽的礼服紧紧裹在身体上,像一个个纤细脆弱的玩偶。然而,正是这些看似细小的人类,通过巨型的投屏,享受着星鸾被捕苦苦挣扎的场景。

他们的面前摆着一杯朱雀星特色的开胃饮料——月华,杯中荡漾出银蓝交织的荧光幻色,十分独特。这饮品用了分子料理的技法,提取了朱雀星最深湖泊中的水母体内的一种毒素,稀释到无害浓度,做成凝露状的小球,悬浮饮品之中,一旦饮入,便会在人体三十五摄氏度以上的环境下溶解释放,作为一种鲜美的致幻剂,带给客人酥麻的美妙体感。

"亲爱的,怎么是只公的呀?母的更好吃呢。"餐厅里,一位穿着蓝色晚礼服的女士娇滴滴地说。她名叫爱子,耳垂上的两颗钻石取材于天王星的液态海洋,是纯度很高的首饰。

"没事的,只要抓住一只,另一只也不会跑!实在没抓住,估计主厨还有后手呢。毕竟花费那么大的价钱建这家宴会厅,又把我们千里迢迢接来,是无论如何也不会让我们扑个空的。"旁边,一位男士冷静地搭话。他叫杨骏。爱子矜持地看了他一眼,以自己的美貌,遇到搭讪那是再常见不过。眼前这个男人,她倒不觉得反感——男人宽大的骨架和深蹙的眉头带给女人一种安全感。

"你说,结婚的好日子,是不是不应该那么血腥?总觉得有点不好……"爱子顺手拎起香槟,看着有些楚楚可怜。

"等会儿菜端上来,你可别吃啊。"爱子身边的男伴路海,似乎根本没在意杨骏对爱子的搭讪,还是一副漫不经心的样子。

爱子有些赌气地转过身,不去看窗外的巨鸟,却不由得被一声尖锐的啼鸣吸引。她连忙转身看去,几只大号注射器插在雌鸾身上。大约是从远处用十字弩一类的东西发射过去的,弓箭手可能是新人,为了防止射偏,考虑到了冗余度,前期准备了四五个,但最后竟然都射中了。在一阵狂暴的啼叫和挣扎中,雌鸾渐渐失去力气,目光暗淡下去,它瘫软在沙滩上,从远处的餐厅看,就像一根了无生气的鸡毛掸子。

与满座宾朋的兴奋欢呼不同,爱子眼中流露出不忍的神色。

柳月终于落了下去，鬼月正从海面升上扶桑枝头。这是一轮暗红色的血月。

捕猎结束，猎人和食客再也不必隐藏，宴会厅的灯光终于亮起，一阵麦克风啸音后，男主持人磁性的嗓音从音响中传来：

"欢迎光临朱雀星，各位来自地球的贵客，就在这样一个美好的夜晚，在美食、美景、月色的陪伴下，我们将见证孟宴晨先生与何陵光小姐的幸福婚礼。我是主持人仲春，那么接下来，有请我们最美丽的新娘走上礼台。"

前菜

新娘从舞台的一头走来，她的头纱随着步伐轻轻摆动，转瞬即逝的缝隙里露出一张脸。

如果坐在前排，就可以清晰地听见身后的人群发出一阵叹息，每个人的叹息都是微不可闻的，但十几声被压抑的气流声在同一秒里爆发，那就像一片云一样——太漂亮了。她一出现，整个餐厅燕瘦环肥的美女们，都黯然失色。

云一样的叹息声，里面或许带着几分敬畏，世界上竟然有女人愿意以这种方式，为自己人生的某个阶段画上句号，让无限可能的未来坍缩成呆板的、确定的，甚至是有些乏味的固定模式——尤其是一个这么漂亮的女人！

"所以，婚姻，终身制的婚姻，你之前见过吗？"爱子压低声音问路海。

"你问我？终身制婚姻？没见过。没见过的，洋子宝贝。"

"是爱子。"

路海回过神来："哦，抱歉，刚刚正好在想事情……"

她没接话，只是无奈地笑了笑，喝完了杯中的香槟。这是她与路海相识的第三个月，竟然还会被叫错名字。以前他也叫错过一回，那是他们相识的第二天，当然，也要取决于"相识"时刻的定义到底是什么,是晚上的坦诚相见,还是第二天醒来时正式交换自己的名字。

这种交往模式对爱子来说并不稀奇,她所认识的绝大多数人也都是如此,按照季节的更替、月份的轮换、星期的结束,迭代自己身边的伴侣,轻松愉悦,有益身心。也得感谢这个富裕的男伴路海,没有他的邀请,自己绝对不会有机会登上星舰来到朱雀星,欣赏这一场旷世罕见的婚礼。

由 32 人乐队演奏出的礼乐声中,新娘走过装饰成水晶走廊的舞台。她的裙摆太过庞大,拖在身后的部分缀满了朱雀星的矿物宝石,像散落河道中的点点莲灯。于是,原本不算长的一条路,被小心而缓慢的步伐拖成了一场观众对舞台、新娘、婚纱的观摩仪式。

悬吊着的蕨叶采摘自星鸾的巢穴附近,那些巢穴通常都筑在高耸的峭壁上。而新娘手中的捧花,是一对娇艳欲滴的沙华,这种花并蒂而生,花萼卷曲缠绕在一起。它的盛放时间只有短短的数秒,旋即枯萎。想要将它制作成捧花,必须在沙华面前蹲守一夜,不眠不休,待到那花开的短短数秒,精准下手,掐下花枝,放入低温材料中迅速冷却,再包裹一层树脂定型,才能对抗时间,留住花开时最美好的样子。

"把短暂的爱情定格在永恒的婚姻里?这么说来,新娘捧花选得还颇具深意呢。"爱子自言自语道。

"你这么觉得?"

她闻声转过头,又是杨骏在反问。这次,爱子仔细打量了他一番。

这是一个中年男人(当然,外表呈现的年龄不一定真实,每个人都可以通过端粒剪辑来达到永葆青春的效果),不同于身着华贵面料的宾客,这个男人就穿了一件土灰色的夹克,是地球上随处可见的款式,就连这餐厅里的桌布都要比它贵上不少。爱子有些好奇他是谁邀请过来的,他看起来实在不像自费出得起天价飞船票的人。

"用沙华来做捧花，恐怕不只是讨个好彩头。"杨骏说。

还没等爱子好奇地追问，司仪的声音再度响起："美丽的新娘来到舞台中央，那么接下来，有请新郎。"

"有请新郎。"司仪又重复了一遍。

可是追光灯打下的那片光晕里——新郎本该出现的地方，依旧空空荡荡。

身着黑色工作服的人匆匆上台，在司仪耳边低声说了几句，然后司仪转头对着麦克风说："抱歉，新郎孟宴晨先生为了各位即将品尝的菜肴万无一失，现在还在后厨进行最后的把关。大家都知道，今天我们请到了世界知名的厨师团队，采用来自银河系各处的珍贵食材，目的就是能为诸位提供最极致的舌尖享受。"

星鸾！爱子心里想起，今天的菜品中，一定有那两只刚才还在盘旋飞舞的星鸾。

这不是一场普通的婚礼，新郎孟宴晨是星盟首屈一指的企业家，在银河系拓荒的工程中积累了大量财富，许多朱雀星一样的蛮荒星球经他之手，成为声名斐然的度假村或经济开发区。选择在这一颗刚刚被纳入地产开发版图的星球上举办婚礼，代价是巨大的，因为没有成型的星际翘曲通路，每一位嘉宾都需要由星舰单独运输。在高含氧量的星球上搭建餐厅也十分不易，必须完全确保建筑整体的气密性，再将室内填充上取自地球南极的纯净空气，宾客们才能自如呼吸。虽说富人们不会在乎婚礼和面子代价，但此般奢华还是远远超出了爱子的想象力。

"失礼了。"新郎一边整理礼服一边接过麦克风，脸上露出大男孩才有的不好意思的笑。很难想象，这样纯真的笑容会出现在一位商业巨擘的脸上，他的少年表情和成熟气质形成挺强烈的反差。孟宴晨有一双不知是基因改造还是混血的灰色眼睛，宽肩长腿的精致身材被昂贵的灰色西装裹住，声音低沉，全身散发出一种神秘复杂的美感。

"我刚刚在后厨处理一个小问题——雄性星鸾已经处理得差不多了，但雌性星鸾过于激动，普通的麻醉计量竟然不管用，差点让她在笼子上撞断脖子，还好及时救了下来。死鸟的声腺分泌物的纯度就不够高了，即便是砍下鸟头把它的声腺取出来，做出来的甜点的味道也不够鲜甜。"

爱子皱了皱眉，那拥有绚丽羽毛的巨大鸟类本应属于朱雀星广阔无垠的紫色天空，但现在，它的结局似乎跟一只待宰的家禽没有什么区别。星鸾的声腺和性腺本就是一体，对这种聪慧又骄傲的物种而言，取出腺体比死亡本身更加难以接受。在失去声腺后，即便不遭斩杀，星鸾也会绝食死去。

台上的主持人接过话茬："我们都知道今天是个特别的日子。不仅是孟宴晨先生与何陵光小姐的大喜之日，也是人类社会100多年以来，首次有伴侣签订婚姻协议。这对爱侣的决定是多么勇敢、多么真挚，也提醒着我们，纯粹的爱情会克服一切险阻，让两个人获得永恒的幸福。"

灯光下，新郎、新娘似乎正享受着万众瞩目的一刻。他们相视一笑，双颊泛着淡淡的红晕，似乎那就是爱情最美的样子。

这个时候，侍者将菜肴端上长桌——每人一份的规格。

轻轻掀开罩盅，一颗扇贝模样的甲壳放在空荡荡的盘子正中，旁边撒有橄榄油和醋，大约是用来佐味的。爱子用小叉轻轻敲击贝壳，它竟然倏地打开了。出人意料的是，蚌壳中间的那一团，并不是软体动物常见的斧足，而是一男一女，两个拇指大的人偶依偎在一起，幸福的神情与仪态就与台上的新婚夫妇如出一辙。

"前菜，刺身灵之贝。这道菜选取了最鲜嫩的野生双壳闭蚌作为原料。这种蚌类无法人工饲养，喜欢长在浪头最大的潮间带，紧紧吸附着岩石。在朱雀星上，当鬼月降下时，浪潮最大，唯有此时蚌会张开双壳，进食海潮带来的浮游生物。"

侍者的话音落下，可是席间一片寂静，迟迟没有人动叉子。也对，人偶雕刻得惟妙惟肖，也不知是用什么材质做的，又怎么敢入口呢？

　　"各位，请不要误会，你们看到的人偶就是灵之贝的蚌肉，可食用的。为了将它雕刻成今天诸位见到的样子，从半年前开始，雕刻师就得在深夜出海，坐小艇来到礁石遍布的海岛潮间带，趁着蚌张开双壳，露出柔软的斧足，才能在上面用专门的银制小刀轻轻雕刻。由于蚌肉太过细嫩，雕刻幅度太大，伤口过深，蚌重则面临死亡，轻则应激关闭双壳。所以，即便是最熟练的雕刻师，每天也只能微微刻上两刀，要雕出如此复杂的伴侣人偶形象，必须分 300 刀来雕刻，且每一刀都得有详致的规划，需要考虑蚌的肌肉牵扯，还有它们的成长速度，刀刀不得出错。为此，雕刻师必须要在风浪中冒险出海 150 次以上。"

　　听到这里，众人不自觉咽下一口口水。倒不是对眼前的刺身馋了，而是这种极富危险又价格高昂的食物养殖方式让人不得不惊叹。

　　"再难弄到的东西，终归是食物，不是吗？"路海说，他赌气似的，用叉子精准地一下插入两个小人的心脏，举起餐具，在空中欣赏了一番，然后塞入嘴中，咀嚼了一会儿，"不错，是很甜的蚌肉。"

　　见到爱子犹豫不决，他冷笑了一下："你就当吃了一个扇贝刺身……"

　　爱子闭上眼睛，将精致的人偶吞下，想到耗费 150 次出海的精雕细琢将被挤压碾碎在自己的口腔、食道、胃酸中，她也不敢仔细品尝，只记得肉质是紧实的，咸味里有一丝丝的清甜，是属于干净海水的矿物味道。

　　"这道菜有意思，也就只有他能想到。"又是杨骏。

　　"他？你指的是孟先生？"爱子问。

　　"嗯，他啊……别看他现在生意做得那么大，200 年前，他还年轻的时候,可是一个穷光蛋艺术家。"

"看来你很了解孟先生。"

"了解?哈哈哈……"杨骏笑了,"那是,估计……我比他的老婆还要懂他。"

爱子皱了皱眉。虽说婚礼从来不是一个充满对新人纯粹的祝福的场合,一场合格的热闹婚礼向来萦绕着对男女主角情史的八卦、家事的品头论足,但这男人戏谑的论调还是让人有些不舒服。

这句话也引起了路海的注意,他刚要问什么,却被司仪的声音打断。

"孟宴晨先生与何陵光小姐,相遇于一年前,他们一个是事业有成的商界精英,另一个是家喻户晓的优秀演员,他们各自拥有独立的灵魂,却又被对方身上的闪光点所吸引。在一次次的相处、交谈中,两颗心慢慢地靠近,他们决定走到一起,以爱的名义,缔结下那个百年前的古老盟誓。那么——接下来的环节,请新娘、新郎向对方倾诉爱的宣言。"

穿夹克衫的男人指了指聚光灯下的一对璧人,对爱子点点头:"先听听他们自己怎么说。"

何陵光缓缓开口,她的声音和她的肌肤一样,像甜点一样轻盈、软糯,音量不大,但足以吸引全场上所有人集中注意力听下去:"我们第一次相见的时候,是在一场慈善拍卖会上。我看中了一对陨石坑钻石耳坠,但那天我遇到了一个难缠的对手,无论多少次举牌加价,他总是会以 1.5 倍的价格超越我,而且每次出价都干脆利落,似乎志在必得。终于,耳坠的价格远远超过了我的预算,我只能遗憾放弃。但没想到……"何陵光的目光带上了一些笑意,"没想到,第二天家里竟然收到了一份特殊的礼物,由专人带着保险箱送来。我拆开一看,就是这一对失之交臂的耳坠!不用说,这就是孟先生的心意,也是我们缘分的开始。五百万年前,一颗直径达到六千米的小行星撞击了卡拉星,毁灭了那颗星球上刚刚萌芽的文明。但人们从那次撞击留下的陨石坑里,发现了银河系内品质最为纯净的天然钻石。那对耳坠像撞击行星一样,也在我的心里留下一个特别的只属于他的陨石坑。"

"嗯……收高价礼物也能说得那么浪漫?"爱子听到周围有女人低低地吐槽道。她下意识地摸了摸自己的耳环,虽然也是价值不菲的宝石,但实在无法和新娘耳畔的那一对相提并论。

司仪饱含感情的声音再度响起:"爱情就是这样,起源于电光石火的一瞬,一回眸,一蹙眉,一微笑,一次举牌,一件礼物。而将这转瞬即逝的爱情转化为长久的婚姻,又需要怎样的勇气,孟宴晨先生?"

"我在拍卖会现场就注意到她了,她穿着一身白色套裙,拥有人群之中最明艳的笑容。我想,这身漂亮的套裙和这样特别的人,必须搭配一对足够耀眼的钻石。虽然,那对钻石花了我一些代价,但这绝对是我今生最划算的一笔买卖。我鼓起勇气约她出来,我们相谈甚欢。我们的灵魂原本都缺了一角,对方的出现,将那残缺的一角补齐了。"

"咔嚓。"

爱子被一个细小的声音吸引了注意力,她注意到路海手中的灵之贝被掰成了两片,贝壳从中间连接的软组织处断开,散在餐桌上。

"怎么了?"她问路海。路海的脸色很奇怪,由红转白,似乎在竭力压抑什么。

"没事。"他勉强遏制怒气,挤出一个微笑。

汤羹

第三道菜是一碗汤。红色的浓汤盛放在一片蕨叶折成的小碗中,恐怕又是某种耗时耗力的高级食材。爱子将勺子盛出的液体放到鼻子下嗅了嗅,气味是甜甜腥腥的,像腐败的动物尸体。气味分子钻入她的鼻子，将消化道搅得翻天覆地，一股呕吐的冲动袭来，她没来得及听侍者对菜品的讲解，便离开长桌，冲向女盥洗室。

关上盥洗室隔间的房门，干呕了几下，两道笃定的"哒哒"声从远到近传来，是坚硬的高跟鞋鞋跟碰撞玉石地砖的声音。

"对。我就是说，没想到这里的厨师手艺那么好！也只有这种石楠才会散发出那种好闻的香气。"

"那么多的一级石楠芽熬成一锅汤，实在太奢侈了。只有在地球上东经48度、北纬29度的那一个点的方圆1公里内的石楠，一年中抽出的第一枝嫩芽蕊，才能被认证成一级石楠。用五公斤石楠花烘烤出一两石楠花干，要做出供那么多人食用的汤，恐怕消耗了好几年的产量。难怪这几年黑市上的石楠价格飞升，竟然是被孟宴晨炒高的。"

"这个汤还有人喝不惯呢。"

"不会吧？真有人不识货？"

"有的，我看到有个小姑娘一边捂着嘴一边往外跑。"

两人发出浮夸的笑声，然后是盥洗台的出水声和隔间的锁门声。

"第一次吃总是不习惯的。只要忍住恶心，第二次、最晚第三次就能品出它醇厚的香味了。"

"你以为人人都像你啊？那么贵的东西好多人可能一辈子一口都没尝过，更别提第二次和第三次了。"

然后又是一阵笑声，两个女人的脚步声越来越远。躲在卫生间里的爱子蹑手蹑脚地打开隔间的门，探出头来，松了一口气。明明说闲话的不是自己，但一种与周遭环境格格不入的尴尬爬满了她的内心，谁叫她是全场贵宾中最穷的那个呢？

就在她以为二人走远，准备洗手回到座位时，一阵叹息声从身后传来。

"科学家做过成分分析，一级石楠花芽里的纤维素和维生素与自家院子里发的豆芽菜所差无几。"

爱子一惊，回头看，正是那个晚宴时坐在自己身边的穿皮夹克的男人。

"这是女厕所！"

他将食指竖在嘴巴上，示意爱子降低音量："我在找东西。"随后又拿出一张绒布，俯身在女厕所的地表仔细擦拭、搜寻起来。

爱子本想远离这副诡异的画面，但好奇心阻止了她刚刚抬起的脚步，最终还是没忍住，问了出来："你在找什么？"

"一些……基因碎片。"

"非得到女厕所来找？"

"我尝试过去新娘的休息室找，但几个保安不让我进去，毕竟……是明星嘛。"男人耸耸肩道。然后他仿佛有了什么新发现，惊喜地从地面上捡起一小段头发，再用密封袋装好。

"新娘休息室？你是在找何陵光小姐的……"

"这根就是她的头发，不会有错。靠近发根1厘米处有漂染的痕迹，还剩一点粉红色的荧光剂，人的头发每个月的增长速度也是1厘米，正好对应何陵光小姐上个月浮空演唱会中的芭比造型。"

爱子记得那场盛大的演唱会，作为何陵光的结婚隐退答谢会，粉丝和歌者都全情投入，台下的众人欢呼到声嘶力竭，而台上的何陵光以一套芭比粉的甜美造型登台，粉红色的头发梳成双马尾。主打歌《爱上你，忘了我》一曲终了，致辞粉丝时，何陵光小姐还流下了激动的泪水。

"莫非，你是她的'私生饭'？在收集偶像的头发？"爱子费尽心思抑制自己的五官，尽量不去做出嫌弃的表情。

"我叫杨骏，来这里是公事，爱子小姐。我是谁并不重要，"他顿了顿，思考了一下措辞，"重要的是，出去后请不要和你的配偶多嘴。"

"他不是我的配偶。"爱子下意识反驳道。既然能张口叫出自己的名字，看来这个男人所谓的"公事"多少有些麻烦，爱子不想多管闲事。"公事"的说法也解答了她此前的疑问——像他这样衣着普通的人哪来的钱购买地球到朱雀星的往返票？要知道，这要经过横跨银河系的一条超长星际通道，如果是公差，那就容易理解多了。

"不是配偶。"杨骏重复着爱子的话，"确实，这个年头别说是'夫妻'两个字，就连'配偶'的称呼都太稀奇了。不过我对你们的关系不太感兴趣，既然你跟他不熟……那更加不难保密了吧？"说完，他把装有那根头发的密封袋放入夹克衫的内袋里。

爱子脑海中闪回自己看过的刑侦小说、电影，脱口而出道："何陵光小姐，她该不会是犯了什么罪吧？"

"什么？"杨骏愣住。

"你找到她掉落的头发就是为了收集她的DNA进行比对，然后侦破某个大案子。"

"哈哈哈哈……"杨骏大笑起来，"如果真是那样，我的工作也就太轻松了！这样吧，小姐，我看你跟我一样，也是这场婚宴的局外人，能否冒昧请你帮个忙？"

餐酒

所谓最昂贵的地毯，是盲匠人用指甲尖一经一纬地编造出来的。原料是朱雀星的天蛾吐出的丝，这种巨大的蛾子的幼虫在夜间吮吸饱了沙华花的汁液，蠕动到陡峭的岩壁洞窟里吐丝结茧，3个月亮分别升起8次后，这些蚕茧随着暖风缓缓摆动，拥有绚丽鳞片的天蛾破茧而出。

只不过这块地毯的出现，意味着起码有2万只天蛾没等来羽化的那一天。它们的蚕茧被采丝工从崖壁内摘下，然后放入滚烫的开水，缫出一根根极细且散发着五彩光晕的丝线。茧内那些蜕变中的幼虫，早就死在了高温水蒸气中。

如此奢靡的地毯现在被泼上了红酒，暗红色的酒污沿着地毯哑光的刺绣缓缓渗透、蔓延。

"哎，真是不应该。弄脏成这样，该怎么办呢？"坐在席上的爱子用左手捂着嘴，抱歉地说。她右手的酒杯空空如也，酒液刚刚全洒了出去。

可名贵地毯的遭遇没有引来会场上任何人的关注，大家似乎都毫不在意的样子，只有几个身着黑色制服、一副工作人员模样的人走了进来，将地毯卷好撤走，不一会儿，又换上一条一模一样崭新的。

希望能帮到他吧。爱子在心里默默祝福假扮成清洁工的杨骏一切顺利。

舞台上的仪式已经进行过半，环绕会场的全息投影正在一张张地轮放新娘与新郎从小到大的影像回忆。

"你看到那个投影了吗？孟先生身后的画都是他自己画的。"

"没想到百年前，他还是一位艺术家，那个发型真有几分艺术家的派头！"

"还有那边，何陵光小姐的出道演唱会，她获得地球新星时的颁奖典礼！即使是看着影像，也能回忆起那个舞台是多么惊艳！"

对二人的八卦萦绕在爱子的耳边。她用手肘轻轻捅了捅身边的路海，问道："你说，这样结婚，一结就是一辈子，靠谱吗？如果中间遇到了更合适的人怎么办？那不是彻底没有退路了吗？"

路海似乎还是心不在焉的样子："我反正从来没听有人敢这么干，无论是朋友还是亲戚，都没有。或许曾祖父母那一辈，有些保守的男女还尝试过终身制婚姻，但他们的结局都不怎么好，最后似乎都离婚了。"

"离婚？离婚是什么意思？"

"离婚就是终身制婚姻还流行的时候，强制中断婚姻的一种方式，一般还会涉及双方互相辱骂、吼叫、当庭对峙等一类行为，反正不是什么好事。"

"哦……有意思。"爱子瞄了一眼杨骏消失的方向，宽大走廊尽头的房间里，在她看不见的地方，酒渍浸染的昂贵地毯被潦草地堆在角落。一个黑衣人从搬运脏地毯的工作人员队伍中脱离出来，匍匐回到杂物间，将自己卷进了那块地毯。

杨骏突然想起，埃及艳后克利奥帕特拉也是这样将身体裹入名贵地毯，面见恺撒并且与其约会。而现在自己这么做的目的却完全是香艳的反义词。

在闷热密闭的空间里，他感觉到被举起，然后下坠，承受了小于地球的重力加速度后，"扑通"一声，滑进一个充满弹力的界面。

在朱雀星上选择脏地毯作为交通工具是极其危险的，因为不能百分之百确定它不会被运到室外——如果是那样，未携带任何呼吸装置的杨骏会迅速在高氧环境中死亡。

他费劲地从脏毯子里钻出来："还好这地毯够贵，他们要回收，不然真要丢到垃圾填埋场了。"

待双眼适应黑暗，杨骏察看四周，随身携带的定位器显示自己正处于建筑物最底端。他从脚踝处掏出一小把激光刻刀，沿着墙壁最薄处切割下去，半晌工夫，一些若有若无的灼烧味传来，墙皮脱落，他将头探入新出现的墙洞中，一个满是培养舱的房间呈现在眼前。

不同于一般实验室里用来放置器官的舱室，这里的培养舱都很大，甚至可以说是培养缸。每一个缸内都注满淡青色的黏稠液体，在频射灯光的照耀下，整个房间充斥着绿莹莹的诡异气氛。

看到眼前的一切，杨骏有种意料之外又情理之中的震惊。

"这些有钱人，都搞了一些什么变态嗜好。"他自言自语，说罢，缩身沿着洞口爬进那一片绿光之中。

对仍然留在会场里的爱子来说，婚礼晚宴的体验正在一片奢靡中走向无趣。原本以为富豪婚宴会令自己大开眼界，但她逐渐发现，所谓贵族排场、精英气质，就是集齐银河系所有难得之物，不计人力成本与运输成本，堆出来的面子工程，至于金灿灿的外壳之下，究竟有几分实用和美好，都是非常无关紧要的。

随着礼堂里古董钟清脆的鸣响，主持人开口了："最美味的佳肴不仅要和最爱的人一起分享，也要佐以最适口的佳酿。现在时间到了，酒已经醒好，请诸位一起举杯，我们共同为这对新人献上祝福。"

话音落下，固定在天花板上的蕨类植物的叶苞缓缓张开，它们的位置显然是被精心固定过，玫红色的液体从叶苞中淙淙流淌出来，不偏不倚地汇入正下方的水晶酒杯里。

爱子对着杯沿浅浅尝了一口，是一种不可名状的甜，像是纯度极高的蜂蜜混合了整个花园中不同花蕊上的露水。能产生这种味道，是因为作为原果的老藤葡萄在成熟之后并不会被立刻摘下，而是在葡萄藤上挂满三十天，直到一种嗜甜的小虫飞来，在葡萄上钻孔、安家。在小虫吮吸果汁的同时，会分泌出一种独特的代谢物，它不仅仅会增加葡萄的风味，还会大大增加果实甜度。等到挂在枝头的葡萄不再是饱满浑圆的一颗，而是布满了黑黢黢的虫眼，并且内部汁水被吸食干净，成为瘪瘪的一个"葡萄干"时，丰收的时节才算到来。

"让我们举起酒杯，请出本次婚礼的证婚人！"

舞台深处一片簌簌声，一个身着优雅蓝色礼服的"中年"女人款款走出。她的脸上还看得见年轻时的明艳，绝无皱纹和斑点的好皮肤明显经过顶级基因工程的改造，显示出这女人不凡的经济底气，但从她突出的颧骨和冰雪般冷漠的眼神中，还是看得出岁月的刀锋雕刻下的痕迹。

"证婚人周芸女士，她既是世界知名的顶级厨师，曾经主理过多个位于银河系繁忙地带的三星餐厅，也曾是相伴孟宴晨先生50

年的伴侣，由她来见证这一对璧人的结合，将会为这段爱情带来最贴心的理解与祝福。"

"我没听错吧？他们把前妻叫来做证婚人？"爱子用手肘戳了戳路海。

"不仅是证婚人，今晚的晚宴从食材采购到最后菜式的呈现，也是这位'前妻'的手笔。"路海一脸讽刺地笑着。

爱子惊诧地转过身来："什么？"

"这也没有什么不行啊。虽说终身制婚姻被废除之后，一般情况下，两任爱人并不会有时间上的交集——爱意一旦发生变化，那么就解除合约，这一切都简单干脆。但如果开始新情感之前，能够得到上一份情感中另一半的祝福，也是一件令人感到愉快的事。人活着嘛，主要是想得开。"

"话是这么说……但和现任结婚，让前任来烧菜，这实在是太奇怪的一件事了。"

"我倒不这么觉得，这是当下最流行的祝福方式。毕竟，自己的胃口和饮食习惯，只有生活在一起多年的前任是最熟悉的。"

他指的最流行，爱子听懂了，指的是在富人之间的"最流行"，某一种隐蔽而不为外人所道的生活态度。在他们看来，当一段感情结束，双方能够心平气和地坐下来互相献出祝福，是最好的体现修养与道德的方式。

"很高兴我能够为这一对新人证婚。在我第一次遇到孟宴晨先生时，他还是一个醉心于雕刻、绘画的艺术家。随着岁月的流逝，他成长为一个负责的男人，也是一个优秀的企业家。很高兴我陪伴着他经历了这一过程，也非常荣幸能在今天与他共同站在这里，见证他开启人生的新阶段。"

周芸的语调很平稳，似乎没有什么情感波动——或者说太过于平稳了，让爱子感到有些不适。舞台上，立体投影的背景从清新自然的丛林世界变成庄严肃穆的中世纪礼堂，喜宴上最为重要的流程即将开始。

杨骏不记得自己爬了多久,在存放生物样本的实验室里他遇到了一点麻烦——孟宴晨的私人安保例行巡逻时,发现了舱室被从外面破坏的痕迹,于是,针对闯入者的一轮地毯式搜索不可避免地展开了。

"保镖不去婚宴大厅保护他们的老板,来实验室里晃来晃去,到底是为了什么?"杨骏心下纳闷。为了避开安保人员,他只好躲进放置冷冻样品的舱室,待他们走后,撬开用于通风的排气管道,试图离开实验室。

排气管道是逼仄、幽暗的,顺着它一点点向前挪移,杨骏听到下方一个微弱的声音响起:"参加婚礼的,是 34 号何陵光。请务必注意回收和后续保养问题。"

透过排气孔的缝隙,能看到一个穿着实验室白大褂的女人,正逐个登记培养器上的序号。这个房间与先前那个不一样,凭借杨骏多年侦探的职业素养,他发现这里的监控摄像头和红外探测器明显比之前的任何一个房间都多。这里的培养舱的尺寸也大得惊人,他能隐隐看到培养舱内漂浮着一些白色的膨大的物体,但具体是什么,他看不清。

不知等了多久,穿着白大褂的工作人员离开,锁上房间里的门禁。杨骏听到他们的脚步声远去后,掀开通风口的盖子,然后蹑手蹑脚地从通风口中落下。

他微微活动了因长时间蜷曲而变得酸麻的手脚,能感受到冷风从各个角度袭来,那种微弱的无处不在的气流让他的每一个毛孔都在轻轻战栗。

杨骏贴着一排柜子,从侧面缓缓靠近那个最近的培养舱。接着实验室仪器指示灯发出微微的光亮,真相在他眼前一寸寸地展开。

首先映入眼帘的,是飘散的黑色的絮状物,它们的尾端是发散的，在黏稠的液体中摆脱了重力束缚，自由漂浮、荡漾——那是头发，人类的长发！

头发连着的是一张女人的脸，它有着精致的五官，无瑕的肌肤，但双眼是紧紧闭着的，整张脸散发着毫无生命力的松弛感，在绿色的培养液中越发显得诡异可怕。而雪白脖颈之下则是一具女人的身体，四肢修长，左右极为对称，能看得出是受过非常精良的基因改造。只是此刻在狭仄的培养舱中，它以不自然的姿态扭曲着，看不出舒展时才会有的优雅体态。

杨骏盯着女人的脸，思考了良久。他当然能轻易认出这张脸，所有线索都串到一起了。

他迅速转身去看身后，那一排，还是一样的培养舱，里面漂浮着相同的女人身体，长着一模一样的一张脸。无数个何陵光依次排开，带着一种异次元的诡异感。而这样的培养舱，这间房里起码有十几个，它们一起在密闭的实验室里静静放置着，等待着一个像杨骏一样的人前来揭开人性最幽微的秘密。

他明白这些被泡在培养舱里的人体并不是死了——准确来说，也不是活着。那更类似一种休眠状态，随时等待指令，进入启用状态。至于这么多一模一样的备份……肯定是违法的。

杨骏用手机扫描了整个空间的三维影像，他能否把这一证据带出去，将孟宴晨的秘密公之于众？说实话，他自己也没把握。记录完成后，他再次跃入通风管道，期望在这个狭小的空间里能找到一条通往安全地带的路。

可是很快，他的期望落空了，在匍匐前进大约半个小时后，他听见下方的房间里发出一阵猛烈的撞击声。

是有人被囚禁了？还是房间里发生了肢体冲突？

撞击声有规律地袭来，在一片黑暗中撕扯着杨骏的耳膜。声音并不清脆，凭借着多年经验，他能听出这是一种钝器与血肉之躯相撞时特有的声响。坚硬的物体表面在短时间内加速，与皮肤、肉挤压冲撞，再离开皮肤，这一过程既痛苦又干脆利落。

他调出便携电脑里的建筑地图，显示他现在所处的位置应当是厨房。"难道是厨房里关了个什么人？或许是和我一样发现了了不得的秘密的人？"

他本不想停留，因为这样的声响实在不能被称为安全的信号。但在忍受了几十甚至上百次"闷棍击肉"的声音后，他实在无法控制自己，再次从通风口探出头来。

所幸，厨房的通风口不同于其他房间，框架格外大，这使得他能够较为从容地观察四周的情况。

这一间建在朱雀星的厨房，与任何地球上的高端厨房一样，设施完备，窗明几净。拥有最先进的液氮冷却系统，用它来制作食物的粉末（用于分子料理）可以最快最完全地锁住属于食物本身的香味和营养。还有一台在角落的光子炙烤机，它可以细微调节光波的频率，产生不同颜色的光加热食材表面，利用梅拉德反应，"烤"出七彩漂亮的焦糖色。至于食材，那些举世罕见的高端食材被透明的嵌入式冰箱陈列在墙体上，宛如工艺美术品。根据不同的保存温度，它们被依次排放，温度差精确到0.5摄氏度，以此保证每种食材都在它们最适宜的温度下静静等待着烹饪。

唯一与常见的高端厨房不太一样的，是整间厨房中央那间透明的玻璃屋，那里也是撞击声的源头。

"扑通、扑通、扑通……"

这是一间相当巨大的玻璃屋，一只翼展达到20米的巨型鸟类被铁链拴住双脚，禁锢在其中。这只雌性星鸾曾经艳丽的红霞色羽毛早已变得凌乱不堪，像是被污水打湿过一般，无精打采地耷拉着，但那双锐利的血红色眼睛是愤怒的。杨骏不由得惊叹愤怒这种情绪即便是跨越物种、跨越星球，竟然也会这样显而易见地传达。此时，这只巨大的星鸾正在用头冠撞击着玻璃屋的墙面，每一下撞击都使得玻璃屋的四壁微微颤动，也使得那残留在红色墙上的血迹,更加触目惊心。

这当然是徒劳的,宴会的主人不可能把今晚压轴的美食随意放置,关押它的笼子必定是坚固到无法摧毁的。

杨骏顺着它愤怒的目光找寻,立刻明白了星鸾这一举动的原因——在另一面透明墙体的背后,是一只雄性星鸾了无生气的尸体。

"星鸾这种鸟只有在极度愤怒和哀伤的时候,声腺分泌物做的甜点才最美味。"杨骏想起了喜宴餐单上的这句话。

岂有此理,看着悲鸣的星鸾,他心头涌起一股愤怒。黑了那个电子锁需要多久?杨骏心里估量着时间。他掏出自己的手机,开始调取黑客程序。

主菜

酒过三巡,爱子感觉自己有点醉了。她一直没太留意男伴路海的反常之处,或许说察觉到了,但并不在意。三个月的契约期快到了,虽然这个貌美多金的男伴算得上优质,但她也看得出,路海对这段感情并不太在意。于是爱子收回认真考虑的念头,想要换个口味。她的备选池里,有几个年轻的男孩子都很不错。美酒在杯中摇晃着,光影斑驳,爱子有些眼花。

此时,一队侍者推着巨大的银色餐车开始入席,一股奇异的香气夹杂着热力蔓延开来。今晚的主菜登场了。

几位身高足有一米九的侍者,在机器人侍者的帮助下,合力揭开几个巨大的银色餐车,露出里面的巨型装备。一条身长两米的魔龙鳟鱼已经被开膛破肚,躺在小冰山上,身体还在弹跳,蓝血正顺着冰体流下。一个金光闪闪的超大烤架,架在炭火之上,架子上旋转着一只蜜糖色的动物,因为剥了皮,暂时看不出是什么。

一位嗓音低沉的侍者开始介绍今天的主菜——冰火。

冰,顾名思义就是眼前这条魔龙鳟。说起这鱼,在地球上可谓家喻户晓,因这鱼是一种极其古老的生物,只见于朱雀星最深的归墟海沟之中,数量稀少且极其难以捕捉,偏偏身上遍布星辰一般璀璨闪耀的巨大鱼鳞,即使地球上最名贵的珠宝在其面前也会黯然失色,在地球上是贵妇争相购买的顶级奢侈品。据说,魔龙鳟的肉也极其鲜美,但不知为什么,只要离开朱雀星的大气层,肉质就会急速腐败,所以在场的所有宾客中,很少有人尝过这种美味。

火,则是大家看到的架在火上的蜜汁火豚。火豚亦是朱雀星特有的山珍,生长于扶桑林最幽深之处。这种生物介于动物和植物之间,如同地球神话中的人参娃娃。他们往往在盛夏时刻活动,外貌有些像紫色的小野猪,头上有一束小毛,如辫子一般,憨厚可人。它们只以扶桑林中的一种能鸣叫的赤嘴菇为食,同时以近似光合作用的原理,用紫色的皮毛吸收朱雀星阳光的能量。到了冬天,赤嘴菇绝迹,火豚便回归植物形态,以嘴拱土,深埋地下,积蓄大地的能量,等待夏天的到来。现在恰逢朱雀星的春天,火豚在地底消耗了一部分轻浮的白色脂肪,剩下的脂肪转为金黄色,凝缩出更加浓醇的香气。

今天的主菜,将从"烹饪"的源头,延续地球上原始时期的技法——脍与炙,来体现最珍贵食材的本味。脍,是生食切片;炙,是火烤。

侍者微微躬身离场,周芸面无表情地走上台。如同日本武士一般,她手持一把细长雪亮的餐刀,只一刀,就极速将魔龙鳟的皮沿着脊柱剖开,露出粉钻般美丽的鱼肉。紧跟着刀片上下翻飞,美丽的鱼肉似雪片般落入盘中。现场鸦雀无声,只听得见周芸片制鱼脍时,鱼鳞撞击出轻微的金玉之音。

烤架上,随着炭火的美丽舞蹈,火豚肉的外皮开始微微碎裂,金色的脂肪渗出,如同华丽的交响乐炸出奇异的香气,令满屋宾客神魂颠倒。

仿佛几个世纪的焦灼等待后,主菜终于上桌。餐盘是由朱雀星上最洁净的白岩细细磨成，上边摆着半边薄如蝉翼的生鱼片，半边油脂丰润的火豚肉片，以八卦图的形态拼合。爱子迫不及待地夹起一片鱼，薄可透光，幼嫩的粉色中有盈盈的光彩，宛如一片丝绸，入口细嫩甜润，带着清冷的深海气味。而火豚肉更是独特，脂肪凝润欲滴，还带着炭火的焦香，与一般肉类凝重的香气不同，这脂肪除了油润，似有竹叶菌菇的清香，回味绵长。

如此上等的食材，无须任何蘸料和酱料来陪衬，甚至连盐都不需要。所谓大巧似拙，返璞归真，就是如此。

宾客们正在大快朵颐，新郎在台上发话了。

"今日的各位，都是我和陵光的贵宾。以往时代，婚事喜宴上，都要给客人准备可以带回去的礼物，主菜上的太极鳞，就权当这次婚宴的礼物，请大家笑纳。"说罢，新郎的手臂被新娘紧紧挽住，两人四目相对，似有无数温存。

"还真是大方啊。"宾客们纷纷鼓起掌。爱子这才发现，主菜拼的太极图上，两个圆圆的太极眼，竟是刚刚那条魔龙鳟的鳞片。这价值不菲的礼物，让爱子心中不由得升起一种酸酸的羡慕。与其说是为了金钱，不如说是这份为了爱情一掷千金的心意。

"啪！"爱子吓了一跳，竟然是一旁气到脸色苍白的路海，手一挥便将餐盘扫到地上，碎成了几片。路海的眼睛死死盯着新娘，看着他那复杂的眼神，电光石火之间，爱子突然意识到了原因——路海这样异常的眼神，只有一种解释。

何陵光，就是紫叶！

和路海最初认识的那一夜，爱子刚刚被一个相处两年的男人在契约情侣期间劈腿，分手礼物还有一些不干净的疾病。爱子从医院出来的时候身心俱疲，昏倒在盛夏的酷暑之中。是路海在路上碰巧见到她，送她去了医院。

两人相处了三天，感觉还可以，便约定为期三个月的情侣契约。当天夜里，路海在公寓喝到酩酊大醉，流着泪说自己被一个名为紫叶的女人骗去了大半家产。他半生风流，怎想在最动真心的时候栽了跟头。据说，紫叶温柔缱绻，头脑一流，路海甚至为她断了所有的风流关系，动了签一个十年契约的念头，为表诚意，他还将财产拿出与她共享。没想到签约当夜，他惨遭背叛，紫叶带着钱财消失得无影无踪。后来路海查出，紫叶竟是惯犯，虽然不像历史上一些黑寡妇伤人性命，但她算计的每个男人都付出了金钱与情感的双重惨痛代价。路海怒不可遏，却又有苦难言，只因紫叶早就留了一手，利用路海的真心坦诚，抓住了他经商时的一些黑料攥在手中，如果路海细究下去，终会两败俱伤。

看着路海那有苦难言的模样，爱子心情十分复杂。惊愕、同情、失望、悲伤，还有一点解气的快感。她继续望向舞台，目光先落在何陵光身上，又怜悯而讽刺地转到新郎身上。

此刻，结婚典礼已正式开始。爱子却有些失神，只模模糊糊听到主持人宣布在朱雀星的天空下，这对爱侣结为夫妻，生生世世，永不分离。

新郎、新娘开始交换戒指。新娘娇俏的面孔和新郎炽烈的眼神，在爱子眼中失焦变形。在舞台圣洁的中世纪建筑背景下，虚拟投影开始变换，呈现出金色的扶桑巨树和朱雀神鸟飞舞的样子。那看似神力无边的朱雀神鸟，飞翔的风姿与星鸾十分相似。

路海愤恨得面色通红，几乎要控制不住自己，然而闹翻这场婚礼，后果将是他无法承受的——得罪了孟宴晨，意味着他的商业未来将被彻底封杀。看着路海的表情，爱子恍恍惚惚地想，来参加这场喜宴之前，他究竟知不知道新娘是何陵光，而何陵光又是紫叶呢？

难怪从刚才开始，他就难受得没有再吃一口东西。在这场富丽豪华、前所未有的喜宴上，爱子不合时宜地怪笑起来。

真荒谬啊，这一切。爱子猛地灌下一杯烈酒，醉倒在桌边。

甜点

不知过了多久，在几声餐碟碰撞的轻响中，爱子睁开了醉眼。

是侍者，在爱子面前摆放了一份甜品。他善意地提醒，刚才爱子错过了这份甜品的介绍，正是用了星鸾的声腺制作而成的，这可是今日整场喜宴中，最重磅的菜品。

这份甜品用了悬浮技术，美妙地悬浮在精致的玻璃器皿中。甜品主体做成了一只富有几何美感的极简鸟类，圆滑的身体泛着优雅的橙红色。爱子犹豫了一会儿，想到星鸾挣扎的样子，感觉胸口有些发闷，甚至有种想要呕吐的感觉。但这样的美食很可能是一生一次的机会，错过了岂不太过可惜？

犹豫良久，她还是拿起那把莲花苞般小巧的金勺，在半空中轻轻剖开那只小鸟。小鸟内部甜美黏稠的浆液开始美妙地散开，同样悬浮在半空之中，有种雾里看花般的不真切。

爱子看看四周，所有桌上的甜品都已经吃光，徒留大家脸上陶醉的神情。

不知为什么，最终，爱子还是放下了手中的勺子。她看了看脸色欠佳的路海，他明显也没有胃口。这时，一旁有位客人眼馋地来询问，爱子便皱眉将盘子递过去，这旷世奇珍的食物顷刻间就被拱手让人了。那位客人在吞食的时候，流露出野兽一般的表情。

舞会不知道什么时候开始了，新郎、新娘正在大厅中央的圆形舞池中携手共舞，不少宾客也参与其中，欢笑声一浪高过一浪。

突然间，餐厅大门一声巨响，是杨骏。

只见他冲上台，掏出只有警察才有的电子手铐，铐住了孟宴晨。舞曲戛然而止，所有人都不知所措。爱子也被眼前的一切惊呆了。

"孟宴晨，你被捕了！"杨骏大声说，"我是地球国际联合部高级警司杨骏，你涉嫌非法克隆人类、限制其人身自由、谋杀，请跟我回地球国际联合部总部协助调查！"

"天啊，怎么回事？""怎么可能啊？""什么警司，假的吧？"厅内一片哗然，已经有宾客开始在政府网站上查证杨骏的信息，但找到的照片和所有基础信息，和眼前这个男人别无二致。

"你有什么证据？"孟宴晨神情慌张，但语调仍然很稳。

杨骏举起手机："你在密室里做了什么，还用我说吗？"

孟宴晨看着杨骏手机上的三维影像——一排培养舱中浸泡的诡异"陵光"，哑口无言。

"这、这是什么？"一旁的陵光猝不及防地冲过来，夺下杨骏的手机，放大影像仔细看着，不由得汗毛倒竖。

"这、这些都是什么？啊？你克隆我？！"陵光一改温柔神色，不由得尖叫起来，撕扯着孟宴晨，"你到底在干什么！"

"哼，这么紧张好像有什么真感情似的，怕是在心疼婚礼落空，钱袋子没了吧？"路海在一旁解气地说。

"可笑，克隆你？你也是克隆人。"孟宴晨见事情败露，彻底失去耐心，一把推开陵光。陵光满脸泪水地跌落在地。

"什么？"台下的观众再次震惊。

"孟总，你的事情我们已经调查很久了。你为什么要一个又一个的克隆陵光小姐？你这别墅的排污系统里，又为什么会有大量男性人体DNA被检出？那些被你碎尸的男性，又是谁？我劝你在警队到来之前，交代清楚！"杨骏本不想在这节骨眼上公开审问，但孟宴晨智商过人，杨骏生怕他狗急跳墙搞出什么新的幺蛾子，或是手上握有人质，只能节节逼问。

"谁说她是陵光？"孟宴晨似乎陷入了一种暴风雨前疯狂的平静状态，只冷冷地看了跌坐在地的陵光一眼。他不屑于再伪装，露出了冰冷的本性，这下，连杨骏也惊呆了。

"这些年，一个接一个地换伴侣、换情人，我早就厌倦了。一开始都是新鲜、刺激、有趣的，时间一长，就开始暴露各种缺点，令人生厌。赚钱到这种程度，也没有什么新的快感可言，生活了无生趣。要说爱什么,在这个世界上,我最爱的,还是自己。所以,和自己结婚,应该是一件很有意思的事情吧。"孟宴晨慢慢用手指理了理有点凌乱的头发,似乎电子手铐对他而言只是一种装饰。

"是,我融合了自己和陵光的DNA,借用了陵光的性别和外貌,其余绝大部分的基因片段,都是我孟宴晨本人的。毕竟,最初大明星陵光接近我的时候,就是想要骗财骗色骗情,落到今天这个下场,也是死有余辜。"孟宴晨缓缓道。

"骗财骗色?不,我没有,我没有……"倒在地上的陵光因为惊愕,似乎有些神志不清,只是不停地尖叫自语。

"骗骗那些蠢男人也就罢了,居然骗到我孟宴晨头上。"孟宴晨看了一眼陵光,厌恶地皱皱眉,"真丢人,你在叫什么?你又不是那个蠢女人,你的身体里,绝大部分的基因都是我的!"

"老实点!这么说,那些男性DNA,是你自己的?你到底杀了多少人?"杨骏实在忍不下去了,这个变态,简直视社会伦理法律为无物!

"没错,都是我的克隆体。这么高难度的先锋实验,总要有个过程。次品,当然是要销毁的。什么半男不女的、肢体畸形的、脑干缺失的……眼前的这位陵光小姐,可是百里挑一的成功作品呢,可惜……"

台下的宾客忍不住了,有些女宾已经开始呕吐起来。

"住口!"杨骏气得恨不得将他暴打一顿,但还是控制住了,押着孟宴晨就要往门外走,却被一个人拦住了去路。

"今天是个很好的日子。"周芸张开双手,拦住杨骏。在舞池流动的幽暗灯光下,她的面孔变幻莫测。

"周芸女士,请你让开,不要阻挠执法。"杨骏冷着脸。

"谢谢你,周芸,今天为我们呈现了如此精妙的喜宴。"孟宴晨保持着最后一丝修养,微笑着和前妻道别。

"没错……精妙的喜宴,也是在场各位,生命中的最后一餐。"

周芸说。

此话一出，喧闹的大厅突然变得一片死寂。

"几年没见，你幽默多了。"孟宴晨尴尬地笑着，但他看着周芸的面孔，神情开始不太自然。

周芸扫视一下大厅，每个桌上的甜品碟子都空了，她满意地微微颔首："我知道，在座有几位亿万富翁，总是随身携带毒素检测仪器，但准确来说，今天的每一道菜肴单品，都是检测不出毒素的——但在几个小时内先后吃下，互相之间的化学反应却是致命的。食物之间相生相克的道理，换一个星球，也同样适用，甚至更加致命。很遗憾，在座的各位对这个新开发的殖民星球的食品研究，并不到位。而我，已经为此准备了好几年。"

"周芸，我也吃了……你、你为什么要这样？"孟宴晨一脸的不可思议。他迅速用戴着手铐的手指伸进喉咙，干呕起来。

"你闭嘴！"周芸环顾奢华的喜宴现场，表情突然从冷静变得十分疯狂，"我们在一起整整五十年，五十年！当年你一贫如洗，我就和你签了婚姻契约！用所有的人脉、资源和钱帮你！你今天的一切……这一切！都是我给你的！"

"可是、可是……你、你也同意了啊，分开这几年，我们都还是朋友，还时不时一起吃饭，我以为你早就不在意了。"孟宴晨脸色煞白，他已经意识到了，请前妻来做喜宴主厨，是一个致命的错误。

"同意？是，我的自尊不允许我挽留你……我本以为，只要关系不闹僵，过一段时间，你就会后悔，没想到……"周芸恶毒的目光落在瘫在地上的陵光身上。

"周芸，你说真的？你疯了？"杨骏的脸色也白了，他环顾台下，不知是真的中毒还是心理作用，好多宾客都开始呕吐起来。

杨骏环顾四周，才发现所有的保安都已被毒倒，而餐厅四处的门窗也被 AI 智能控制系统封死了——一定是周芸的手段。

"刚才孟宴晨的话,你没听到吗?他只爱自己,你就这么为一个臭男人发疯?这是严重的犯罪,要流放星际殖民地的!快把解药拿出来!"杨骏大喊。

"我不管!这么多年,我太了解你了,孟宴晨!我们其实都是一种人……表面衣冠楚楚,其实是疯子,自恋狂,像危险的野兽、毒药!我没办法,我就是爱你……只有我们才是彼此的救赎……可是,真没想到,自己和自己结婚,你竟变态到这种地步……哈哈,我还以为你变了心……"周芸的声音,分不清是哭是笑。

她冲上前,死死抱住孟宴晨。"但是,我很开心……真好,你终究没有爱上别的女人……来不及了,宴晨,这些毒药,根本没有解药……也好,让所有人为我们的爱情陪葬吧。"

"你这个疯婆娘,把解药拿出来,给我拿出来!"孟宴晨本打算借助雄厚的财力找到最厉害的法律团队全身而退,没想到竟然被周芸下毒,他一时激愤,死死掐住周芸的脖子。而周芸没有挣扎,含泪的双眼渐渐变得通红。杨骏一记重击孟宴晨的后脑,孟宴晨仰面倒下,昏死过去。

大厅已经一片混乱,所有宾客要么在呕吐,要么冲到门前苦苦拍打,却都无济于事——AI锁死的纳米玻璃厚达数寸,纹丝不动。即使能冲出去又怎样呢?朱雀星外界的高氧环境下,人没有保护措施,不出五分钟就会昏迷。

因为心里惦记着查案,喜宴的食物杨骏是一口没吃,但看着眼前这一百多条人命,杨骏急得像热锅上的蚂蚁。他早就联系了警队总部,但他们乘坐飞艇赶过来至少要一个小时以后,恐怕到时候一屋子人都死了大半了。杨骏逼不得已,咬牙掏出身上的匕首,向周芸走过去,想要严刑逼供。

这时,半空中却传来一声尖锐的鸣叫。杨骏抬头一看,正是自己从密室放走的那只雌性星鸢!

此刻,杨骏才发现,经过一夜的混乱,朱雀星竟然已经迎来了朝阳。地平线上升起的红色巨大恒星，将无尽的热力散布开来，仿佛神灵在奏鸣交响。金色的朝阳中，星鸾从天而降，张开巨大的羽翼，发出一阵惊天动地的啸鸣。

喜宴桌上的餐盘被一个个震碎，上面还残留着甜点——那只雄性星鸾声腺的痕迹。

愤怒的星鸾一次次撞向透明的礼堂穹顶，她似乎爆发出了生命最后的惊人能量，尖利的爪子竟然能在坚硬的纳米玻璃上留下道道白色的痕迹。随着室内宾客们有气无力的尖叫，穹顶终于出现了一条裂痕，很快，裂痕斑驳扩大，星鸾身上的羽毛早已污浊凌乱，鲜血渗进穹顶的裂痕之中，形成一片恐怖的血网。

此刻，星鸾几乎已经力竭，她知道自己只剩最后一次机会了。于是，她努力地飞向高空，调整姿态，收拢双翅，最后，像一支箭，笔直地向着穹顶猛冲过去。

随着一声巨响，坚固的穹顶如同一个脆弱的肥皂泡一般支离破碎，尖锐的玻璃碎片形成冰晶匕首的暴雨，在宾客身上划出血珠和尖叫。随着外界高浓度的氧气涌入，星鸾尖叫一声冲入礼堂，用带血的爪子踢飞了炙烤火豚的巨大炉子。滚烫的炭火画着弧线喷溅在整个喜宴现场，炭火在高浓度的纯氧中熊熊燃烧起来，瞬间吞没了一切。

雌性星鸾早已力竭，无法避闪，她的羽毛上也燃起了火焰。

她努力睁开眼睛，向朱雀星的金色恒星望去最后一眼，恍惚中，她仿佛看到了自己的爱人，正在晨光中飞翔，呼唤。

在坠入火海之前，她的灵魂已向着爱人飞去了。

尾声

特警队赶到时，礼堂内已是一片狼藉。幸存者只有警司杨骏和一个名为爱子的女性。只有他们两个是没有吃完整个喜宴套餐的人，中毒较轻。而且奇怪的是，那只死去的星鸾巨大的翅膀刚好密密地盖住两人，部分阻隔了火焰和浓氧，似乎是一种有意的保护。

日升月落，转眼间，一年过去了。不知为什么，这一年间，来朱雀星的人类游客减少了很多，这里安静了不少。

当朱雀星的第一个月亮——井月降下去的时候，潮汐就退下了，留在海滩上的五彩文鳐扑棱着翅膀，沙滩的坑洞里有一些水，足以支撑最强壮的一批文鳐活到第三个月亮——鬼月升上来。

此刻，星鸢们又成双成对地开始觅食。

银色的月光如同时光的永恒，清新的海风中，它们追逐嬉闹，生死相随。

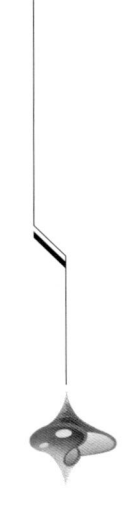

不眠之夜

羽南音

与其在国王宝座清醒百年,不如在爱人肩头沉睡一晚。

——莎士比亚《麦克白》

一、猎杀

　　黎明将至。地平线尽头,悬着两枚淡淡的月亮。

　　稀薄的阳光拉开天幕,如死神的披风,盖向萧条的大地。破败的摩天大楼缠上藤蔓。

　　空无一人的街道上,两个穿着黑色罩袍的身影正在追逐。

　　风声在耳边掠过,女孩在拼命奔跑。当第一缕阳光越过高楼,奔跑中,罩袍滑动,阳光照在她苍白的肌肤上,瞬间灼起淡淡烟雾。她惨叫出声。

　　她的身后,一名"猎鸦"紧追不舍。猎鸦身披黑色罩袍,手持银色匕首——上面雕刻着一只银色乌鸦。

　　阳光在女孩身上灼起阵阵烟雾。终于,她不堪痛苦,跌倒在地。她胸口的一根金甲虫项链,重重磕在地上。

　　猎鸦快步过来,将项链扯断,拿在手中。

　　甲虫大概有桂圆大小,镶嵌着四颗红色晶体的眼睛。猎鸦熟练地按动甲虫背部某处,四颗米粒般的晶体自动脱落,被猎鸦握在手中。

　　女孩绝望地躺在地上,望着天空,大口喘息着,四只犬齿尖如狐狸。应该好几天没有吸血了,指甲已经发紫。只有一双眼睛浑圆,异常明亮。

　　猎鸦按动甲虫背部的隐秘一点,金甲虫的双翅瞬间打开,腹部闪出蓝光,如水晶一般,显现出内部细细密密的电子纹路。

　　女孩突然出手,将猎鸦扑倒在地,四颗晶体掉在地上,两人同时出手去抢，女孩几乎要抢到手中了——

周围的空间，仿佛哈哈镜一般，开始变形。

光线在以不可思议的路线扭曲[①]。猎鸦甚至看到了自己的后脑勺。

地面出现了一个没有厚度的，黑色的虫洞，吞没了扭打在一起的猎鸦和女孩。

请带我去一个有他的宇宙。任何宇宙都行，只要是有他的宇宙。

虫洞中，一双白皙的手紧紧握住四颗晶体——她在祈祷。虫洞每次的目的地都是随机的。

几秒钟后，扭曲的空间便恢复正常。

几乎同时，金甲虫也如蒸汽般消失。甲虫消失之处，一些棕色的佛珠从虚空中弹出。

周围回归寂静。佛珠跌落在地，发出轻微的脆响。每个圆珠上都有细小的钻孔，木头纹理清晰可见。

又是一夜，狩猎已经结束。

吸血鬼惧怕阳光。他们中多数幸运儿，无论是否找到食物，都已经回到了聚集地——城市中一些隔绝阳光、易守难攻的仓库。

自病毒爆发，百年来，这个星球夜夜无眠。人类已经分化。猎鸦捕杀吸血鬼，吸血鬼捕杀未感染的人类。

黎明降临。远处的一处仓库，传来一声吸血鬼的悲鸣，尖锐如鬼泣。那是一位母亲没有等回出门猎食的儿子。

二、古寺

时至黄昏，古寺起了山岚。

[①] 光线在通过强引力场附近时会发生弯曲，这是广义相对论的重要预言之一。金甲虫打开虫洞，产生了局部的强引力场，导致了光线的弯曲。

茶室里，陆克看着满桌的工作资料发愁。他是个戏剧制作人，最近正在筹备一个科幻剧。桌上放着许多和平行宇宙理论有关的复杂的资料和图表。引力网、四极矩什么的，看着都头大。要放到剧里，怎么用最简单的方式让观众理解，还是要费点心思的。

一个老和尚在一旁悄无声息地洒扫，收起窗边的枯叶，抹净茶具上的灰尘，又给文竹添上水。

"老师父，你知道什么是平行宇宙吗？"实在没人聊天，陆克咬着钢笔，愁眉苦脸地问他。

"愿闻其详。"老和尚静静答。

"科学上的一个理论，简单说就是另外许多世界，和咱们这个差不多——这个容易理解吗？"

"佛法里也有三千世界的说法。"老和尚随手拿起一片枯叶。

"叶子的正面是我们的世界，背面就是另一个世界。既有相似，又有不同。这个宇宙的扫地僧，在另一个宇宙可能是个物理学家呢。"

"如果另一个宇宙也会有另一个我，会是什么样子呢？"

"从一棵树上生长出的无数叶片，皆有相似，亦有不同。"

这些比喻倒是很好理解。陆克很高兴，拿起笔，把这个点子记了下来。

老和尚悄悄离开了。今晚，他就要离开古寺了。出门之前，他将自己的一串佛珠取下来，挂在了窗棂上。

暮色渐沉，神佛寂静。深山古寺，露水在石阶上凝结。

不知工作了多久，一抬头，陆克才发现已经入夜了。窗外，银钩似的新月正缀在大殿飞檐。

他站起身，活动一下麻木的双腿，随手拿起书架上的一本经书翻了翻。

"一切有为法，如梦幻泡影，如露亦如电，应作如是观。"

是《金刚经》。

时候不早了,他关了灯,正准备离开回去休息,月亮从白莲般的云中露出了一个尖角。

月光里,屋里的一切都泛起一层光芒,似乎是银子铸成。

月光中,陆克看到窗棂上有串阴影。他走过去,轻轻摘下。

一串看起来很普通的木头佛珠,棕色的表面有些皲裂。

陆克觉得可能是自己眼花了,眼前的景象突然像哈哈镜一样,开始恍惚变形。

手中的佛珠线瞬间断裂,佛珠从他指缝间流下,脆生生散落一地。陆克平时是最爱干净的,此刻却慌得双膝跪下,在地上到处摸索,衣服都蹭脏了。

地上,一颗佛珠都没有。难道是人参果入了土?

他心中正在惊惶,腿却被什么东西硌了一下。

本以为是佛珠,摸到手里一看,却是一枚佛珠大小的金色甲虫。样子精致又有些古怪,眼睛的部位有四处凹陷,像是科幻电影里的道具。拿在手里沉甸甸的,比黄金重,不知是什么材质。

古寺山门,寺院住持正在和那位老和尚告别。

老和尚俗家名为李一,是一个寺庙过来古寺闭关修行的,苦修整三年,现在要回去了。

临行前,李一给住持交代了一些事情。住持安然听完,不由往陆克的住处远望了一眼。

他向住持深深行礼,致谢;住持亦深深回礼。老和尚神色祥和,但面色发黄,气息微弱,似已无欲无求。

住持有种感觉,只怕这一别,今生便无缘再会了。

三、不眠之夜剧场一楼 曼德雷酒吧

"好花不常开,好景不常在,愁堆解笑眉,泪洒相思带;今宵离别后,何日君再来……"

海市中心,京西西路。这座名为"麦金侬酒店"的小楼,其实就是《不眠之夜》的剧场。临近午夜，一楼的曼德雷酒吧，风情荡漾。迷离的灯光穿过闪烁的红酒，天花板倒悬着干枯的玫瑰。舞女正在台上清唱。红唇湿润，手环叮珰，狐裘轻轻搭在曼妙的臀线上。

此刻，这里高朋满座。《不眠之夜》开演之前，观众们会在这里候场。每张桌上，都有一张卡牌，写着《不眠之夜》的规则。

1. 沉浸式戏剧《不眠之夜》从21点开始，在24点结束。

2. 《不眠之夜》取材于莎士比亚《麦克白》，是关于堕落与复仇的故事。不同演员将在五层楼的一百零一个房间中转换场地演出，所有的演出同时进行。观众必须带上白面具，可以走进各个房间，沉浸在不眠之夜的世界中。

3. 演出内容是现代舞、默剧、音乐剧等多种艺术形式的融合。剧场每个房间的布置各异，气味和温度各不相同。

4. 为保证进入另一个世界的"沉浸式"体验，演出开始前，所有的手机和通讯装置都请在前台统一寄存。演出开始之前和结束以后，观众可以在一楼的曼德雷酒吧休息。

此刻，陆克穿着一身黑色皮衣，正坐在酒吧一角。这里是他再熟悉不过的地方。不过三个月没来了，不知剧集里是否随机增加了一些新的人物。

《不眠之夜》的原版其实在纽约。七年前，他在纽约对这部 *Sleep No More* 一见难忘。沉浸式戏剧与一般戏剧不同，对置景要求极高。做这部剧需要整整一栋楼和无数细节道具，置景长达几年不能更换，也不能演出别的剧目，投资成本可想而知。当时质疑声很多，但陆克还是用了四年时间，在海市中心这座昂贵的五层小楼里，做出了《不眠之夜》的中国版——内容比原版还要丰富一些。《不眠之夜》开演三年以来，场场爆满，一票难求，成为中国最成功的沉浸式戏剧。陆克也因而成为成功的戏剧制作人。

按照老板的口味，侍者送来一杯威士忌。

"陆总，请用。"

"哦，谢谢你哦。"

陆克尽量很温柔地回答，侍者还是拘谨地赶快离开了。陆克看着他的背影，不被觉察地叹了口气。陆克是天蝎座，工作起来杀伐决断，又长得人高马大的，虽然谈吐很儒雅，但乍一看有点凶。他知道很多同事和下属都有点怕他。但其实他内心很敏感细腻，又经常有点孩子气的天真。

正如古寺住持说，陆克啊，真的是一位非常有"反差萌"的施主呢。

住持是几年前偶然认识陆克的，见有眼缘，就邀他到古寺住了几晚。那段时间陆克为了做《不眠之夜》，几乎夜夜失眠。

长期失眠的痛苦不是一般人能理解的。那段时间陆克感觉自己每天头重脚轻，仿佛冬天在冰湖上行走，一不留神就要掉进失控的无底深渊。真没想到，他到了古寺，竟然一觉睡得天昏地暗。那以后，他就常常去蹭住几晚。

佛珠掉了以后，陆克一夜都没睡好，第二天一早便去找了住持。住持便告诉了他李一的身份；陆克既然发现了这佛珠，想必有缘，也无须多想，万事皆有因果，时机一到，自然得知。住持让徒弟把那甲虫穿制到一串手串上，临行时候赠予陆克。陆克推辞不过，便心怀感恩地接下了。

李一。陆克觉得提起那位高僧的时候，住持的表情有点神秘莫测，不知在想什么。李一，这名字有点耳熟，但想不起来在哪里听过……

陆克摸摸金甲虫。凉凉的，沉甸甸的。甲虫的倒影映在金色的酒液上，恍恍惚惚。一开始他心里还有点惴惴不安，最近倒是越看越喜欢了。

手机亮了，收到一条新信息，是一个叫顾小溪的女孩。她认识陆克几年了，一直挺喜欢他的，但是陆克没啥感觉，聊天也是有一搭没一搭的。他看看时间，还有个会要开，他起身准备离开，突然听到一声脆脆的:"陆克!"

陆克抬起头,迎面走来一枝玫瑰。

娇俏的黑色短卷发,白净的娃娃脸。一双明净的圆眼睛未加修饰,纤尘不染。红色长裙宛如玫瑰,轻纱随着小巧的银色高跟鞋流动。

"李子……李诗行?"

"哇,还记得我啊,学习委员!"

"好久不见……班长。"

这假小子,怎么出落得跟水葱似的,差点没认出来。陆克挠挠头,一时间总裁气场全无。

李诗行是陆克初中时候的班长。那时候的陆克是全校出了名的刺头,扎着一根辫子,一肚子鬼主意,连校长的自行车轮子都敢卸。老师家长都束手无策,直到李诗行转学过来。那时的李诗行身高不到一米六,头发剪得只剩两厘米,活脱脱一个假小子。她先是静静观察了陆克一个礼拜,有一天,陆克的辫子影响了班级流动红旗,态度还特别狂,她就出手了。陆克真是没想到,这个豆粒大小的女孩竟然敢跳上桌子一跃而起扑打一米九几的自己。她稳准狠地揪住了陆克的辫子。

"你把这臭辫子给我剪了!"

"我辫子不臭!我天天都洗头!"

陆克当然不能打女生,只能挨揍。

后来,校长知道陆克被女生揍了,一时憋不住,扑哧一声就笑了出来。

事后,陆克还是挺有绅士风度地拎着一袋包子去找李诗行和解了。他问:"你就不怕我还手?"李诗行一边大嚼包子一边说,她观察了陆克一阵子,看他挺善良仗义的,对朋友、对门卫大爷,对扫地大妈都特别好,这样的男生怎么会打女生呢?李诗行表示让陆克改邪归正跟着自己混,又嬉皮笑脸地温柔地摸摸他的头。陆克目瞪口呆，一边脸红一边迅速逃了。

　　再后来，陆克和李诗行成了好哥们。他把辫子剪了，还当了学习委员。再再后来，李诗行去纽约学摄影，陆克在国内读金融，两人便渐渐断了联系。这些年过去了，陆克也谈了几个女朋友，都是无疾而终。陆克嘴上说工作太忙，其实心里明白，不过就是不够喜欢，所以不够上心。陆克的妈妈还常念叨李诗行，说怎么就没第二个能治得住他这傻儿子的。陆克每次都嗷嗷叫说只是哥们，他妈妈每次的回应都是一个大白眼。

　　"我刚回国，今天才知道《不眠之夜》中国版是你做的啊！我看过纽约版的！现在这么出息了！还变帅了不少啊！穿得人模狗样的！太厉害啦哈哈哈哈！！"

　　李诗行的声音把陆克从回忆拉回现实。他张张嘴巴，又不知道说啥，只能脸红。还好周围比较黑，他也不白，看不大出来。

　　这时候，入场的铃声响了，观众们都戴上了白面具。人流涌过来，李诗行被挤向入口，只能冲陆克挥挥手："我先进去啦！一会儿酒吧见！"

　　"哎，你那个……加个……"还没加微信呢，里面又不能用手机，一会儿丢了怎么办？这死丫头是不是嫌弃我？眼见李诗行消失在剧院入口，陆克快气死了，开会的事也扔到脑后去了，赶紧跟着往里挤。

四、不眠之夜剧场一楼　无名盛宴

　　如果说每个剧目都有一个主色调，那不眠之夜，无疑是红色。

　　观众们先要摸索着，走过一条无光的暗黑通道。

　　就在此刻，剧场内一楼大厅还是空空荡荡。幔帐之后一个不起眼的角落，在半空中浮现出一个没有厚度的，圆镜似的黑色虫洞，一个人影从虫洞中掉出来，重重摔在地面。

　　李诗行全身的骨头仿佛散架了似的疼。这种感觉不是第一次了

——爷爷在世的时候，她曾经和爷爷一起做过几次这种穿越平行宇宙的实验。穿越虫洞会对人体产生引力拉伸，甚至有撕裂的危险。

　　李诗行的爷爷李一是研究平行宇宙虫洞穿越的物理学家，还得到过诺贝尔物理学奖提名。他已经能造出虫洞，但不太稳定。他去世之前将金甲虫给了李诗行，那是一个迷你版的虫洞机器。但爷爷有虫洞机器的事情，是社会新闻——顾小溪也很清楚。

　　因为太危险，以前她也只做过两次虫洞试验，第一次穿越到的那个宇宙的地球还在侏罗纪时期，第二次的宇宙中，人类已经因为核战争灭绝。

　　这次，似乎终于来到了人类文明存在的时期。

　　李诗行抬起头观察四周。周围的布置乱糟糟的，看起来像是19世纪的欧洲。这里似乎是个很不起眼的储物空间。

　　李诗行抬起头，半空中，那个圆镜似的空间黑洞正在收缩，边缘闪着一圈诡异的蓝光。

　　糟了，蓝光是危险信号。

　　虫洞的有效时间都是三小时，但是虫洞穿越的风险极高，状态并不稳定。如果出现偏差，虫洞将会出现收缩。蓝光就是收缩的先兆。如果不能在三小时内布置好引力波的"四极矩"[1]，虫洞将会开始发生真空衰变[2]。真空衰变，意味着短时间内，整个宇宙都会被吸进虫洞，化为乌有。

　　"四极矩"是一个引力波的阵型，说来复杂，其实可以简单理解为一个正方形的四个顶点；只要布置好四个顶点。就可以形成有效的引力波矩阵，防止虫洞收缩。

　　甲虫的四只眼睛，是四个特殊的能量晶体。这就是为了防止虫洞收缩，出现真空衰变的情况。一旦虫洞闪烁蓝光，只需要把这四

---

[1] 四极矩，引力波辐射公式。引力波矩阵可以预防真空衰变。
[2] 真空衰变，量子跃迁即处于高能级上的量子向低能级的跃迁过程。在虫洞穿越的过程中，一旦出现纰漏，能量不受控制地上升，超过一定阈值，就会导致真空衰变，真空衰变从一个小泡开始，以光速扩展，直到毁灭整个宇宙。没有任何已知手段可以控制。

个晶体放在合适的位置，瞬间激活让这四个点形成一个边长特定的正方形即可。

在真空衰变前夕，蓝光会变成危险的紫色。

墙上挂着一个钟表，时间已经是 21:55。她急忙摊开手，四颗晶体还在；但金甲虫却已经不知去向。

她抬起手，手腕上有一块手表样子的智能手机。通讯装置已经失灵，还好空间定位等大部分功能还能用。手机迅速调出了《不眠之夜》的剧目资料，并扫描了这座五层小楼，显示出了空间结构图，并给出了四极矩的布置方案。

从几何上来说，实际就是在一个长方体（剧场小楼）中，嵌入一个正方形（四极矩）。也就是说，李诗行需要在这个剧场四个特定的房间放置四个晶体，能够形成一个边长特定的正方形即可。

李诗行看了一下《不眠之夜》的资料。原来这里是二十一世纪的中国的一个剧场。一共五层，一百零一个房间。一楼房间是一个大厅，二楼到五楼，每层二十五个房间。她又看了看手机上对角线的长度数据，这座小楼的大小刚好可以布置一个够大的四极矩长方形——按照错开楼层的对角线长度就足够。第一个点可以布置在一楼大厅的东北或者西南角，而自己的位置正在一楼大厅的东北角。李诗行站起来，看到角落有一个雕塑。

那是冥王哈迪斯，坐在一匹黑马之上，手持法器三叉戟。她走过去，将四颗晶体中的一颗，贴上冥王的额头。一旦放置在正确的位置上，晶体便被激活，瞬间闪出耀眼的红光，便消失了，以隐形的形态，在空间释放着磁场。

手机上的小楼结构图，一楼东北角，出现了一个红点。第一个点位置已定，那么第二个点，需要布置在二楼的西南角尽头——225 房间。

午夜之前，要放好四颗晶体，还要找到金甲虫。晶体只能防止真空衰变，但是穿越虫洞回去的话，仍然需要金甲虫。按照实验的惯例，金甲虫也会一起穿越过来。李诗行仔细在周围找了一圈，都没发现甲虫的影子。她看着空中不断收缩的虫洞，紧张地微微发抖。

金甲虫到底在哪？会不会在她手里？

外面传来喧嚣声，观众已经快要入场。

得先走了。李诗行甩掉外套扔在一边，掀开储物空间的幔帐，迎面而来的，是一片如血的红雾。

剧场一角，一个瘦长的黑色身影，正在暗处，观察四周。

此刻，第一批观众，已经走完了通道。前方出现一扇有微光的大门，门上以斑驳的暗色金属，刻着一句话。

入此门者，将捐弃一切希望。

——但丁《神曲》

推开门，是不眠之夜的一楼大厅。

灯光暗红，仿佛血色雾气弥漫。

大厅主景是一张长桌。上面错落摆着牛排、餐刀、红酒、玫瑰。《不眠之夜》的一头一尾两幕，将在这里演出。剧集全程中，这里是唯一一个能同时看到所有演员的房间，也是剧场最大的房间。

此刻，麦克白、麦克白夫人、国王、女巫等人在桌前齐聚，以默剧一般华丽的慢动作，缓缓抬手、举杯、亲吻。

血色的灯光穿过雾气重重的房间。远远看去，这场宴会像极了西方名画《最后的晚餐》。

无名盛宴之上，众人衣着华丽，心中暗藏蛇蝎。

无名盛宴之后，演员将分散到不同房间。平行世界冒险，就要开启。

台下，观众的白面具如同漂浮在黑暗之中。如鬼魅幽灵，如黑色枝条上枯萎的花朵。

李诗行站在剧场一角，看到一个高大的身影浮出黑暗，向自己走过来。

他摘下了面具。血色雾气中,那张脸似真似幻。李诗行感觉周围所有的声音都消失了。她不敢相信自己的眼睛。

陆克不好意思地挠挠头,"你怎么不戴面具啊?怎么还换了一身银色的衣服?这衣服样子还真特别,扣子怎么开在肩膀上……"

李诗行听不到他在说什么,只感觉他的嘴唇在一张一合。她慢慢走过来,不可思议地伸出双手。陆克只觉得一双冰冷的小手捧住了自己的脸,还没来得及脸红,李诗行的泪水已经扑簌簌滴下来。

陆克急了:"李子,你怎么了?"

李诗行紧紧抱住了陆克,感觉自己似乎陷进了一朵滚烫的云里。陆克手足无措地抱着她。没想到她的身体这样瘦,感觉一用力就会揉碎似的。他只觉得心口一阵疼。她这些年是不是吃苦了?被谁欺负了?

突然,李诗行像惊醒似的挣脱陆克的怀抱。她拉住陆克的袖子。

"快……快走。"

"哎,去哪啊!你对这儿也不熟!看这个戏你应该跟着我走吧!"

越过陆克的肩膀,李诗行看到,那个黑色的身影正拨开人群,向这边挤过来。她顺手抢过身边一个观众的白色面具,自己戴上,又把陆克脸上的面具扣好。然后,她拉起陆克的手,开始飞奔。

陆克倒觉得有点好笑。李子是不是入戏了?这是演啥呢?她还是那么可爱,那就陪她演演吧。他立刻板起脸,做出一副惊慌失措的样子,跟着李诗行仓皇逃窜。

五、不眠之夜剧场二楼 血色邪典

向前。两人冲破黑暗,沿着楼梯上到二楼。李诗行拉着陆克冲进 225 房间。这里是"血色邪典"的房间。陆克看了看手表。表演就要开始,观众正向这里聚集。

房屋中间有一个高台搭起的祭坛,音乐声震耳欲聋。极其细密交错的灯光像一张巨网,以疯狂的节奏反复频闪,光芒打在几乎赤裸的女巫和麦克白夫人身上,竟让人类的肢体呈现出一种定格动画的感觉,又有种邪典电影的疯狂感。

女巫为麦克白夫人接生,剪断脐带;随即爬上高台,将血淋淋的婴儿高高举起;戴着巨大牛头面具的男祭司,赤裸上身,仿佛从地狱现身。他手持铁桶,将鲜血泼洒下来。

女巫从高台一跃而起,健美的双腿盘上屋顶特制的横杆,开始悬空舞蹈。碧绿的长裙沾满红血,灯光一照,成了黑色。

血,李诗行没想到这里有这么多血。

几乎可以乱真的道具鲜血,散发着很重的腥气。

李诗行喉咙发干。不好,血的味道太重了。会传得很远。

突然,人群中传来尖叫。一个瘦长的黑色身影从观众群中几乎是腾空跃起,以野兽般不可思议的弹跳力,扑上距地面三米高的横杆,在人群中观望,搜索着。

陆克以为这是剧本新加的角色,还在惊叹这演员的弹跳力。他不由得摘下面具,往前挤了几步想看得更清晰一些。

正在此刻,它认出了陆克。它从横杆上扑下来,将陆克扑倒在地。

观众们都以为这是表演,兴奋地围观着。

陆克感觉被一股蛮力压倒,重重跌在地上。一股腥气弥散,他只见一张野兽般的血口张开,两颗蛇类一般的白色尖牙,带着寒意,正向自己的脖子咬来。

极度震惊中,陆克感觉时间的流逝好像变慢了。他能清晰感觉到周围,那些隐藏在白面具下的人的情绪热量;有恐惧,更有兴奋。那是根植在人类基因深处的本能:嗜血、窥视、破坏欲。沉浸式戏剧成功的根源,就是能够将这种情绪成百上千倍地扩大。

观众都以为这是安排好的表演。他们兴奋地往前挤着。

"这不是表演！散开！散开！"李诗行大吼着。观众们却更兴奋了，以为这也是表演的一部分。

李诗行从人群中一跃而起，在怪物咬中陆克的瞬间，将它拉开。

怪物和李诗行，以一种怪异的速度和动作扭打在一起。

李诗行完全像变了一个人。她出手的招式，迅捷、狠辣且怪异，不是这个世界常见的任何身法招数，却又自成体系；怪物穿一身黑色罩袍，是个带帽子的斗篷，看不清长什么样子。

终于，李诗行将怪物压服在地上，在它身上上上下下翻了一遍，却没有找到金甲虫；她用手掐住了怪物的脖子。

"交出来。"李诗行低声说。

刺耳的音乐声中，仍然能听到怪物发出的冷笑，如鬼泣一样尖利。陆克看到，它突然从身下抽出了一把匕首，刺向李诗行。

陆克来不及思索，狠狠撞过去，匕首被他撞偏，怪物也借机从李诗行的手中挣脱。电光火石间，怪物却转手掐住了陆克的脖子。怪物的力气惊人，陆克只觉得脖子仿佛被铁钳扣住，丝毫动弹不得。

激烈的打斗，让怪物的罩袍滑开。那一刻，陆克终于看清了"怪物"的身形，竟然是个正常人类女孩的样子，而它的脸——是顾小溪？！

顾小溪看着陆克。她脸上呈现出一种极其古怪而激烈的神情，白净的面孔开始充血。她的手短暂松了一下，随即又扣得更紧——陆克觉得这可不是什么好兆头。

"他不是陆克。你知道。"李诗行握着匕首的手指关节已经发白。

"有区别吗。"顾小溪的嗓音沙哑，干得像木屑。

这是顾小溪吗？她怎么会变成这样？她和李子什么时候认识

的?陆克脑子飞快转着。他一开始以为这两人在合伙捉弄自己,但这短短几分钟的经历细节,带着一种绝对真实的恐怖感。

他有种直觉,今晚的危险,即使用一生来衡量,都非同一般。

他的冷汗沁湿了后背。

"你过来。"顾小溪冷冷道。

李诗行不动。

顾小溪的匕首更靠近陆克的脖子,刺破了肌肤。一行鲜血流下来。

李诗行眼中闪过一丝慌乱。

"机器在我这里。你过来,吸他的血。我就给你。"小溪的笑容仿佛刚刚化开的冰水。她的嘴唇靠近陆克的脖子,轻轻吻了一下。那是一个像蛇一样充满血腥气的冰冷的吻。

陆克不寒而栗。

吸血鬼是不会出汗的。此刻,李诗行的额角没有汗渍,只有青筋暴起。

毫无征兆地,她突然出手。电光火石之间,陆克只觉得自己被一股蛮力抓住,甩到一边,却根本看不清自己是怎样被救下来的。

李诗行和顾小溪扭打在一起。陆克真不知道哪来的勇气,竟然抄起一把椅子就要上前帮忙。

"她是吸血鬼,有病毒,会传染,你躲远一点!"李诗行大吼。

顾小溪一脚踹过去,陆克撞到一张雕花繁复的欧式圆桌上,又重重摔在地上,疼得头晕目眩。

顾小溪爆发出一阵狂笑。

"李诗行……说得你好像不是吸血鬼一样!!告诉他,你为什么能得到特殊治疗?你为什么没有传染性了!?猎鸦!只有成为猎鸦,政府才会给你这种昂贵的治疗!一百年了,你杀了多少吸血鬼?杀同类的感觉,是不是很开心,很过瘾?不,我知道,你很痛苦,我能闻到你身上那种痛苦的味道,太熟悉了,和我身上的味道,一模一样！！"

"听说，你也参加过猎鸦考试，很遗憾，你太弱了，没资格。"李诗行的眼神冷若寒冰。她也从腰间抽出一把匕首，一把银色的匕首。和顾小溪手上那把毫无装饰的匕首不同，李诗行的匕首手柄上，有一只银色的猎鸦标志。

陆克想去找剧场工作人员报警，他挣扎着想站起来，但摔得太重。他疼得出不了声，只能求助地看着周围的观众。这些白面具没有一个信他的——大家都觉得他演得太好了。陆克哭笑不得。不管是吸血鬼还是什么怪物，这东西的力气实在大得吓人。

然而，顾小溪被陆克的出现刺激，已经发狂，下手狠辣，一时占了上风。

她夺走了李诗行的匕首；在很短的时间内，李诗行的手臂、前胸被多处划伤，左手小指也被折断，全身沾满深红泛紫的血。吸血鬼身体修复力很强，除非以银器刺穿心脏或者割下头颅，才会死亡。但陆克不知道。在他看来，李诗行流这么多血，肯定快死了。

陆克只觉得一股热血冲上头顶，他抄起一个沉甸甸的铜花瓶就冲上去，狠狠砸向顾小溪；顾小溪躲闪中被李诗行牵制了注意力，花瓶的装饰尖角蹭过她的头顶，血喷涌而出。

陆克知道她力气太大了，自己肯定打不过。他只能一边死死抱住顾小溪的腿，一边大喊："快走，你快走！"

顾小溪一时停下了动作。她的神情十分古怪。她几乎是绝望地看着脚下这个抱着自己腿的男人。

"不管哪个世界，你都不会选我。那你就去死吧。"

顾小溪只觉得全世界都消失了，只有一股火焰烧得自己大脑嗡嗡作响。她伸手掐住了陆克的脖子，陆克的脸瞬间就成了绛紫色；他知道，在这样的力气下，下一秒，他的颈椎就会折断。

李诗行终于找准这个空隙，将顾小溪踢翻在地；又夺过她手中的匕首，直向她心脏刺去；顾小溪用双手握住匕首刀尖阻挡，一股皮肉的焦煳烟气冒起来,她惨叫出声;李诗行反手一划,顾小溪的脖子被割开一道小口子,血液喷泉一般涌出来。

顾小溪捂住伤口。她感到一阵眩晕。眼前的灯光和频闪中,她的视线渐渐模糊。

落地以后,她在剧场看到了剧目介绍。《不眠之夜》,这个宇宙的《麦克白》竟然有一个这样奇特的版本。在自己的宇宙,莎士比亚也是个吸血鬼——能写出天才剧目的吸血鬼;在他笔下,《麦克白》的主角们也都是吸血鬼。

"与其在国王宝座清醒百年,不如在爱人肩头沉睡一晚。"这是顾小溪最喜欢的台词。

甲虫确实不在她身上。今天也许要死在这里了。一百年了,她不眠不休地逃了一百年,早就厌倦了——死亡未必不是好的归宿。也许这个剧场,是上帝为她准备的最好的落幕演出——她不允许任何人,打断这场演出。

"不许报警。我不会再伤害别人。只要这里的表演停止,我立刻大开杀戒。"

说罢,顾小溪转身逃出门去。有些观众被她的"表演"吸引,甚至跟着她追出门去。

李诗行没有去追。这一场的观众很快散去了。她疲惫地慢慢走过来,扶起陆克。确认他脖子没事以后,她走到祭坛高台的背面,将第二颗晶体贴了上去。

"怎么办,还能报警吗?"陆克虚弱地说。

"不行。"李诗行的音调毫无波动。顾小溪这个疯女人,一向言出必行。

六、不眠之夜剧场四楼 白蛇竹林

陆克要打电话叫救护车,被李诗行拒绝了。她执意要去401号房间。陆克见她似乎真的没有生命危险,决定先去四楼。正好那里有一个地方，可以把事情问清楚。他拉着李诗行沿台阶一路向上。黑暗中，只有风声在耳边流过。

四楼是一片竹林，碗口大小的竹子密密麻麻，在一片泥土的气味中静静伫立。夜风拂过，竹叶窸窣，似在低语。

一片黑暗中，只有零星的翠绿色、幽蓝色灯光点缀。竹林被抹上一丝奇幻色彩。这让李诗行想起故乡的夜晚。

吸血鬼和人类征战不休的世界，能源紧缺，人口骤减。即使京西、纽约、伦敦这样的超级城市，夜晚也只剩零星的霓虹灯光闪烁。午夜长街，两轮月亮照着猎鸦的银色匕首、回荡着吸血鬼的哀号。

李诗行看看手表上的位置，原来所谓的 401 号房间，就是这片竹林里的一个小屋。但是位置在屋顶上。没有时间浪费了，她以猎豹爬树的姿态爬上屋顶，将晶体放好。

陆克在下面只有目瞪口呆的份儿。

李诗行下来以后，感到一阵阵眩晕。她想进小屋休息，陆克告诉她，这里是公众表演场地，容易被发现。沿着林间小路，陆克拉着她来到一根特别粗大的、画着一只白蛇的竹子跟前。他在那颗粗大的竹子上数了数，在从下往上第七个关节处按了一下。竹林旁边的一块墙壁突然打开，露出一间密室。二人进去后，墙壁自动合拢。

陆克点燃了墙壁上的蜡烛。明黄色的暖光照亮了室内。

这里是个挺小的房间，布置成一艘小船船舱的样子。船舱内有一张竹编的小桌，上面放着热水壶、毛巾，几个竹根雕成的小茶杯，和一小碟绿豆酥。

"这里是怎么回事，百年修得同船渡吗？"李诗行无力地瘫坐在墙角的蒲团上，突然面无表情地来了一句。

"还有心情开玩笑？"陆克心里嘀咕。

这片竹林是《不眠之夜》中国版本的创新，场景正取自《白蛇传》。陆克让人在竹林里设计了一间密室，不会有演员进来表演，只想给观众一个惊喜——但很少有人能够发现。

说来也是奇怪,经历了刚才种种,正常人早就吓瘫了。但陆克只要一看到李诗行的脸,就仿佛忘掉了所有的危险。尽管他现在根本不能确定眼前这个女孩到底是李诗行还是怪物,但他知道,这个女孩刚才冒着生命危险救了自己。

"不用一脸愧疚。你刚才也不要命地救我来着。扯平了。"李诗行无力地说。

陆克用热水打湿毛巾,给李诗行擦了血渍,又取了茶叶泡上。血液深红中泛着紫色,这绝对不可能是人类的血液。

茶水的热气氤氲着浮上来。李诗行抱着茶杯一口气喝下去。微苦而奇特的香气在口中散开。

这个叫……绿茶吧,她问陆克。在自己的世界已经消失很久了。爷爷李一还在世的时候,她在实验室喝过一两次。

"李一,你爷爷叫李一?"陆克急忙问。

"对,怎么了?"

陆克暗暗摸了摸袖子,甲虫圆滚滚的,还在。是巧合吗?

他拉开袖子,把甲虫给李诗行看,并告诉她甲虫的来历。

李诗行几乎不敢相信自己的眼睛。她拉过陆克的手,将甲虫紧紧握在手中。

"到底怎么回事,说说吧。"陆克轻轻说。

"你不会相信的。"

"不试试怎么知道?就算你是外星来的我也不吃惊。人类怎么会有你这种颜色的血?"陆克皱着眉头看着李诗行。他的语气开始变得戒备和焦躁。

李诗行感觉到了陆克的情绪,她叹了一口气。"你相信有另一个世界吗?"

"你说说看。"

"那个世界,有两个月亮。"

李诗行站起来,走到窗边。今晚是上弦月,似银色弯钩。

如同梦境一般，李诗行开始讲述一个不可思议的故事——另一个世界的故事。那是有两个月亮的地球，那是百年的不眠之夜。感染的吸血鬼，被猎鸦百年猎杀。

百年以前，人类开始进行"基因重组计划"，将动物的基因与人类融合，制造出能飞翔、能潜水、能识别超声波的新人类。然而，这项技术也被不法分子用来研制超级病毒，一场席卷全球的病毒灾难开始爆发，被感染的人类，逐渐变成吸血鬼。永生不死，百年不眠，动作迅猛，力大无穷，只能以人类和动物的血液为食，只有阳光照射和银质匕首割掉头颅才会死亡。吸血鬼咬人吸血后，病毒也会传播，将正常人类变成吸血鬼。李诗行的爷爷"李一"，是个物理学家，主要研究虫洞，后来主攻时空旅行，还得到了诺贝尔物理学奖的提名。去世前，他给李诗行留下一个迷你版金甲虫，是开启不同宇宙之间虫洞的机器。但不知什么原因，李诗行尝试了很多次，从来没有起效过。而在另一个世界，也有一个叫顾小溪的女孩子，喜欢了陆克很多年却被一再拒绝，有一晚心情不好出去买醉，被吸血鬼咬伤，感染也成为吸血鬼。为了复仇，她在一个夜晚潜入李诗行家里行凶，咬伤了李诗行，陆克拿着防身的银匕首过来相救，却被顾小溪反手夺走，刺中了他的心口。

随后，李诗行也告诉了陆克虫洞机器、怎么掉落在这个剧场、如何用晶体布置四极矩的事情。因为爷爷李一的研究举世闻名，顾小溪是知道虫洞机器的事情的——在她袭击陆克的夜晚，她也偷走了机器。百年来，李诗行一直在寻找她，交手几次，都错失了机会。这次二人打斗的时候，无意触发了机器。听完这些天方夜谭似的话，陆克一时没有吭声。他是个感知极敏锐的人，做判断也常常依赖直觉。他的理智告诉他李诗行的话很荒谬；但他的直觉，却恰恰相反。

原来平行宇宙的理论是真的，另一个宇宙也有一个陆克？想想都觉得不可思议。

"那你现在……是变成吸血鬼了吗?"

"是。别怕,我做过特殊治疗,已经没有传染性了。"

虽然觉得同情,陆克还是下意识把屁股往旁边挪了挪。

"如果你们不能及时回去呢?"

"留在这个世界,把病毒感染给更多人吗?"李诗行的声音很平静,陆克却不寒而栗。

"那后来呢?你的……那个陆……"

"死了。"

陆克一时无言。

也许因为是一百年以前的事了吧,李诗行脸上平淡如水。

"他肯定很爱你。"过了一会,陆克才轻轻地说。

李诗行看看时间,已经是 22:50。

她犹豫了一下。她觉得自己应该把真空衰变的事情一起告诉陆克——但她开不了口。

一旦开口,她就要离开这个温暖得不真实的空间,重新走入黑暗和危险。今晚的结局,要么是和这世界一同灭亡,走入永恒的死亡;要么是回到那个追逐猎杀的不眠世界。无论如何,都不会再有陆克。

如果,自己留在这个世界呢?杀掉这个世界的李诗行,取而代之?如果,自己把眼前这个男人带走呢?带回自己的世界,永远在一起?

李诗行不知道。她心里乱得像一团麻。

"那你有一百多岁了哦。也就是你们的世界比我们晚一百年吗?那我们这个世界也会爆发病毒吗?"陆克哪里想得到李诗行的内心变化,他耐不住好奇,一连问了一串问题。

李诗行说,平行宇宙的时间线各异,细节也各有不同。比如这个宇宙的陆克的性格很好奇,也很好胜。她们那个宇宙的陆克,是个消防员,比较老实,对艺术不敏感,也没什么好奇心。不过两个陆克，倒都是一样天不怕地不怕的。

"我也很老实的呀！说得我好像不老实似的。"陆克很不服。

李诗行又笑了。她挪过来，轻轻靠在陆克身上。她头发上有一点淡淡的香味，很陌生，又似乎很熟悉。陆克觉得心跳有点加快，一种前所未有的复杂而陌生的情绪浮上心头。

看她刚才望着自己的眼神……分明还在想着他啊。

如果是自己，会为了保护爱人放弃自己的生命吗？陆克不知道。

他以前从来不觉得，爱情这个词和"永远"有什么关系。像《麦克白》那样，它可能会被欲望和软弱打败；像这个世界的自己和李诗行那样，它可能会被时间和距离消磨。彩云易碎琉璃散，好物从来不坚牢——白娘子也留不住许仙。

也许这世上，只有死神和遗憾，能让爱情保鲜。

与此同时，李诗行心中也翻滚着激烈的感情。

她真的能够下手杀掉这个世界的李诗行吗？她真的能够把眼前这个活生生的陆克带回一个充满冰冷、血腥的陌生的世界吗？

要在那个世界和自己在一起，陆克必须也成为吸血鬼。

今夜之前，李诗行以为自己一定可以。百年猎杀，她早以为自己的心已经比石头还硬了。

但眼前这个无亲无故的男人，能为了自己拼命。不，他是为了自己心里的那个李诗行拼命。李诗行感到一股温暖和嫉妒交织的复杂情感。

她已经等了一百年了。难道要在今夜放弃吗？

她心如刀绞。

"刚才看你上楼的动作，还挺麻利的。吸血鬼，那个，都有什么特质啊？"陆克清清嗓子，有点紧张。

烛光摇曳，陆克一脸好奇，看起来萌萌的，和平日的严肃迥然不同。不知是因为暖色的灯光还是滚烫的茶水，李诗行的心似乎被什么化开了。

"不告诉你哦。"

陆克的脸一下子就拉下来了。李诗行忍不住笑起来。她已经记不得自己多久没笑过了。陆克也觉得有点不好意思,也笑了。

她眼睛都不眨地看着陆克。这好像就是自己记忆里的陆克,会为自己打架,看电影一定要吃爆米花,每次煎牛排都会煎煳,进门就乱扔袜子的陆克。

而那些温暖的记忆似乎都已经有点模糊了。眼前这个男人,真的只是另一个宇宙的男人吗?这真的不是自己的陆克吗?

突然,陆克身子僵住了。他突然紧张地按住李诗行的肩膀,语速很快地开始发问。

"你来这个宇宙,对这个宇宙的李诗行有影响吗?像一些科幻电影里说的,这个宇宙的李子会消失吗?"

"不会。但是……"李诗行终于还是开口,告诉了他真空衰变的事情。

他会信吗?她有点紧张。

"走吧。去第四个房间。"陆克果断地说。他没有问李诗行为什么现在才说,也没有时间犹豫或退却。他一瞬间就做出了决定。

无论真假,他都赌不起。

没等她回答,他已经起身,打开了密室的门。一阵风吹进来,墙壁上的烛火熄灭了。

烛火熄灭的瞬间,映着李诗行的眼中一抹失落。

七、不眠之夜剧场五楼 圣水洗罪

向前。两人冲破黑暗,沿着楼梯来到524房间。

这个房间温暖潮湿,弥漫着暖香和情欲的气味。房间一角有一处床榻,麦克白和夫人正在表演。他们以一种现代芭蕾的舞蹈动作表演亲昵和争执。动作皆含蓄克制,点到为止,空气中的情欲却浓得几乎要结晶。麦克白双手染血，神色癫狂，在麦克白夫人的白睡衣上留下一个个血手印，麦克白夫人正抓住丈夫的肩膀哭泣，性感而修长的身体因羞愧而颤抖，黑色长发已被汗水打湿。她的痛苦仿佛有一种魔力，周围的十几名观众中，也传来了低低的抽泣声。

房间中央有一个"圣水台"，清澈的水流从高墙上引下，在台中聚成一潭清泉。

李诗行看着手表上红点的位置，渐渐锁紧了眉头。陆克觉得不对，走过去看了一下，手表上已经有三个红点闪烁；而第四个红点的位置，竟然落在了窗外的半空中。

"红点的位置变了。一小时前还在室内。虫洞的引力场让这座楼有轻微的变形。"李诗行深深吸了一口气。

两人来到窗前，根据图示，红点的位置正落在在距离窗口五六米处的偏下方，悬在半空。前不着村后不着店，根本够不着。

时间已经是 23∶35。

"怎么才能把晶体固定在半空中呢？"陆克环顾四周，想找个杆子什么的。

"不一定要固定。只要在特定的位置激活晶体即可。"

"够不着怎么激活啊？"陆克心里一阵窝火。

此刻，李诗行反而显得很平静。她走到圣水台前面。

"你想什么呢？怎么办啊？"陆克看她这不紧不慢的样子，有点火了。

圣水台上方，有一个高大的雕塑，是耶稣在十字架上受难。李诗行抬起头。她的脸格外瘦削，颧骨那里有两块很重的阴影，脸色比雪还要苍白。

一束顶光照下来，十字架的阴影落在李诗行脸上。她直勾勾地看着耶稣流血的身体，那眼睛——仿佛是昆虫死去的眼睛，空洞无物。

这一晚，不眠之夜，她必将做出抉择。

"你知道杀死同类的感觉吗？"李诗行缓缓开口。

陆克望着眼前这个女孩，一时无言。

猎鸦。如果是自己，在捕猎者和被捕猎者之间，恐怕也会选择前者吧。但，要熬过多少个痛苦的夜晚，一个普通的女孩才能成为杀人不眨眼的猎鸦呢。

做一百年的杀手，会比做一百年的猎物幸福吗。

周围，音乐声渐渐变大，那是教堂管风琴的伴奏，悲切的轰鸣回荡在四周。

麦克白夫人走过来，沿着石阶，一步一步，踏上圣水台。

"我的罪孽根本无法洗净。"说完后，麦克白夫人将身体浸入水中。在水中，她睁开双眼。白衣浮动，血迹如轻纱般散开。

有一瞬间，陆克以为她要对着十字架跪下；但李诗行却转身，背对十字架走开了。

是不愿表现出软弱？甚至，是憎恨上帝？她也会有宗教信仰吗？他不得而知。

　李诗行终于做了决定。她把手表上的方位图再给陆克看了一下。

"快走，你先去一楼。你看，就是这个小储物间。金甲虫需要提前十五分钟布置好，这里我来想办法。"

"可是……"

"顾小溪肯定已经等在那里了。她肯定也在四处找金甲虫——她当然找不到，所以只能赌我们是否能找到；最后时刻，她在那里守株待兔即可。没时间了，我处理好了就来找你。快！！"

没有时间犹豫了。陆克只能握紧甲虫，向一楼奔去。

八、不眠之夜剧场一楼 无名盛宴

时近午夜，血色雾气弥漫。

无名盛宴上，众人聚集，以缓慢如鬼魅般的动作，觥筹交错。

这是《不眠之夜》的最后一幕。

陆克来到大厅一角，拉开幔帐，露出那个隐蔽的储物空间。半空中果然有一个诡异的黑色圆洞，边缘正散发着紫色的光芒。

陆克并不知道，光芒由蓝变成紫，正是真空衰变即将开始的先兆。

他退出来，放下幔帐，躲在剧场一角观察。

不知道此刻顾小溪在哪里。

时间已经是23:48。陆克紧紧攥着金甲虫，手中冷汗直冒。

突然，一个黑影从楼外高空坠落，重重砸在窗外的地面上。

落地的一声闷响，被剧场内悲怆的大提琴声盖过。只有陆克看到了这一切。

那一瞬间，他突然明白了。

他跌跌撞撞向落地窗跑去。

把李诗行拖进来的时候，她已经满身是血。

吸血鬼的血，深红中泛着淡淡的紫色，染满了银色的衣服。

第四颗晶体，已经在她坠落空中的瞬间，安放完毕。

观众们多数都围在长桌那里等待最后的落幕，也有少数几个围在陆克和李诗行身边，欣赏这出充满感情的"表演"。

醒来，快醒来。陆克坐在地上，抱着李诗行晃着。李诗行却毫无反应。他的眼泪一滴滴落下来，掉在李诗行脸上。也许是眼泪的凉意，李诗行困难地睁开了眼。

"还没死。"她微弱地说。

陆克哽了一下，又索性放声大哭起来。

陆克没有留意，金甲虫已经掉落在地上；他也低估了吸血鬼的夜视能力——要比人类强得多。

等待多时的顾小溪从黑暗中一跃而出，将金甲虫抢到手中，一把撕开了幔帐。

黑洞的蓝光已经消失，真空衰变已经停止。顾小溪拿到甲虫，眼看就要启动。

李诗行用尽全力推开了陆克，撞向顾小溪。

甲虫被撞落，李诗行拿起甲虫，在一个细微处用力一按，甲虫的翅膀展开，露出蓝色泛光的半透明身体。

黑洞内部开始泛起漩涡般的光芒。

此时，已经是 23:53。

一些观众聚集过来，好奇地看着这一切。

李诗行想要靠近漩涡，却被顾小溪死死拖住。她发出野兽般低沉的嘶吼。

生死关头，匕首相交，在暗中擦出火花。李诗行明显体力不支，脸颊被抓出道道血痕。

四周音乐声渐起。苍凉而悲怆的大提琴、管风琴奏起《欢乐颂》。圣洁而缓慢的乐声中，一根绞带自餐桌上空缓缓坠下。麦克白将被处以绞刑。

《欢乐颂》是陆克选的。他不喜欢纽约那个悲怆的音乐版本。缓慢奏响的《欢乐颂》，以讽喻的手法，给麦克白的死亡增加了更凝重而深刻的救赎气质。

李诗行和顾小溪的打斗如此精彩，好多观众都顾不上麦克白那边，只围在这里津津有味地看着。

墙上的时钟，已经指向 23:57。

陆克从黑暗中出现。他手上拿着一把银质的三叉戟。

那是冥王手里的法器。他刚刚从储物间里拿出来的。

陆克从背后，将三叉戟插进顾小溪的心口。银器到处，腾起焦煳的烟雾。

顾小溪发出一声惨叫，摔倒在地。

虫洞近在咫尺。李诗行却犹豫了。

她回头看着陆克。

近在咫尺。

舞台上，麦克白夫人对行刑前的麦克白，说了最后一句台词：

一夜就是一生。

"你还等什么呢？"陆克大喊。

李诗行的眼角，流下两行血泪。

只有在极度悲痛绝望的时刻，吸血鬼会流下血泪。

陆克想说什么，喉咙却哽咽了。他用力挥挥手。

跨进虫洞的那一刻，她回头看了陆克最后一眼。

如果，只是如果，我是这个世界的李诗行……

一墙之隔的曼德雷酒吧，舞女正在清唱。

好花不常开，好景不常在。今宵离别后，何日君再来。

再见了。陆克。

午夜钟声敲响，无名盛宴终结。麦克白的身体微微抽搐，终于不动了。

李诗行隐没于黑暗的一瞬，陆克看到她眼角的一抹红色，如同玫瑰上的露珠。

圆镜一般的黑色虫洞缩成一点，消失了。

最后一刻，许多木质的佛珠从洞中弹出，跌落一地，发出脆响。

九、古寺

傍晚时刻，古寺起了山岚。

李诗行和住持熟识地打着招呼。陆克将一串佛珠交回住持手中。

那夜以后，陆克满身是血地从剧场走出来，在酒吧，抱住了李诗行。

后来，他才隐隐意识到，吸血鬼李诗行，是可以把自己带回那个世界的；甚至可以做出许多更加残忍的事情。

那一滴血泪，在很长一段时间里，不断出现在陆克的梦境中。

他在《不眠之夜》增加了一个房间，布置成了一个满是吸血鬼的平行世界。演员身穿黑色罩袍，手持银色匕首，在月光中追逐。

但是，陆克做了一个新设置。吸血鬼的身份不是永恒的。真挚无悔，甘愿牺牲的爱情，会让吸血鬼流下血泪。然后，吸血鬼将被治愈，重新变为人类。

那个房间里，高悬着两枚月亮。

后来，陆克才知道，这个世界的高僧李一，正是李诗行的爷爷。所以李诗行和古寺住持，也是熟识的。

住持说，寺庙传来消息，李一已经圆寂。他也将李一临行时候说的话告诉了陆克。

李一叮嘱住持，他在入定的时候，看到这串佛珠与陆克有缘，所以那次他特地前往茶室。但只怕这一场缘分颇多波折，但亦自有其意义。

"李一法师是怎么看到的呢？"陆克很好奇。

"高僧和物理学家的世界都是很神秘的。正如李一在两个世界的身份那样。"住持微微笑着。

"爷爷很早就出家了，妈妈和我提过，她一直不能完全体谅爷爷。前阵子爷爷去世，我专门赶去，和妈妈一起，送了最后一程，她的心结似乎才解开。爷爷说，宇宙很大，生活更大。也许还有一天会再相见的。"李诗行轻轻地说。

"李一还要我向你转达最后一句话。"住持对陆克说。

陆克静静等待。

"三千世界，灵魂不灭。只有情感会指引我们，去往心之所向的地方。"住持微笑着。

李诗行握紧陆克的手。她眼里泛着泪光。

陆克看着窗外。日光渐隐，明月初升，淡得几乎不可见。古寺的一百零八声暮鼓响起来了。
　　那个世界的两个月亮,升起来了吗?
　　西方残阳,如血红艳。

画壁

王诺诺 羽南音

古寺

玻明告辞的时候，才发现雨已经停了。

推开寺门的一刻，一片耀目的金光正从云缝中漏出，照到对面山坡的一片溪水上，折射回来，映入玻明的眼中。

画僧和木村将玻明送至山门之外。一个穿着灰色西装的男人站在画僧身旁。他们的身后，是一排身着黑色西装的保镖齐齐立着，是这深山古寺几个突兀的符号。

"中国第一的侦探，拜托了。"木村身着灰西装，微微鞠躬，用生硬的汉语说道。他嘴上客气，其实一双刀似的眼睛偷偷扫着玻明。

"拿人钱财，与人消灾。"玻明有点嬉皮笑脸地回答。虽然貌似轻松，但刚才古寺的一番交谈，他早已察觉到木村不是善茬，白净的皮相下有种阴狠。这单生意有点硬，不能掉以轻心。

三天前，一场全国瞩目的拍卖展上，一件名为"琉火珠"的作品——也是今年奇沙拍卖行估价最高的宝物，竟然不翼而飞。为此事，奇沙国际拍卖行亚太地区的总裁木村专门从日本总部飞到中国，找到中国开价最高，也是业界排名第一的侦探玻明查案。

短短几分钟，太阳就已隐没在西山之后，一片迷蒙的灰蓝笼罩了世间万象。

画僧神色淡然，一言未发，眼中有隐隐的忧虑。他最终颔首合掌，送别玻明。

玻明道别众人，下山时，暮色升起，夜雾迷离。大山向上蒸腾的云雾，像逆转时间的落雨，仿佛神灵收回了它的旨意。

玻明侦探事务所

一觉醒来，天光大亮。保姆韩婶冲进卧室，"哗啦"一声将窗帘拉得大开，玻明被阳光刺醒，哀号一声，用被子捂住头，蜷成一团。

"一天天的就知道睡，你看你这屋，整得啥玩意儿，跟猪圈似的。"五大三粗的韩婶来自东北，肩宽体胖，手脚麻利。她是在玻明家三十多年的老人了，把玻明当半个儿子看，也把玻明当半个儿子训。

在一片噼里啪啦的杂音里，吃剩的烧鸡、歪七扭八的啤酒罐子、气息洞穿灵魂的脏袜子被收拾得一干二净。玻明也被拎着耳朵揪到桌旁，夹起韩婶刚做好的油嫩嫩的煎荷包蛋就往嘴里塞，吃得汁水横流。

韩婶虽然心宽体胖，做起饭来却心细如发。在试过了花生油、芥菜籽油、山茶油、橄榄油一众素油和猪油、鸡油、鸭油一众荤油后，终于找到了煎荷包蛋的王者搭档——鹅油。取潮汕秘制鹅肝的卤水表面浮着的一层鹅油，煎制荷包蛋，鹅油的香气高雅润滑，加上脂溶在其中的潮汕卤味的草药香气，被铸铁锅的热力激发，很快在煎蛋表面形成一层酥脆的焦壳，脆嫩流心，奇香四溢。

"走得再远，都惦记韩婶的荷包蛋。"吃饱喝足，玻明哼哼唧唧地说。他又有点困了，在桌边坐着打起瞌睡来。

韩婶"咣当"一声把一大壶乌龙茶放到桌上："你咋还不工作呢？又睡上了？"

"倒时差啊，韩婶，我困啊！"

"从日本回来还倒什么时差？欺负我没文化咋的？"韩婶瞥了一眼房间角落的行李箱。玻明看了一眼行李箱上新贴的日文行李标签，心下感叹，在自己身边多干几年，韩婶都能当侦探了。

"哎，那啥，婶，我要工作了……"玻明嘻嘻笑着。

想到有一次玻明查案，被打得鼻青脸肿的事，韩婶不禁担心，边摘围裙边问："这次，活儿安全不？"

"没事没事，钱多事少，您老放心吧！"玻明拍胸脯。

"这世上哪有钱多事少的便宜！哼，你可得给我多加点小心！"韩婶一边叮嘱着一边开门走了。

玻明喝了口乌龙茶，翻开那叠资料，神色渐渐凝重起来。

这单生意有点不寻常。

三天前，总裁木村联系到事务所，开了一个几乎令人难以拒绝的高价，要求十天内找到丢失的拍品"琉火珠"。玻明并未立刻答应下来，而是先去查找了琉火珠的资料。

奇怪的是，奇沙拍卖行在历届拍品展出之前，都会大肆宣传，有详细的珍宝介绍放出，包括年代、材质、历史流迹等，以吸引买家。唯独这次的天价拍品琉火珠，几乎找不到任何介绍和图片。玻明本以为这是商家的反向营销手段，便对木村说自己不清楚来龙去脉，这活儿没法接。木村火速将玻明带到中国西南的一座深山古寺，见到了一位法号"无明"的僧人，玻明才知原来这琉火珠，大有来历。

无明是一位老僧，年逾古稀。他自幼酷爱绘画，三十岁出家前，家族祖传了一门在内壁画鼻烟壶的绝技。一年前，他在梦境中得佛祖指点，让他将寺内一颗代代相传的红色空心舍利子拿来，用鼻烟壶的技法，在珠子内壁作画，并送去展出售卖。

无明惶恐，舍利乃是佛骨，擅自在舍利内部作画，恐是亵渎神明。然而一连七日，无明每日梦境皆是如此。他认为这是修行宿命，便恭请了舍利，倾毕生之笔力，呕心沥血，用了整整一年时间，在舍利内壁画了图，将成品命名为"琉火珠"。

完成后，他联系了世界最知名的奇沙拍卖行，这颗宝珠便成为本年度竞价最高的拍品。谁曾想还有十天就要展出了，琉火珠却在奇沙拍卖行顶级的安保的层层护卫下，不翼而飞。

在寺内缭绕的檀香中，木村用空气投影展示了琉火珠的高清影像和讲解。

舍利子，自古都是高僧圆寂后，肉身化成的，颜色形态各异。

眼前这一枚，有一颗荔枝大小，形状近乎正圆。颜色是凝重的朱红，却有极好的透光度，像是最上乘的红翡，色泽浓重，却清透如水。投影中，以强光照射宝珠，周围有一圈红色的光晕散开，最外圈竟散射成七彩。

宝珠本身通透明澈，内壁的绘画十分清晰，毫发毕现。画中是一个古装打扮的少女，乌发半绾，穿一身唐朝风格的白色袍子。少女的背后，是一大片正在熊熊燃烧的火海。

玻明走上前，在投影上动了动手指，放大了火焰部分，发现是一些经卷和绘画正在燃烧。赤红的火海引动着热风，将少女的乌发吹得散乱，身上的白袍也映得血红。少女右手握着一卷画轴，似乎是刚刚从火中抢出来的。细细一看，她的白袍一角，已经被烈火引燃。

这少女正在奔赴焚身火海的宿命，然而，她眼神澄澈，既无惊惧，亦无疯狂，只流露出一副甘愿赴死的圣洁神情。

鼻烟壶的内壁画法，是以细小的毛笔伸入荔枝大小的宝珠内部，反向作画。这幅画的技术已入化境，不仅少女的发丝毫发毕现，连热风涌动的衣服褶皱都流动如云。琉火珠通透的光影将火焰的绘图映照得光影流转，生动异常，放大来看，烈火中的经卷还能依稀辨出"金刚经""波若"等字样。

所谓绘画，"描物易，摹神难"，最令人震惊的是，作者运用东方水墨的白描技法，仅仅数笔，就勾勒出了少女栩栩如生的眼波和神态。

这画有种摄人心魄的力量。玻明不由得暂时闭上双眼。只是这幅画，似乎有些眼熟……在哪里见过呢？

《地狱变》！

玻明突然想到，这画，竟然和日本古代那幅著名的《地狱变》有些相似。只是日本那幅画充斥着极致的癫狂和黑暗，而宝珠里的这幅，却流露出一种祭祀的圣洁感。

还有个地方有些奇怪。这少女虽然是古装打扮，但五官明艳，不施粉黛，脸上并没有唐代妆容，神情间，怎么还有几分现代人的摩登感觉？

玻明正在思考，突然窗户上的"门铃"响了。

不知不觉，已经到了晚饭时间，无人机吊着一个餐盒，正发出电磁信号，连接了窗上的感应装置。是的，现在这个时代，无人机已经全面取代了人类外卖员。玻明开窗验货，无人机读取了玻明的指纹后，餐盒上浮现出电子字迹，正是手机助理给自己点了最喜欢的炸鸡。玻明美滋滋地取下餐盒，给了无人机一个好评。无人机转着小翅膀，显示出电磁红心的感谢，还扭动了几下螺旋桨表示开心，随即嗡嗡地飞走了。

玻明打开香喷喷的炸鸡，按照惯例，取出自己可以检验各种化学成分的"试毒筷子"戳了几下，各项指标都正常。这筷子是他从黑市上高价买的，是间谍组织专用的——没法子，做这行，总要小心些。

玻明夹起一块油酥酥、金灿灿的大鸡腿正要往嘴里塞，突然"咣当"一声，房门被人踢开了。一个彪形大汉直冲进来，扑向玻明。

玻明一看来不及跑了，看体型也真是打不过对方，正考虑是不是立马跪下抱大腿求饶，谁知大汉一个急刹车，将玻明手里的鸡腿一把夺了过去。

"吃不得。"大汉皱了皱眉头，嫌弃地看着手里的鸡腿。

玻明一头雾水，大汉便撕开鸡腿让他细看。玻明拿在手里仔细看着，才发现鸡肉之间有几丝诡异的淡蓝色痕迹。大汉说，这是一种最新研制的纳米液体跟踪器，只要吃下肚子，就能附着在肠胃内壁上发射信号，很难被发现，至少一个月才会被排出体外。

"防不胜防啊……"玻明感叹。他的屋子装了最先进的反监听监视装置，但只能检测出金属元件等传统监听装备。这种新设备听说价格不菲，玻明怀疑是木村他们搞的鬼。

玻明站起身，拱手道："谢谢这位好汉。敢问怎么称呼？"

大汉浓眉、方脸，个子挺高，须发凌乱，脸颊还有一道疤痕。目光明亮，有几分聪慧，不像做体力活的。手指关节处有茧，肤色偏黑、粗糙，不排除酷爱登山等户外活动。眼睛有红血丝，呼吸微微急促。玻明让手机助理偷偷检测了一下他的健康数据——心动过速，肾上腺素水平过高。

"我是老张。玻明侦探，请你帮帮我。"大汉说。

"抱歉，这几天手头有个重要的案子……"玻明一边回话一边观察对方的反应。

"木村让你找琉火珠，恐怕是开了大价钱。当然，这纳米追踪剂，也是他们下的血本之一。"

"你怎么知道木村呢？我又怎么帮你呢？"

大汉慢慢瘫坐在沙发上，眼中露出绝望的神色："琉火珠……是我弄丢的。"

敦煌

第二天，老张和玻明就飞到了敦煌。

夜晚，银河之下的沙海，无边壮阔，无边寂寥。这是玻明第一次见到沙漠。

老张递给玻明一根烟，玻明默不作声地抽起来。这年代都是鼻腔电子贴片了，这种还烧火的古董烟可不多见。

在玻明家那天，老张说明了事情的始末。他是个警察，一直怀疑木村在合法渠道的掩盖下，做违法的古董走私生意，倒卖了中国的不少文物到国外。后来,老张被派到木村集团卧底,一年后晋升为核心安保人员,负责琉火珠的安保工作。

七天前,在奇沙集团总部,他第一次看到了琉火珠,惊得说不出一句话。宝珠里那幅画中女孩的脸,竟然和自己多年前失踪的女儿一模一样!

像是着了魔一般,为了找女儿,老张费尽心思,竟把宝珠于重重看守中偷走了。偷盗细节老张隐去未提,或许是觉得羞愧。

看来警察的职业经验确实有点用处,玻明坏笑了一下。

然而,百口莫辩的是,等老张费尽心机把宝珠拿到手里,还没来得及细看,宝珠竟然就在手掌中凭空消失了!

玻明再三确认,老张说的"凭空消失"就是"突然不见了"的意思,就是短短一瞬间,珠子就眼睁睁地从手心里消失了。

这种"故事",一般人听了肯定不信。

听完老张的话,玻明沉默着思考了一会儿,终于告诉老张,这宝珠里的画,出自一位寺庙的画僧之手,灵感来自一幅敦煌莫高窟的壁画。

老张听到后激动万分,说当年和妻子婚后五年求子不得,妻子就是去的那间寺庙求子,不久以后女儿便出生了!而女儿的失踪,竟然就是一家三口去敦煌莫高窟旅游的时候发生的!这其中一定有什么联系!

玻明心中虽然忐忑,但案子还是要查的。于是,他和老张订了机票,第二天傍晚就飞到了敦煌。

深夜,他们才到沙漠边缘的民宿住下,胡乱吃了几口饭,两人都睡不着,就穿鞋下楼。

夜色清冷,弯月如刀。他们看着月色和沙海,陷入沉默。

"女儿,丢了多久了?"玻明深深吸了一口烟。

"十年了。"老张的嗓音有点干涩,似乎这个问题很难回答。

"咳,聊别的也行。"玻明说。

作为一个四十岁的男人,老张脸上的皱纹可真够深的。他应该是个挺能干的警察,体格保持得很好,气场却有种生人勿近的威慑感。失踪的女儿,看来是这个硬汉的阿喀琉斯之踵。

"十年前,阿橘六岁。那天,我和她妈妈牵着她来看莫高窟。她妈说,阿橘是佛祖保佑结下的佛缘,一定要来敦煌看看。六月二号中午,在莫高窟,游客太多了,阿橘却很高兴,小小的年纪,挤在游客群里,指着藻井上的千佛像问我,为什么这些佛远看都是一样,近看表情却各有特色,我说爸爸也不知道,或许他们各自心中想着不同的事。那天我记得清清楚楚,是我牵着阿橘,阿橘妈妈要喝水,我把保温杯掏出来,给她拧开,就松开了阿橘的手……就那么一分钟时间,阿橘竟然就不见了……"

"不见了?像琉火珠一样,凭空消失了?"玻明问。

"当时我们也不这么想,就是里里外外地找,报纸、电视台、网络,什么招都用上了。"老张的语气有点木然。

玻明听着,心里不是滋味。

"第三年,阿橘妈妈心里放不下,肝癌,走了。我一直还在找。"老张低下头,把烟蒂扔在黄沙上,重重地踩灭。

"你是警察……肯定该做的都做了。"

"现在,不该做的我也做了。"老张怔忡地看着大漠,大漠最深处,沙海和天际线一片模糊,"这些年,我常常在梦里见到阿橘。说来也奇怪,我这个女儿,从小就和一般小孩不太一样。五岁的时候就已经认识不少字了,还会背一百多首唐诗。"

"那不就是天才?"玻明接话,更替老张难受了。

"她心是善良的,断奶以后就不吃肉了,尤其不喜欢看到杀鸡杀鱼的情景。但……我总感觉她有些冷冷的。你会觉得这小孩怎么不黏人、不撒娇呢,我甚至觉得她对父母总是很……客气,一种疏离的客气。有一次,我去另一个城市执行任务,我老婆低血糖犯了,在家里晕过去七八个小时。醒来以后,发现大半天没吃没喝的阿橘就在她旁边静静坐着，不哭不闹，看着一动不动的妈妈也丝毫不慌，眼神安静得像个久病成医的大人，似乎什么都懂。那时阿橘只有三岁……那次以后，我老婆和我说，似乎阿橘总有一天要离开我们……"

玻明愣愣地听着，直到香烟燃到烟蒂，烧痛了他的手指，才猛地松手。红色的火星坠下，在无垠的沙海中，如一粒微尘般熄灭了。

青烟浮起，大漠的弯月也变得模糊起来。

第二日一早，老张和玻明一起来到了莫高窟。一个一个洞窟找下来，都没有发现和阿橘一样的人像。网络上虽然有些莫高窟的影像，但老张还是觉得亲眼来看更稳妥些。直到黄昏，莫高窟快要对游客关闭的时候，他们才进入了17号洞窟。

17号洞窟是敦煌最珍贵的洞窟之一，它就是人尽皆知的藏经洞，开凿在第16窟甬通壁上，洞内空间19立方米。传说11世纪初，西夏人征服敦煌的战争中，莫高窟僧人逃离前与民众将无法带走的经卷尽数封存于内。北壁上绘有枝叶交接的两棵菩提树，东树悬净水瓶，侧立比丘尼，双手奉持团扇，西树挂一挎袋，侧立侍女，作男装。

老张和玻明在壁画上细细找着，空气中弥漫着干燥的黄土气味。突然，老张的动作凝滞了。他找到了那张和阿橘十分相似的面孔。

老张伸手去指壁画，身子却不由自主地抖起来。他想开口叫玻明，嗓子却发不出声音。玻明看到他的样子，急忙走过来。

而老张的手指向的，正是壁画左下角的那个侍女。面孔圆润，双目细长。老张颤巍巍地拿起自己的手机给玻明看，手机壁纸正是他的女儿阿橘。

"阿橘，这、这就是阿橘。"老张的嘴唇也在打战。

夕阳渐渐落下，莫高窟关闭的时间到了，随众多游客一起，玻明和老张走出洞窟。走之前，玻明仔细拍下了壁画中的少女。

从莫高窟到民宿大概要走二十分钟。路上，玻明在手机上反复对比两个女孩的照片。虽然阿橘丢失的时候只有六岁，壁画上的少女已经有十五六岁的样子，但两人的五官辨识度很高，尤其是一双细长的眼睛和饱满如莲花瓣的唇形，看起来确实像是同一个人。

会不会是巧合呢？玻明想。毕竟壁画已经被风沙侵蚀千年，轮廓稍显模糊——也不能完全排除这个可能。可那侍女如果真的是阿橘，现代世界里消失的女孩怎么会跑到千年前的壁画中？

正想着，走在旁边的老张突然抓住了玻明的衣服袖子。

"玻明，琉火珠到底怎么找？我干了几十年警察，找什么东西都要有线索。但是这珠子是从我眼皮底下凭空消失的，像拍电影似的！"

"说起电影，我小时候看过一个老电影，《哈利·波特》，你知道吗？"

"那个有名的魔法片。"老张点点头。

"那里面就有个情节，大家都在找魔法石的时候，那石头就凭空出现在了哈利的衣兜里，哈利就这么一下子掏出来了……"玻明一边说，一边把手机放进衣兜，却突然在兜里摸到了一个硬邦邦的东西。

他慢慢地掏了出来，掌心里，琉火珠就在敦煌沙漠最后的夕阳中闪烁着温润的光。

玻明和老张目瞪口呆。

大漠的风吹过来，这里有些偏僻，周围只有零星游客。民宿在前方隐约可见。

玻明还没来得及说什么，说时迟那时快，老张已经一把把他推倒在地，刚好躲过了一个冲上来抢夺琉火珠的壮汉。

其余四个大汉从旁边冲出来，一拥而上，玻明迅速把琉火珠放进衣兜，冲上前和老张并肩作战。为了工作防身，玻明也练过跆拳道和泰拳，对付两三个成年男人没问题。不过这几个大汉个个功夫了得，老张身手不俗，奈何寡不敌众。玻明一看不妙，想要往民宿的方向跑去求助，却被一个壮汉扑倒在地，琉火珠也从衣兜里滚了出来。壮汉和玻明同时伸手去抢，只见老张大吼一声，扑过来将壮汉一拳打翻在地，其余四个壮汉趁机扑倒老张，将他死死按住。

玻明的脸被按在地上，吃了一嘴沙子。一个人走了过来，他看到了一双熟悉的鞋子。玻明吃力地抬起头。

木村瘦削的脸半隐在黑暗里。他冷冷地看了玻明和老张一眼，伸手要去捡琉火珠。

玻明正被一个壮汉死死按住，无力挣脱。

天色越来越暗，繁星开始显现。幽蓝色笼罩的沙漠中，亮起了一团红色的光——琉火珠突然散发出一道火焰般的光芒，金红色的暖光散发着热力，在虚空中划出一道一人多高的圆环。飞溅的火星一般的流光中，圆环内部出现了一股五色流动的旋涡，看起来像是通往另一个世界的门。

所有人都惊呆了。玻明和老张几乎同时挣脱束缚，朝琉火珠的方向扑过去。距离琉火珠最近的木村反应最快，伸手去抓那珠子，没想到珠子周围滚烫，如烙铁一般，木村还没摸到珠子，就惨叫一声收回了手。玻明和老张已经扑了过来，瞬间和木村扭作一团，身后，那几个大汉也回过神，往这边冲过来。玻明和老张无路可退，电光石火间，玻明做了一个大胆的决定，他拉着老张，滚进了琉火珠的光环中。

然而，玻明没想到的是，最后时刻，木村死死抱住了老张的腰，随二人一起撞进了光环划出的空间里。

光环变成紫色，随即消失了，一同消失的，还有砂砾中的琉火珠。

繁星闪烁，周围重归寂静，只剩几个壮汉在原地瞠目结舌。

沙洲

太阳是苍白的，射穿玻明的眼皮，用光亮把他活活烫醒。

比身体先活跃起来的是直觉。直觉告诉玻明，琉火珠、壁画、光环、敦煌之间有他不能理解的秘密，直觉还告诉他，木村是冲着这复杂的秘密而来。

玻明费力睁开眼，发现自己横躺在隔壁的碎石上，发烫的石子烫得他又疼又渴，一堵城墙立在面前，他的身体尚且动弹不得，所以不得不仰着头，也是因这个角度，这面城墙显得高大，有一种不由分说扑面而来的躁郁之势。

然后直觉就被他的理智思考取代了。这是哪里？他怎么过来的？刚刚的紫色光环是什么？

他挣扎起身，沿着城墙走了一段。这是一段夯土墙，太阳将西北特有的干燥光线从西南边照过来，不平整的墙体呈现斑驳的阴影。打夯的建造工艺将黄土中结实、密度大且缝隙较少的那一部分和水压制混合成泥块，再由工人将其打垒分层，筑进木板围成的墙型里。夯实土层是需要众多劳力的高强度体力劳动，少则数百人，多则数千人，这段墙出现在这里实在奇怪，玻明想不清楚为什么有人在戈壁滩上费力用这种笨方式筑墙。

墙的尽头是一座城门，同样是土灰的色调，仰头望去，如同空旷戈壁中一个凸起的肚脐。城门正中有一块木牌，刻字"沙洲"。

"都说没心眼的人睡眠好，我醒了半个小时，你才醒。"

玻明闻声望去，是老张正站在城门下，和自己一样，衣服也沾满了戈壁的土灰。

"这颗琉火珠确实不一般。"老张说道。

"你看，我早就说了……唔，木村呢？"

"他坏心眼太多，醒得比我还早，偷走珠子跑了。"

"沙洲？"玻明指了指木牌，门楼下的几个男人穿着铠甲，长发在脑后盘成髻，"这是敦煌的影视城吗？"

"我刚刚问了他们，恐怕……"

"恐怕什么？"

"恐怕，我们遇上了一点麻烦。"

"麻烦？什么麻烦？"

"1000年前，沙洲洲境东至瓜州三百里，西至吐蕃界三百里。下辖三郡，晋昌、高昌、敦煌。"

"沙洲就是敦煌？"

"沙洲是1000年前的敦煌。琉火珠似乎有开启时空的能力，具体的原因现在还不清楚，能确定的是我们现在还在敦煌，只不过是在1040年，北宋康定元年的敦煌。"

"这次的酬劳，要给我加三倍。"

"为什么？"

"利息。北宋的任务，到21世纪才收款，1000年的时间，我的利息是很良心的。"玻明说道。

老张无可奈何地摇摇头，指了指身后的城门，上面贴着一张告身书：

"告：龙图阁直学士、陕西经略安抚副使范仲淹奉敕如右，符到奉行。康定元年三月。"

"范仲淹？康定元年？这是说范仲淹要来敦煌做官？是说宋夏之战吗？北宋仁宗景祐五年（1038），宋朝的藩属党项政权首领李元昊自称皇帝，建国号'大夏'，史称'西夏'。于是宋仁宗于当年六月下诏削去李元昊官爵，并悬赏捉拿，派了范仲淹来敦煌督战。是这个时候，对吧？"

"看不出啊，大侦探，你对宋史还挺有研究？"

"我玩电脑游戏的时候，里面有这么一段……"玻明此时突然十分想念韩婶煎的鹅油荷包蛋，油汪汪的，金灿灿的。通常在他通宵游戏的第二天早上，就会被煎荷包蛋的香气吵醒，然后韩婶用大嗓门喊他"懒骨头该起床了"，然后一天就在这热腾腾的烟火气里开始了。

如果真的到了北宋，别说鹅油煎蛋，就是普通煎蛋，也难吃到了。

"琉火珠！"玻明转向老张问道，"刚刚琉火珠是从我口袋里变出来的？现在呢？"

"我说了，被木村抢走了。"

"要不你再看看口袋……"

"不可能的，你想……"老张用手伸进口袋，竟发现那只珠子在兜中鼓了出来，他将这一枚温润的宝珠捧在手心，定定地看着，惊呆了。

玻明好奇地凑过去，一只眼睛对准它的空心内壁，少女、经卷、红色的火海就像烧在眼前。

"画工真是神鬼莫辨。有修行的高僧就是不一样。"玻明搓了搓鼻子，"可惜了！这样的宝贝，为什么就认你这个主人呢？怎么就不认我呢！难道还真是像《哈利·波特》里邓布利多说的那样，'只有想找到它，但又不是想为了自己利用它的能力的人才能拥有它'，现在看起来很明显了，琉火珠的超能力除了特别昂贵之外，还有穿越时空！"

"我找琉火珠，是因为珠子里的画像和阿橘一模一样。第一次在奇沙集团见到琉火珠时，我就想，这不是我的阿橘吗？"

"恐怕木村他们早就知道珠子和时空穿梭的秘密了。"玻明想了想，继续说道，"经卷！珠子里的画上除了你的阿橘，就是燃烧的经卷，你为了阿橘，说不定他们为的就是经卷呢？"

莫高窟

老张和玻明在城里客栈休整了一晚。

敦煌位于祁连山三大水系之一的当河冲积扇上，河西走廊最西，自古以来便是丝绸之路的咽喉之地，吞吐着砂砾、驼铃、商贾、脚僧、茶叶与绢帛。所幸这里的居民见惯了来往商客,看到老张与玻明身着千年后的衣物,还以为这是沿丝路小国的装束,只觉得料子轻薄新奇,想问清其中的纺织技法,却没有谁疑心他们的来历。

语言也没有成为太大的问题,千年时光中随着几次北方游牧民族南下,现代汉语的读音确实发生了许多改变,可字形始终未曾变过。老张和玻明每每因为读音与店家交流不下去时,只需告诉店家自己并非中原人士,汉语生疏,再向他要一支笔、一张纸,将心中的字句化成文字,一切交流就再也无障碍了。

第二天,天一亮,别过店家,他们就启程了。出敦煌向东南,莫高窟距离城市总共不过25公里,可在没有现代交通工具的情况下需要走整整一天。

他们沿着驼队留下的脚印走向荒芜深处。放眼望去,戈壁上唯一标记了存在的,便是形状骇人的雅丹。长日将尽,血色夕阳将最后一点红色投射在风蚀岩上,雅丹的形状指向三危山,仿佛无数根染血的手指戳向一个真相。

老张看到这个景色,隐隐有些不好的预感。

"你说,这样走,我能找到阿橘吗?"

"除此之外,你还有别的方法吗?"

在月光刚刚占领沙丘的时候,他们到了三危山。与千年后的景象截然不同,这里没有绕着佛窟外的木质护栏,也没有游客排成长队伸头拍照,唯有山体上黑黢黢的几百个洞眼告诉来者,这一片山已经有了自己的故事。

三危山远离人烟,戈壁上有几十只帐篷,发着橙黄的光,那是在此开凿石壁的匠人的居所。泥匠、画匠、木匠、漆匠领了富裕人家的银钱,将数十年的光阴消磨在此,白天在岩洞中雕琢,晚上钻进帐篷里休息,在极寒的戈壁中靠着柴火取暖,饿了嚼一口馕饼,等到窟成,自己的青春也已彻底逝去。

千百年的岁月中,他们将矿物颜料研磨成齑粉,用细细的一支笔一笔一画地抹在石窟内,生生在一片土灰色中描摹出了五彩的藻井与佛像。

由于佛教文化的兴盛,莫高窟的开凿持续了千余年,人们笃信将佛陀、经变与自己的画像同时绘在洞窟内,能彰显自己的虔信,也把美德流传于后世。开窟、写经的人既有僧官、僧尼,也有当地达官贵人、文武官僚、工匠、社人、行客、侍从、奴婢。

大量佛经不断从长安、洛阳传入,不少高僧从内地与西域前来弘法,久而久之,这里的佛教氛围与洞窟数目一起增长,密密麻麻,成了莫高窟上数不尽的幽邃的秘密。

凭着记忆,老张带着玻明摸索到了藏经洞前。

对他们来说,时光或许才过去一日,可眼前的景象却大不一样。原本墙角放着摞到天花板的经卷,此时却空空荡荡。偌大的洞里显得阴森寒冷,只有几盏酥油灯明灭闪动,照出墙上还没干透的壁画。

"这么晚了,怎么还有人来?"洞窟深处传来一个男人的声音。

走近了,从阴影中露出半张脸,是一个男青年。肤色黝黑,但眉目端正,眼光明亮,自有一股庄重之气。身上穿绸,不似门外的画工,倒像是一位富贵人家的公子。

玻明连忙说道:"叨扰了,我俩是镇上来的,都是爱丹青。听闻这洞中有一幅不可多得的画作,其中的少女惟妙惟肖,眉目和妆容不像当世女子,反而像……天仙下凡!就兴冲冲想来一探究竟。只是我俩在黄沙中行走,路途遥远,天气又炎热,难免速度慢了些,赶到此地已是黄昏了。"

"来看画?你是说这一幅?"

油灯的光照亮了男人所指之处,那是一幅还未完成的画像,图中的侍女细眉长目,好似正在凝视窟中的一切,也似正在凝视看画的人。

"这是阿橘！"老张喃喃自语，转向男子，"不知是哪一位的妙手画出这幅人像？先生可认识作画之人？"

"这……正是在下画的。"男子说道。

"那你可认识这画中人？"老张连忙上前追问。

"认识。她这几日就在我家寄住，怎么，二位与她有渊源？"青年有点警惕地微笑起来。

四合院

玻明与老张第二日便随着男子回了家。这是一方规整的四合院，堂屋居中，厢房左右两列，狭长板正。外墙以土草水混合制成的土坯、夯土墙及当地胡杨木为主要建材。为防风沙，整个院落高度低，进深小，外闭内开。乍一看与此地一般富庶人家的民居并无二致，但玻明还是注意到了院内案桌上的一排笔墨。他微微蹙眉，拉住老张，但老张一进院子便四处张望寻找女儿，只可惜目光逡巡之处，空无一人。

"可能是出去了。"男子说道，"二位不着急，这几天日落前她都在村子里替人瞧病，我去将她找回来。"说罢便合上门走了出去。

"老张，这人好像是韩琦。"玻明低语。

"谁？"

"韩琦。宋仁宗、宋英宗、宋神宗三朝宰相。"说罢，玻明指了指放在桌案上的印章。

"又是你玩游戏学到的？"

"不，是看电视剧里说的。"

"你的娱乐可真不少……宰相为什么不在朝堂里坐着，而要来这山高皇帝远的边塞？"

"宰相也不是一生下来就是宰相的。宋夏之战时，韩琦曾被任命为陕西安抚使，派遣至敦煌。要等这战事过去，才能高迁进入庙堂。"

话音刚落，门就开了，一个十六七岁的少女走了进来。少女梳着双丫髻，皮肤细腻匀净，是淡淡的小麦色，衬得一双细眼愈发明亮。少女虽然已有了女子曼妙的身形，但脚步轻盈的样子还像个孩子，言语间不乏稚气，却又有种通透的淡然。她昂着头，有点淘气，又有点戏谑地对着韩琦说道："你说有人要见我？莫非……我治病救人，在此地竟有了些名气？"

老张仿佛被施了定身法，在原地一动不动。他不敢相信自己的眼睛，这是阿橘的眉眼……当这些梦里出现过无数次的五官活生生地在他面前拼凑成一整张脸，他站起身想说些什么，十年来寻女的千难万险在脑海中只闪现了一秒，他从喉咙里沙哑地发出一句梦吟："你是……阿橘？"

"是。"阿橘打量着老张，神色突然沉静下来，双眉微蹙，眼中似有无限思绪。

虽然玻明从未见过幼年的阿橘，仅凭对珠内画像的一瞥，他就清晰地知道，这少女便是老张十年来要找的人——这是一种基于经验的准确性。这种直觉要比所有合乎逻辑的推理都更接近事实。

玻明发现，韩琦正在少女背后，以一种隐晦而深情的目光痴痴望着她。

玻明感觉老张下一秒就要说出真相了，连忙拉住要开口的老张，从他的裤子口袋里取出琉火珠，递给阿橘："你认得这个吗？"

趁着阿橘去看珠子的时候，玻明伏在老张耳边小声说道："你说是她爸，她会信吗？太心急，要坏事的。稳住。"

老张张了张嘴，最后还是在一旁沉默下来。他的眼睛慢慢红了，先是看着女儿，后来盯着地面，再后来，眼睛似乎都有些充血了。

阿橘将珠子捧在手心，细细端详了许久。仿佛感应到什么一般，珠子的颜色从暗红如血，逐渐发出温润的红光，如同摇曳的火光般照亮了少女的脸。

"这颗珠子真漂亮,可惜我未曾见过……也许在梦里见过吧。"

"这颗珠子原本是你父母留下的,你还记得吗?"

"我没有父母。7岁那年,我被捡到,在医馆里养大至今,没见过父母,也从未听说过自己有什么亲人。"

"那你怎么知道自己叫阿橘?"

阿橘沉默了一会儿,将双唇抿起,嘴巴有一点像老张:"我能记得一个七岁前的梦,梦里我就叫作阿橘!"

"梦里?"

"对!梦里的那个天地,或许就是西方的极乐世界。我不曾记得有战乱,也不曾记得有痛苦,更没有这千里黄沙。梦里我似乎也有过一个家,住在高高的宝塔里,吃飞天从空中送来的食物,墙面、地板都闪着变幻的光。但那个梦在我七岁那年就戛然而止了,我穿过一条长长的紫色光环,从梦境中醒来。"

一直在旁边没有说话的老张开口了:"那么,如果有机会回到那个梦境中去,你愿意吗?"

阿橘皱起眉,仿佛真的能听懂老张的言外之意一般,思考了一会儿,缓缓答道:"我既然知道那是梦境,就没有回去的必要了。"

老张没料到会是这个答案,就在他想进一步说服女儿时,院子外传来马蹄声,急迫,仓促,在一阵嘶鸣后停在近处。

韩琦匆匆上前应门,院外一阵混合着人声的铠甲摩擦之后,马蹄声又干净利落地远去了。

年轻的安抚使再度进门,脸上添了几分忧思。他向老张和玻明浅浅颔首,表达了歉意:"我不能再留二位了,斥候刚来传报,原本在五百里外安营扎寨的夏军今晚动身了,正向东南方向行军。"

"韩大人这是要走了?"阿橘问道。

"我来此地已有一年,施展抱负是我之所愿。只是夏军暴虐无度,此番我率军离开,恐怕这座城和城周围的百姓要饱受战乱之苦了。"

韩琦说着，眼睛却看向地面，他想抬起眼睛去看阿橘，却似乎难以抑制心中的离愁别绪，怕看得多了，自己更加舍不得。

呵，来这一套。玻明撇撇嘴。

"阿橘有一个不情之请。"阿橘主动开口了。

"你曾医好过军中的时疫，别说一个要求，十个也不在话下。"韩琦终于抬起眼睛。

只要是她的请求，莫说一个，哪怕一百个、一千个呢。

"五十里外的三危山，那里的几座古庙已有数百年历史，南来北往的商贾、僧人皆在那处落脚，日久天长，藏经无数，更有经变、绘卷、历代书法名帖无数。一旦夏军来犯，将那些庙宇付诸一炬，岂不是太可惜了？"

韩琦原本就是爱画之人，听阿橘如此道来，也动了恻隐之心："你的意思是，想救下那些经卷？"

阿橘用力地点了点头。

封藏经洞

经卷转移的工作持续了三天三夜，几万经卷从四周的庙宇、佛堂，甚至是民居运送至此。在韩琦的主持下，它们被整齐地码在洞窟的四侧墙壁，逐渐盖住了满壁的岩画。

在最后一卷经书运抵后，韩琦下令封洞。泥匠用黄土填满了原本就狭窄的甬道，造出了一面掩人耳目的"假墙"，又寻来一座观音莲身，放在假墙前，用以掩人耳目。

完成这一切后，韩琦不禁感到惋惜："可惜我那刚刚绘完的画！封存洞内，不知何日能重见天日了！"

阿橘回答道："这还不简单，等韩大人击退夏军，到时候我们就在此地办个庆功宴，找来敦煌的所有名人乡绅，韩大人的画作他们是不敢不夸的！"说罢少女露出有点得意又有些娇俏的笑容。

"一言为定。"韩琦温和答道。

此时,一个士兵进门,说有要事请韩大人尽快去处理。

韩琦出门前,又回身深深望了阿橘一眼。

老张将这一切都看在眼里。不过,此时不是计较这个的时候。虽然自己尚未对女儿表明身份,但看到阿橘守护了经卷,便下定决心,朝身边的玻明暗暗使了个眼色,示意他过来说话。

一番耳语后,玻明大惊失色,叫了起来:"你这是要劫持?"

"小声点!当下一时也说不清楚,真等夏军来了,乱作一团反而难办。"

说罢他将珠子紧握在手上,上前一步捉住阿橘的手。阿橘很诧异,一时竟没有反应过来。老张看到还在犹豫的玻明,喊道:"你想一直待在这儿,我可不管你了!"

琉火珠的光芒由红变紫,高强度的光照得整个洞窟耀眼无比。一旁的韩琦还没反应过来,阿橘的手腕在老张的掌心里挣扎了一下,然后就又被他握得更紧了。

好汉不吃眼前亏,此刻也顾不得许多了,玻明连忙跨上前去,握着老张捧着琉火珠的另一只手,一团炫光闪耀之后,他们便不知道自己身在何处了。

千年后的敦煌

玻明醒来的第一件事,是想找来老张发一通牢骚。正是这个家伙让自己蹚进这摊浑水,还不打招呼就搞穿越,害得自己差点被落在千年前那个没有自来水、没有电、没有鹅油荷包蛋的不毛之地。

但当他再次看见老张时,一切的抱怨都无从开口了。他看见一个绝望的父亲,此时正跪坐在地,对着藏经洞上的壁画呆滞凝望。

"阿橘呢?"玻明心下顿感不妙。

老张没有回答,只有玻明微颤的声音在洞内回荡。

玻明顺着老张的目光望向壁画,一时惊呆了。画上的少女不再眉目低垂，白衣已经被烈火映得血红，阿橘——正在火海中燃烧。

这幅壁画，竟变得和琉火珠中"无明"所绘的火中图景一模一样。

"阿橘没有回来，我……反而害了她。"老张的声音仿佛从另一个世界传来。

壁画为何会变？玻明的脑海中迅速搜索着答案，他是一名厉害的侦探，善于利用逻辑和证据推理出事实，但自从琉火珠出现之后，这一系列颇具科幻小说色彩的情节已经让他的大脑有点跟不上了。

明明当时老张已经抓住了她的手，明明当时已经启动了琉火珠，为什么阿橘不但没有回来，反而葬身火海？

老张从地上缓缓站起来，他的关节发出"喀拉"的声响，如同千年前的胡杨朽木被一阵风沙摧折。玻明暗想，恐怕这样的老张是再也无法活在千年后的现在了。

他从口袋中再次摸出琉火珠，这几乎用尽了他所有的力气，手臂缓慢而凝滞地抬起，没有丝毫犹豫。

说时迟那时快，玻明迈步上前，将老张的手臂重重打下，抢过那个珠子，攥在手里，背过身去，将它护在身体内侧。老张想去夺，玻明顺势用屈着的手肘向他怀中一击。

"木村抢了没用，你抢走也不会有用，只有我才能用它回去。"老张伏在地上喘道，脚扭到筋了，牙一咬，最后还是没站起来。

"不说是老警察吗？怎么这么不抗打？"

"你当琉火珠是普通的弹弹球吗？你别说，这东西，用一次，劲还挺大的。"

"都知道有副作用了，那还不做好准备再走？至少查查资料啊。在宋朝，可没互联网搜索引擎一类的东西！"

良久，老张缓缓瘫坐在地上，一声叹息。

接下来的几天，玻明和老张在敦煌当地的图书馆里找到了大量关于北宋时期敦煌的资料，包括县志、族谱、朝廷的告身。又从网络上下载了古地图随身带着，一切准备工作做完，剩下来的谜题就只有一个了："为什么阿橘没有跟我一起回来？"

老张面前的一瓶啤酒喝了一半，烤串、驴肉黄面的香味弥散在干燥的空气里，沙洲的夜市，每个摊位都是热闹的，热闹是一种统一的状态，就像在这里的任意一家店铺叫一句"老板"，所有服务员和老板都会立刻寻声转过头来。

但在这样的热闹里，老张的话题依旧是冷冷的，甚至是扫兴的："我真想不明白，她为什么没有跟着我回来！"

真是和祥林嫂有一拼了。玻明无奈，却又不得不安慰："琉火珠开启的时候，你可是抓紧了她的手？"

"这个我可以确定！但进了紫色光环后我就不那么确定了，因为那个时间段里发生的事，我也没有印象了。"

"会不会是阿橘自己不愿意跟你走，趁你进入琉火珠失去意识时，挣脱了你的手？"

"怎么会？她是我女儿！"

"可她自己知道吗？"玻明反问道。

"哎！对！"老张一拍桌子，玻明面前的杏皮水狠狠晃了两下，饮料里激出的气泡碎在两人的皮肤上，"都怪你，当时不让我道出实情，害得我们父女不能相认！现在好了，人也不愿意跟我回来。"

"这不能怪我，你想，你养了你闺女六年，中间隔了十年，再见面就一起待了不到两天，当时你说了，她能信吗？"

"那么我就再穿回去一次，这次与她相处的时间长一些，慢慢向她表明自己的身份，再带她回来！"

敦煌四合院

有了前一次的经验，玻明与老张都算是轻车熟路。但那也是相对的,当千年前戈壁特有的蛮荒感和宋夏之战的危机向他们扑面而来时,两个现代人还是感到了一阵窒息。

这一次,他们不再是两个来自小国的商贾,而成了患上时疫亟待药品的病人。

看到自己的衣着打扮和随行物品都大变样以后,两人一开始都有点蒙,但不得不强迫自己尽快适应新角色。

"身份怎么还能变?"在医馆内醒来后,老张疑惑地问玻明。

"不知道,看来这次的难度要高得多。"

老张和玻明所生活的时代是一尘不染的,有着极高水平的防疫消毒措施,许多过去肆虐的病毒和细菌早已销声匿迹。他们不曾注射针对性的疫苗,身上就更不会有古老病毒的抗体。

好在两人的身体素质都不错,常人难以忍受的高烧,睡了几觉似乎就渐渐退去了。只是这场时疫让老张找女儿的日程又耽搁了。

老张日日躺在榻上,看着太阳的光线从墙脚爬到墙上,时间以肉眼可见的速度流逝,而西夏入侵的日子却一天天临近,他的内心异常焦躁。

敦煌夜里的风沙和白天不同,白天的太阳照在沙子上,是热力让它们变得凶猛,而夜里的风沙则是纯粹的机械动力驱动,更加不辨是非。风沙一阵一阵地打在外墙上,十分聒噪。

但就在这样的晚上,有人借着风的掩护,悄悄叩开了门。

医馆里病人不多,且都因身体虚弱而呼呼大睡,唯有老张因为见不到女儿而辗转反侧。

"是谁?"

来者明显因为惊讶顿了一顿:"我叫阿橘,我来拿病人的衣服。"

老张在寒夜中一个激灵。夜色中,阿橘穿一身白色的粗布衣服,黑色的长发在脑后简单梳理,被风吹成了一幅水墨画。

再次看到女儿,老张有种溺水的人抓到救命稻草的感觉。她的周身没有地狱般燃烧的火焰,阿橘还好好地在自己眼前。

老张恨不得立刻就跳起来,把女儿从这是非之地拖走,但又想起玻明对他说的话,不由得死死握住拳头,指甲深深嵌进肉里,终于还是忍了下去。

"你为什么要来拿病人的衣服?不怕过了病气吗?"

"这些是给城里的人家拿的,他们分了去,再将病人衣服于甑上蒸过,则一家都不会再染病。"

老张心想,用甑来蒸病衣算是病原体的高温灭活,这或许就是古代的传统疫苗吧?既然知道了女儿的行踪,他便不再说话,卧在床上,耐心等着窗外的月亮一点点西沉,第二天就要到了。

接下来的几天,老张和玻明声称自己知恩图报,随便找了个由头,一起随着阿橘行医问药。原来女儿不在自己身边的这些时间里,跟着当地的医官学成了一名医女,在敦煌一带为百姓医病。

宋朝边塞又起战事,流民往来不断,粮草军饷尚且接济困难,更无人能顾得上疫病。这两个现代人虽然对古代医术知之甚少,能帮阿橘的只有煎药烧水的杂活,但这也足够了,仅仅通过日常工作的相处,老张就了解到自己的女儿离开他后不但没有因为缺乏父爱而变得性格怪异,反而成了一个乐观可爱的人。

"生病的人那么多,其中的老、弱、幼、残被你救回来,这次时疫杀不死他们,但他们未必就能好好活下去。反而是你,每天在病人身边守着,病人死了,最后吹出来的那口气,被你吸进去,隔不了多久你也要生病。"

此时的老张正陪着阿橘清洗病人换下的带有血污的绷布,两盆清水不一会儿的时间,都变成了猪肝色。

"我六岁时流落到此地,一直高热,正是被医馆里的大夫救下来,他可没管我是不是流民,也没管我活不活得成,硬将我从阎罗那里抢回来。真正做医生的,都该是这个样子。"

老张的眼前浮现出幼年阿橘的样子——在厨房里看到待宰的

鱼虾时,那个静静流泪的阿橘。时间改变了许多,又似乎什么都没有改变。

"那大夫,就是你的师父?他现在在哪儿?我倒是想向他当面道谢……"

"道谢?"

"哦,对,教出你这样的好徒弟为百姓看病,我当然要谢谢他!我可是知恩图报的。"

"师父几天前不知所踪了。那天我出门买一头小羊,不过两个时辰,回来后医馆空空如也。"阿橘叹了一口气。

"你不去找他吗?"

"我也想去找他,但没人确切知道他从哪里来,有说是从江南来,有说是从汴京来,还有说我师父根本不是凡间人,而是学了仙术的天上人。不过他偶尔是这样的,有时是去进药,有时是出远门医病,兴许过几天就回来了。"

提及往事,阿橘浅浅一笑,老张捕捉到这个瞬间,跨越千年,这个笑容没变。

"从六岁开始他就带着我,教我辨识药草,把脉问诊,虽然他有的时候也不太靠谱,要靠查书籍,但他医好了当地许多百姓的病,对我也是倾囊相授,就像父亲那般……"

听到"父亲"这个词,老张心上一阵刺痛。这位师父,替自己履行了父亲的义务。自己该是要谢他的,可此刻心中怎么无比酸楚。

"父亲?你、你还记得你的亲生父亲吗?"

"六岁前的事,像梦一样,我已经记不清了。"

"如果我说,我就是……"

"阿橘,我们找你半天了!"门外传来一个熟悉的男声,仓促的木门叩打声打断了老张父女相认的计划。阿橘连忙站起身,向门外走去,留下老张一个人对着两盆污水狠狠叹气。

韩琦风尘仆仆地从门外走进来。

"韩大人，你来了？"

"此地已不安全，再过几日，西夏大军压境沙洲，夏军所过之处，寸草不生！你早些收拾好医馆的重要物资，先往东边避一避！"韩琦急急地说着，恨不得当下就把阿橘带离这危险之地。

阿橘蛾眉微蹙："我听大人上次说，在三危山旁大人供奉了一个佛窟，而其中的壁画正是大人亲手所绘？那幅画，您可画完了？"

"前两日将将画完，如今敌军来犯，恐怕你我等不到窟成祝祷的那一天，确实可惜。"

韩琦面色稳重，心中暗藏着一个有关阿橘的秘密。有一日……你终会看到那幅画的吧。

老张偷偷观察韩琦的脸色，哼，这惦记我女儿的心思倒是没变。

"韩大人对自己的丹青尚有不舍之情，三危山旁的几座古庙藏经无数，更有经变、绘卷、历代书法名帖数万卷，一旦夏军来犯，将那些庙宇付诸一炬，岂不是太可惜了？"

"确实。"这些年的相处，韩琦心中明白，阿橘是非常看重这些的。

"不如就让那未成的洞窟暂成经卷的庇护所，藏经封洞，待到大人凯旋，再重启佛窟，让经卷各归其位。"

又是藏经，只不过在这一次的藏经过程中，老张未离开过阿橘半步。

"别看这些经卷多，周遭的僧侣、村民都来帮忙，不过三日，也就搬完了。只是到时候重新开洞可能不是一件容易的事，毕竟这里的佛窟那么多。"阿橘指了指被黄土和稻草造出的假洞口，"这一个看起来又那么不起眼，得好好记下这窟的位置才行！"

"你觉得这藏经洞有重启的那一天？"

"有！"阿橘没有丝毫犹豫就答道，"我还等着看韩大人的那幅画呢……我进去时经卷已经盖住了壁画，据说那画中的侍女是照着韩大人意中人的样子画的。这我可是好奇的，何等的美人会入得了他的眼？"

　　意中人，那不就是阿橘吗？玻明心下嘀咕。

　　玻明在一旁静静观察着阿橘。为何阿橘会对壁画、经卷之类的物件有这么深的感情？他一直想不明白。

　　灵光乍现似的，他突然想到了自己读过的一个故事，来自《聊斋》中的《画壁》。

　　正如佛祖身旁的侍女，看尽人世悲欢。淡然又执着、聪慧又慈悲的阿橘，莫不是从画里来的吧？莫非阿橘的命运，就是从画中来，回画中去？莫非阿橘的灵魂，本就不属于他们这个人世间？

　　画中的世界，也许是一个更加广袤、光明的维度。在那里，梵音回响，鲜花盛放，没有颠沛流离的战乱，更无痛失妻女的疾苦。

　　然而，玻明和老张内心比谁都清楚，无论是阿橘还是韩琦，恐怕都没有机会再来到这佛窟内了。

　　他们早就从资料中查到了历史后续的故事。在马上到来的战役中，韩琦兵败好水川，往后数十年，宋人、回鹘人、党项人在这片土地上多番鏖战，直至乾道元年（1068），西夏再次占领敦煌，党项人在黄沙上开始了百余年的统治。

　　终夏之世，战事频繁，沙洲徭役、兵役繁重。西夏与宋廷为敌，不准西域各国通过敦煌与河西向宋朝贡，向往来商贾收以重税，长此以往，西域各国商使不得不避开西夏辖区，而从事东西经商的回鹘人改道中亚到蒙古的草原之路，连年的动乱终使敦煌地区走向衰败。

　　而那些从佛寺搬来的经卷和藏匿于经卷背后的壁画，注定要掩于黄土之后，在光阴之外里逃过一劫，再次重见天日就是王道士的时代了。

如果那低眉的画中少女有灵魂，那么千年中，她定能感觉到和时间隔着的汪洋，孤岛一般地独自感怀，不可言说。

玻明尚且沉浸在伤感之中，老张开口了，突兀地问："阿橘，你觉得韩琦怎么样？"

"什么怎么样？"阿橘表情微妙。

"什么怎么样？就是、就是那个啊！"老张急忙解释。

不愧是钢铁直男啊。玻明拼命忍住笑。

"韩大人啊，就是韩大人呗……"阿橘低头说道。

"那个……阿橘啊，你还小，我要以过来人的身份告诉你，男人是很复杂的，尤其是这些要做官封侯的，哪个不是三妻四妾？"

"嗯，过来人？莫不是你也三妻四妾？"阿橘微微睁大眼。

"我、我当然没有！"老张正色道。

"那你同我说这个做什么？"阿橘一脸天真，一副"我不懂"的样子。玻明却看得清清楚楚，这就是在装傻，逗老张呢。

"因为……因为……"老张急得嗓子都哑了。

"因为他是你父亲！"玻明实在看不下去了，探过来插嘴道，"真是的，女儿还没认好呢，竟然先管起人家谈恋爱了！"

"父亲？"一瞬间，阿橘的脸上闪过一丝十分惊诧又微妙的笑意。

是玻明的错觉吗？他觉得阿橘的笑意，竟有种意料之中的意味。

老张一听玻明这话，有些慌了，连忙接道："我知道这样说你也很难取信，怎么会忽然冒出一个爸爸呢？换了我，我也不信，但阿橘，你的名字就是我取的。小时候，你还记得吗？我给你搭了秋千，你最喜欢荡秋千了，还有院子里的一只机械狗……这些你可能都忘了，但这故事很长，特别长，我找了你整整十年，你若跟我走，我会把这十年发生的事，还有你小时候的事一五一十说给你……"

平日里话不多的老张，此时已经收不住了。他想一股脑倾倒出这些年对女儿的牵挂，但又害怕自己的一番经历听起来像天方夜谭，于是越说声音越小，底气越来越不足，直到声音被佛窟外的风沙彻底掩盖。

"你还是不信我？"老张小心翼翼地问。

"我信啊！"出乎意料的，阿橘竟然笑了，"我说呢，第一次见你时我就觉得有种莫名的熟悉感。"

玻明拍了拍愣在一旁的老张的肩膀："对吧，我早说了，是像，都说女儿像爸爸，她和你长得是有几分相像！"

"不是说外形相像。"阿橘辩驳道。

"不像不像，鼻子比我小，眼睛比我大，可比我好看多了！"老张的声音变得哽咽，将头上仰，试图将眼眶里的泪水生生倒回去。但怎么可能呢？哭泣和咳嗽都是掩藏不住的，他只能盼望戈壁上的风再大一些，好推脱这是沙子迷了眼睛。

事实上，风沙确实也越来越大。

沙漠、戈壁、裸石山地环绕着敦煌盆地，为数不多的湿地所提供的水汽从来都不是砂砾和狂风的对手，这里的居民生下来在学会说话前，就知道起风了要躲进屋中的道理，风是他们最熟悉的玩伴和敌人。但此刻，熟悉的风沙裹挟而来的，还有一丝让人不安的气息。

是木村。

只不过这次见他，身后是夏军的旌旗，和风一起猎猎作响，一支不算庞大的作战队伍不远不近跟着。

这家伙还是来了。

此刻的木村已经换了古人的装束，原先穿现代西装时，尚有一层文明的皮囊约束着，此刻大漠风沙中的木村，语调沙哑，凶相毕露，更像一只回归本性的恶狼。

"看来混得还不错？超水平发挥？"玻明向他喊道。

"受过教育的现代人到了1000年前，混成医馆里给人打杂的，那才是超水平发挥吧?"木村跳下马,举手示意自己并未携带武器,然后朝着老张一步步走来,"是的,就是我让夏军提前了进攻策略,直奔莫高窟而来,为的是——"他指了指那刚刚被黄泥假墙封上的藏经洞,露出势在必得的笑容。

阿橘突然警觉:"你怎么会知道?"

"小姑娘,你是聪明的,知道哪里能藏得住秘密。但这些经卷、画轴也是可惜了,与其放在山洞里埋没,不如和我一起到欣赏它们的人手里去。"

玻明一个箭步护在阿橘和老张面前,向身后的人小声嘱咐:"木村是文物贩子,明面上冲着琉火珠,实际上是想借珠子的力量回到千年前的藏经洞。太丧心病狂了,正常手段偷不到国宝,宁可冒险来千年之前偷。"

"先带我去洞口,然后再把珠子交出来,我还等着它带我回去。"木村说。

老张观察着周遭的夏军,虽然为了避人耳目,这一支分队的人数仅有十余,而且并未携带重型兵器,但韩琦的军队正在几十里之外安营扎寨,一时半会儿无法前来支援,现在动手无疑是以卵击石。

他又看了一眼阿橘,仿佛下定了决心:"跟我来吧。"

观音莲身

当老张再一次踏入藏经洞,直面而来的是那尊不知从哪儿搬来的泥塑观音,观音低眉,视他如待渡的槛内人。

当地泥匠塑观音,会先用红柳木与稻草扎出一个人形的架子,这是观音的"骨",再找来澄板土、草灰、棉絮一点点往骨架上堆填"肉",避风避阳地阴干,最后再由画匠和好细细的矿石颜料,给观音画出一层"皮"。

所以当对上观音慈善的目光时,老张却想起这般华美又栩栩如生的彩塑，却是稻草芯的，脑海里不禁冒出一句话，"泥菩萨过河，自身难保"。自己是否能够渡过这劫，能否保全阿橘的同时，平安带着她回去？

木村带来的党项人一拥而上，将整个洞穴浇上油，又点燃了混有动物脂肪的火把，将原本漆黑的甬道照得通红。

脂肪、烟灰气混着热力涌过来，这是死亡的味道。

"你要做什么？"阿橘问道。

"不交出琉火珠，那你们就只能死在这儿。反正1000年前杀了人，也不受现代法律管制，只是之后的王道士挖出经卷时，会凭空多出几具白骨。"

老张叹了口气，看似无奈而缓慢地抬起手，可就在木村意欲上前来接时，老张的手臂突然发力，将手中的琉火珠反方向抛了出去。

木村当然是惊讶的，扑出去接，可还是太慢了，距离更近的玻明抢先一步拿到这颗珠子。老张见计已生效，迅速拉紧身边的阿橘，再紧握玻明递来的琉火珠。

紫光再一次出现，穿越光阴隧道时，他们听见了木村几乎气急败坏的吼声："给我点火！烧死……"

烧死什么？隧道里的人在想，但声音弱下去，火光和热力却升腾上来。

算了，不重要了，老张看着身旁并行的阿橘，心中就像也点燃了一支温暖的火把。他安心地把自己交给了越来越浓厚的黑暗。

藏经洞废墟

这一次，玻明用了好一会儿才将老张唤醒。

见玻明许久未归，韩婵跑来敦煌，以中老年旅游团的名义过来将玻明狠狠训了一顿，并威胁他如果半个月内无法顺利完成任务回家,她就要考虑辞职,因为"她不给没有前途的侦探当保姆"。

好在韩婶也带来了熟悉的手艺,在她出发去鸣沙山骑骆驼拍艺术照之前,好歹还是给玻明做了一碗鹅油煎蛋面。

老张似乎就是被这味道香醒的。

"我好像梦里看到了个披着羽衣的仙女,可她却冲着你,说什么再晚就赶不上喷气大巴发车了。"老张迷迷糊糊地喝着面汤说。

"仙女是我家阿姨,她今天要去景点拍照,特地在脖子上挂了条纱巾。说羽衣,过了点,80块拼团抢的还有可能。"

"阿橘呢?"老张似乎终于清醒过来。

玻明撇撇嘴,没说话。

老张闭上眼,如同被人扎漏的气球,泄了气,高大的体形似乎也缩成了单薄的一截。

"你觉得是为什么?"属于刑警的最后一丝理智支撑着他问出这个问题。

"有好几个可能,或许琉火珠每次只能带回来两个人;或许当时在场的木村又从你手中把阿橘拽了回去;又或许……或许阿橘已经不属于我们这个时代了。"

"不可能,当时阿橘明明已经认了我这个父亲,她是记得我的,甚至还说自己跟我长得一模一样。她应该在父亲的身边,受到教育和呵护,她应该跟我回来……为什么……每一次我们什么都改变不了?"

"呃……"玻明打断他,"事实上,我们也改变了一些东西的,藏经洞现在已经是废墟了,洞窟还在,但当初木村的一把火将它烧成了一个炭房。"

"那里面的经卷呢?"

"还记得琉火珠里的那幅画吗?"

"少女护着经卷在火中……阿橘!原来我改变了历史后反而害了她……"老张将头埋进手臂,连日的奔波让他瘦了,此时透过病服可以看到他微微突起的肩胛。

"无论多少次，我都要把她带回来！"

轮回

再次跨越紫光隧道时，老张没有带玻明，一来是为了验证是否琉火珠每次只能带一人回来；二来连番回到过去，万全的准备让老张对千年前敦煌的风土人情渐渐熟悉，即使独自一人，也不再是无头苍蝇乱打乱撞了。

只是落地的时间和身份无法全然被老张把控，因此，老张开始了漫长的穿梭之旅，他一次次踏进时间的洪流中，每一次琉火珠都会将他精准地引向阿橘，每一次他都像抓住悬崖边的稻草一样，在穿越时抓紧阿橘的手。

他是她的病人，是她的邻居，是藏经洞外的一个搬运工，是路过戈壁的脚僧，他一次又一次地穿越回这里，和阿橘相遇，与木村对抗，但无论如何，都无法将阿橘从那道紫色的隧道中带出来。

对玻明来说，千年后的时间是一瞬，可是漫长的时间河流却在老张的身上留下了痕迹。

"第九次，你还要走？"玻明问道。

"对，还有一种可能没有试过。"

"哪种？"

"回到她刚刚走丢的时候，趁她还小，将她带回来，说不定琉火珠对孩子的影响机制和对成年人不一样！"

"你疯了！老张！琉火珠不是公交车，谁知道上面有没有儿童票！之前每一次的穿越，降临时间都在1041年前后，这一次你彻底挪移了时间坐标，在没弄清楚琉火珠的生效机制前，这样做风险很大的。"

"什么风险？"

"再也回不来的风险……永远留在一千年前的风险！"

老张沉默了一会儿，他的嘴角和眼尾出现了深刻的皱纹，这与长时间在敦煌炽烈的阳光下受到的高强度紫外线照射有关。他老了，但这种衰老并不完全体现在皮肤的松弛和肌肉的萎缩上。衰老是一种状态，它逐渐将人原本的特征磨灭，就像从背影看上去，老张已与任何一个早上去菜市场买菜、晚饭后去公园下棋的老李、老赵、老钱再无区别。

即使玻明不是侦探，也能清晰地观察到这一切。

老张默默走出房门，听到玻明在身后喊道："喂，真的不怕回不来了？"

"如果我真的留在千年前，那你就完了。"

"为什么？"

"那样的话，我一定是你的曾曾曾曾曾祖父，是你祖宗！"

六岁

当老张再次踏入那片时间洪流，他成了个游医。老张当然不会医术，但他从现代带回了大量的医学资料，半真半假地演绎下来，没过太长时间，就成了一个小有名气的神医。

阿橘就是在这时出现的。六岁的她生了重病，倒在医馆外，她的样子与老张记忆中一模一样，因为高热，细密的汗珠爬上她的额头，老张将她背回医馆，路上阿橘紧紧伏在父亲的肩头，仿佛他们从未分开。

"阿伯？要带我去哪儿？"阿橘从病中醒来，在老张肩头喃喃。

老张的步子迟疑了一秒。经过十年的光阴和数次的重度人生，自己的样子已经与阿橘心里高大的父亲不一样了。

"回家。"

可是这一次，琉火珠却失效了。

任凭他怎么像过去一样，驱动自己带女儿回去的想法，那颗珠子始终维持着冰冷的暗红色，死气沉沉地躺在老张手里。

于是他只好先喂女儿服下药剂，医好她的病，等待珠子恢复往日的能力。

这么看来，玻明当初的担心是真的，琉火珠只能稳定地穿越回 1041 年前后，早于这个时间的话，没办法随心所欲地操纵它再回来。

1041 年，老张默念这个年份。

1041 年，西夏入侵宋土，1041 年，藏经洞成。1041 年，韩琦绘成那幅侍女壁画！1041 年，阿橘成为壁画中人。

是的，那幅后来变得与琉火珠内图像一样的壁画，莫非是在它画成后，时空穿越功能才能稳定开启？

如果是这样，现在的老张只能等。

万幸的是，与女儿在一起的日子因快乐而过得飞快，他教会了女儿读书写字、医术厨艺，甚至在医馆外的庭院里扎了一个女儿最爱的秋千。

阿橘一天天长高，却从未怀疑过老张的身份，"师父、师父"地叫着，声音是软糯香甜的。

老张万万没有想到，第一次见到少女小橘的时候，她口口声声提到的"师父"，那个代替自己履行"父亲"义务的"师父"，竟然就是自己！

老张从未想过时间穿梭会以这样的一种因缘际会的方式影响自己的人生，更没想过自己以这样的方式被困在光阴里，竟然是幸福的：他以另一种方式参与了女儿的成长。老张不知道该如何开口向一个儿童解释时空穿梭和整个复杂的故事，便下定决心，等到时间抵达她 16 岁，琉火珠恢复能力时，再向她揭示真相。

而在学医的时间之外，阿橘经常独自跑到附近的寺庙中，读经看画。

自唐朝起，西域诸国的使者、西行求法和东来弘道的僧侣不断途经敦煌，往来于中原与西域、印度、西亚之间，敦煌的民风也崇佛弘法，阿橘在此地长大，经书变成了她描摹汉字的媒介，诵经声成了她初识音律的底色。老张看在眼里，心中觉得自己的闺女与藏经洞内的侍女，长得越来越像，或许是只有被佛经与文书浸染过的心性，才能有那样从容不迫的眉目。

10年的时间倏然而过，在另一个自己带着玻明赶来之前，老张提前离开了医馆。他躲在暗处悄悄观察，期望以此揭开谜底——究竟为何自己的女儿每次都无法随自己回到现代。

但观察的结果让他大惊失色。第一次，老张是隔壁搬来的邻居，偷偷用布蒙住阿橘的双目，两人成功消失在紫光之后。但过了大约一炷香时间，出现了第二道紫光，阿橘又凭空出现了，仿佛什么也没发生一般，继续在千年前的时间线上过本来的生活。

第二次，老张化为脚僧，借宿在医馆内，与阿橘探讨佛经与药理，说起阿橘的掌纹特殊，握着她的手细看，然后将她拖入紫色的光晕。

可是少顷，阿橘再次回到视野中。

第三次，她依旧与老张一起消失，但不久后，又回来了。

第四次、第五次……直到第八次，在与木村的打斗后，老张、玻明、阿橘再一次成功地集体消失，然而过了不一会儿，阿橘又回来了，被木村捆绑在洒满油料的藏经洞内。

老张终于明白了。原来阿橘一点也不特殊，每一次她被老张带回了千年后，只是出于某种原因，在成功跨越时空后，趁着老张还在昏睡的那段时间，提前醒来的她都会从老张手里夺过琉火珠，再次启用。

这么做的结果，是少女只身一人回到一切故事的原点——敦煌。而那之后，阿橘再像个常人一样生活，直到下一次父亲的到来。

而老张和玻明对这一切一无所知，始终不明白其中的原因，还以为是琉火珠无法带回阿橘，只能重复穿越，尝试改变结局。周而复始地，他们于千年之前一次又一次地相遇，但又被少女用一颗珠子再次分隔在时间河流的两端。

"原来我的闺女，才是心眼最多的那个人。"他自言自语道，又大又重的眼泪从眼眶中滴落，来不及擦拭，便融入脚下的黄土，毫无痕迹。

老张突然想起了琉火珠中的那幅画——天神般的少女在火舌舔舐中慷慨赴死。

热血涌上他的颅腔，此时父亲的本能战胜理智，老张不顾一切地冲入洞中，但木村带来的夏人实在太多，几番交手后，老张被制伏，按在地上。

"爸，爸爸？"

"阿橘，你不要怕，我马上来救你。"他冲着被绑在观音像上的女儿说。

"爸爸，我什么都记得，对不起，每一次都是没跟你打招呼就直接溜回来。你找我找得很辛苦吧？"

"你每一次都记得？"

"每一次。爸爸每一次出现的年龄都不一样，有时候老一些，有时候年轻些，头发的长度也不一样。每次分别后我都在想，下一次见面，您是什么样的？头发有多长？"

"但……为什么不跟我说清楚？我一直以为是我不配做父亲，才无法用琉火珠将你带回来！"老张的侧脸被狠狠按入黄土地上的凹陷，像教育顽劣孩童一样，对着女儿大声吼道。

"爸爸，自从你第一次启用琉火珠，将木村带回千年之前，一切就注定走向这个结局。木村将夏人带进戈壁，进入这个藏经洞，然后一把火烧毁这一洞的经书，这一切从第一次启动琉火珠时就已经是无法避免的运行轨迹。想到那些记录了佛经和经变的羊皮卷在火中翻飞的样子，我就不得不再次回来，我想救下它们。"

"只能用这种方式吗？直接告诉我，不行吗？"

"我们都困在同一条时间线里，无论你我如何努力，这都是唯一的结局,在无数的梦里,我都看到这是唯一的结局。对你、我、经卷来说,最好的命运就是……当初你不要回来,从未启动过琉火珠,这一切灾祸就不会开始。"

"如果我不曾回来找你,那么就意味着……千年永隔,我们再也见不到了!"

"是今生,只是今生再也见不到了。"阿橘缓缓道。

"什么今生来世!为什么?为什么要舍弃我啊?阿橘!"老张哭了起来。

"因为这里有我不得不守护的东西,爸爸。"她环顾四周堆积到藻井的经卷,刚刚老张与夏人的打斗碰倒了其中一摞卷轴,露出后面的壁画。

所绘之景再无火海,仕女图又恢复了低眉垂目的样子。

阿橘看到画中人与自己相似的脸,低眉颔首,缓缓说道:"我在这里守候了千年,在无数个梦里,似有神佛之声响起,告诉我这些经卷的意义并不止于这个时代。它们的存在,比人类之间小情小爱的情感纠缠要重要得多。而我今生存在的意义,就是守护它们。"

"那我呢?我是小情小爱的父亲,你是大情大义的菩萨?阿橘……你就是我人生的全部意义啊!"

老张嘶哑的喊声久久回荡。

第一次,也是最后一次,阿橘落下泪来,一滴如琉火珠般浑圆的泪水,从她细长的眼角滑下,坠入黑暗之中。

老张不想明白,却又不得不明白,眼前的女孩,是自己的女儿,却拥有着极其独特的灵魂。关于女儿的坚持,关于她从小显现出对敦煌壁画与经卷的痴迷,不仅仅因为那五万平方米的壁画和四万卷经书的辉煌盛大,因为女儿的血液中流淌着一种他无法理解的东西,那种东西是浪漫的,是有着宿命感的,这种东西,让她成为敦煌本身。

"父女间的体己话说完了,现在是不是要把琉火珠交出来了?"木村恶狠狠地说。

老张没有理会木村,在他的眼里,女儿的身影跟她身后被一同缚住的观音像渐渐重合。观音向他露出一个微笑,算不上喜悦,但安心与温暖顺着心房流进他的血液。

老张知道,这就是女儿给他的告别。

泪水已经模糊眼前的一切。爱,究竟是占有,还是成全?

老张没有试图再去拉女儿的手,而是独自启动琉火珠。

火光亮起,老张消失在了紫光深处。

古寺

檀香冉冉。

玻明和老张与无明法师坐在禅室之中,静对无言。

一周前,老张穿越回来,和玻明见面,玻明被吓了一大跳。虽只过去十几日,老张却像是老了十岁。问清前因后果后,玻明惊得久久无言,最终只能长长叹了一口气。好在老张的精神状态还不错,有一种历尽喜悲的沉静感。

佛家所谓"放下",就是如此吧。

在老张的请求下,玻明带他来了古寺,见到了法师无明。老张坦言,一周前,他"第一次"使用琉火珠功能之前,自己从自己手里把珠子抢过来,然后砸碎了,请求无明法师原谅。

听完事情所有的始末后,无明久久不语,只是望着老张。

"琉火珠自有琉火珠的定数,施主不必介怀。倒是你,一生渡尽九世的劫难,也就积累了九世的功德,殊为不易。张施主,你可还好?"

老张露出一点苦涩的笑意,点了点头:"我还好。师父,您可否看到,阿橘后来过得还好吗?"

无明闭目沉吟了一会儿,道:"她与韩琦结为夫妻,育有一子一女。时逢战乱，虽有颠簸，姻缘还算美满。因她坚守，经卷留存，人行佛事，功德无量。所以，她这一世可算很好了。"

"阿橘，到底是什么？"玻明实在忍不住，问出了这么一句怪怪的话。

"她生来就是敦煌的女儿，灵魂自壁画中来，终要回到壁画中去。"无明微笑。

老张还想问什么，无明却微微摇头："我能说的，只有这么多了。"

暮色渐沉，古寺里的一百零八声暮鼓响起来。老张知道，告别的时候到了。

老张与玻明站起身，无明送他们到禅房门口。

老张的白发随着细细的风翻飞起来，背影微微佝偻。无明似有不忍，终于还是多说了一句："阿橘的那个儿子，长得与张施主很像。"

禅房的门在身后关上，夜露开始在石阶上凝结。长风漫卷，旷野无垠，古寺小得如同无尽时光洪流中的一个小小的沙盘。

老张隐约的抽泣和玻明低声的安慰，都渐渐被晚风吹散了。

天边，如琉火珠一般的晚霞出现了，久久照耀着敦煌、古寺和万里山河。万丈光焰，似乎于无尽的时光中，未曾改变。

/ 跋 /

美食即爱

羽南音

大概三年前,我想写本和食物有关的新书,想了好几个名字都不太满意。后来与一好友闲聊的时候,不知怎么的提了个《失恋吃什么》,挺喜欢,便定了这个名字。

在人生中,我们并不明白某些时刻的价值,直到它变成回忆。

童年仿佛一个放大器,那时经历的一切,可能对人的一生都有很大影响。

我的童年比较幸福,除了学业艰苦,竟没有多少烦心事了。姥姥和妈妈,都做得一手好菜。放学后,我穿过古旧的楼道,经过厨房的窗口,总能闻到妈妈在烧家常菜的香味,孜然羊肉、葱爆鳝片、醋熘豆芽、荠菜汤;一整天学习的疲惫瞬间一扫而空。

那时总觉得,快乐是食物给的。现在才明白,是因为心被爱填得很满,所以容不下忧虑和孤单。

周末的时候去姥姥家玩。在姥姥的酱烧鲫鱼出锅之前,白色的酱香和酒香会蒸腾起来,在蓝天下格外明快。每次的鲫鱼都有很多条,又肥又大的,鲜甜的汤汁拌上米饭,我和两个壮实的表弟能吃空一锅米饭。和人到中年的痛苦减肥不同,那是一种想吃多少就吃多少的快乐。

姥姥去世后,真的再没吃过那么好吃的酱烧鲫鱼了。

后来我自己也学会了做饭,而且还做得挺不错,也曾为父母、挚友、曾经的恋人做过充满诚意的美食。于我而言，美食是温暖、安全、松弛和底气。它是一种最无私，最真诚的表达方式，来表达爱。

爱这件事，唯美又残酷，强悍又脆弱。它仿佛是这宇宙中最简单的真理，又仿佛是命运迷宫中最难解的谜题。

我不知道，是不是爱一个人，就总想照顾 ta 呢？是不是爱一个人，就总想给 ta 做饭呢？

这肯定不是爱唯一的答案，但它朴素而温暖。

写到这里，不得不提到本书的标题。也许，相遇多美好，离别就多痛苦。相爱多温暖，分别就多残酷。这应该就是人生的相对论吧。

这个经过我们观察而坍塌成的唯一宇宙里，熵的定律也许决定了命运的箭头只能向前。而这本书的标题，也不只在说爱情，它也蕴含着失去亲人、友人的苦痛；无奈地承认了人在时间和命运面前的渺小无措。

伤痛是无可避免的。但那些曾经有爱的日子，仿佛平淡人生中升起的神殿。

美食的甜能治愈人生的苦。而曾经的爱，即使逝去，也同样充满了意义。